周均东 著

童趣的狂欢

儿童文学经典细读

知识产权出版社
全国百佳图书出版单位
—北京—

图书在版编目（CIP）数据

童趣的狂欢：儿童文学经典细读/周均东著. —北京：知识产权出版社，2020.1
ISBN 978 - 7 - 5130 - 6682 - 2

Ⅰ.①童… Ⅱ.①周… Ⅲ.①儿童文学—文学欣赏—中国—当代 Ⅳ.①I207.8

中国版本图书馆 CIP 数据核字（2019）第 295226 号

内容提要

本书聚焦儿童文学经典作品，挖掘读者熟知的儿童文学经典文本的独特魅力和审美趣味。通过鲜活的文本分析案例，点亮少年儿童阅读儿童文学经典作品的心灵灯火，引导少年儿童有深度地阅读、鉴赏、阐释并研究儿童文学经典，激发阅读自信，共享童心童趣，共同接受经典儿童文学经典的滋养。

责任编辑：冯 彤　　　　　　　　责任校对：谷 洋

封面设计：张革立　　　　　　　　责任印制：孙婷婷

童趣的狂欢：儿童文学经典细读

周均东　著

出版发行：知识产权出版社有限责任公司	网　　址：http://www.ipph.cn
社　　址：北京市海淀区气象路 50 号院	邮　　编：100081
责编电话：010 - 82000860 转 8386	责编邮箱：fengtong23@163.com
发行电话：010 - 82000860 转 8101/8102	发行传真：010 - 82000893/82005070/82000270
印　　刷：北京九州迅驰传媒文化有限公司	经　　销：各大网上书店、新华书店及相关专业书店
开　　本：787mm×1092mm　1/16	印　　张：17
版　　次：2020 年 1 月第 1 版	印　　次：2020 年 1 月第 1 次印刷
字　　数：220 千字	定　　价：79.00 元

ISBN 978 -7 -5130 -6682 -2

在碎片化阅读盛行的当下，如果说阅读儿童文学经典作品是充满愉悦和惊喜的精神旅行，那么写书，尤其是撰写多少有一点学术追求的著作，则几乎是一件吃力不讨好的事情。

值得庆幸的是，进入新时代以来，人们普遍认识到了"阅读应成为现代人的生活习惯"的重要性。基于此，很多有识之士呼吁：因为阅读习惯需要天长日久才能养成，因此阅读应从儿童抓起；对少年儿童要重视指导他们大量阅读儿童文学经典作品。

那么，怎么才能促使孩子们养成阅读儿童文学经典作品的习惯呢？最直接也最有效的方法是，言传身教。也就是说，老师、家长，甚至所有成熟的大人们，都应远离那些不健康的生活方式，抛弃那些空洞无力、喋喋不休的说教，立即捧起书本，给孩子们做出阅读的示范；引导和带领孩子们从小与儿童文学经典亲密接触，让儿童文学经典成为他们孩提时代最知心、最可靠、最温暖的伙伴。

作为一个视阅读为生命的教育工作者，我愿意与天真活泼的孩子们一起打开儿童文学经典，一起阅读儿童文学经典，一起探寻儿童文学经典中的无限魅力。

或许，这就是笔者不揣简陋，长期坚持阅读、研究儿童文学经典作品的原因。本书的主要内容，就是笔者近几年阅读、研究儿童文学经典作品的一些心得或看法，有的篇章已在相关刊物公开发表，集中整理成书，可能更方便大家阅读。

换句话说，本书内容聚焦儿童文学经典作品，挖掘读者熟知的儿童文学经典文本的独特魅力和审美趣味。通过鲜活的文本分析案例，点亮少年儿童阅读儿童文学经典作品的心灵灯火，引导少年儿童有深度地阅读、鉴赏、阐释甚至研究儿童文学经典，激发阅读自信，共享童心童趣，共同接受儿童文学经典的滋养。

在本书的写作过程中，笔者始终坚守三点追求：一是为少年儿童阅读儿童文学经典提供某些帮助；二是为教师、家长们引导或指导少年儿童阅读儿童文学经典提供某种案例；三是通过鉴赏和阐释儿童文学经典，激发少年儿童的阅读自信，促使其亲近儿童文学经典，迷恋儿童文学经典。

显然，笔者的追求与现实之间还存在较大的距离。然而，不管怎样，作为儿童文学经典作品的阅读者和研究者，笔者始终相信，山峰再高，只要努力，总有一天能够登顶；阅读再难，只要长期坚持，终有一天会成为习惯；坚持阅读，未来就会充满希望。

孩子是最有激情的阅读天使，孩子是最有潜力的儿童文学经典传播者。我们希望更多的孩子、老师、家长与儿童文学经典"亲密接触"，希望儿童文学经典在孩子们成长的时空里永不缺席！

目录 |Contents

第一章
绪　论

权利、反思及选择

儿童是国家和民族的希望。儿童的健康成长，关系着千万家庭的幸福和社会的公平正义。新时代的儿童文学教育要有新气象、新作为。

一、学习儿童文学是儿童的神圣权利

我国改革开放四十年来，儿童教育事业的发展取得了举世瞩目的成就，儿童文学教育也受到了全社会的广泛关注。社会、学校、家庭及出版社、图书馆，作家、编辑、教师、家长及阅读推广人，都以"立德树人"为使命，贴近当下，贴近现实，贴近学前教育和义务教育的实际，驰而不息地探索儿童教育的文学路径，源源不断地为儿童健康成长提供最好的精神食粮，毫不吝惜地为培养适应未来需要的儿童贡献力量。

少年儿童作为最活跃的读者群体，争相与儿童文学亲密接触。在和谐的中华民族大家庭中，数亿少年儿童在文学教育的熏陶和浸润下快乐成长。以形象性、知识性、可读性、趣味性、哲理性著称的儿童文学，成了儿童教育的重要资源，成了儿童成长过程中不可缺少的精神食粮。

第 44 届联合国大会通过的《儿童权利公约》得到了最有效的落实，儿童充分享有生存权、受保护权、发展权、参与权等天赋权利。学习儿童文学成了儿童最神圣的权利，最普遍的追求。[1] 目前，我国已经成为拥有世界上最庞大的儿童文学教育体系的国家，很可能也是拥有世界上人数最多、阅读欲望最强烈的少年儿童读者群的国家，绝大多数少年儿童都在一定的儿童文学场域中快乐地生活和成长着。

二、对儿童文学教育的反思和追问

当下，儿童文学教育需要解决的问题有很多。我们认为，主要集中表现在三个方面：一是面对国际国内形势的深刻变革，新时代儿童文学教育如何以人为本、服务儿童，如何转型升级、迎接挑战？二是学前教育和义务教育阶段的儿童文学教育如何体现均衡性、公平性，更多地惠及最广大的儿童？三是如何促进少数民族地区尤其是贫困地区儿童文学教育的发展，如何让少数民族和贫困地区家庭的孩子享有优质的儿童文学教育？

由于多种因素的影响，不论是在少数民族及边远贫困地区，还是在某些经济较为发达的区域，我们都不得不一次又一次地面对这样无奈的事实：许多少年儿童的学习生活中只有枯燥的教材和似乎永远做不完的作业，几乎没有合适的课外读物，很多快要毕业的小学生还没有读过一本真正意义上的儿童文学作品，他们说不清到底什么是儿童文学，没有机会亲近多姿多彩的儿童文学世界。更为令人不安的是，对许多孩子来说，他们虽然有机会接触一些儿童文学作品，但由于缺乏合乎其心理特点的阅读指导，他们或许在很长时

---

[1] Zhou Jundong. *Chinese Teaching Material for the Primary School（S Edition）as an Example*. Economic，Business Management and Education Innovation，2014：12.

间内都无法领略到儿童文学的无穷魅力。这些客观存在的问题和挑战，倒逼着社会的责任和良心。不论是儿童教育研究者、儿童文学作家及关心文学教育的一切热心人士，还是在学前教育和义务教育第一线辛勤耕耘的广大教育工作者，都应重新思考儿童文学的现实意义，都应重新审视儿童文学教育的困境、价值和出路。

西方和东方的大多数儿童文学研究专家和语文教育工作者都认为，儿童文学是人类文明枝条上的一朵璀璨奇葩，是神奇瑰丽的文学大家族的重要成员，更是儿童成长过程中最不可缺少的宝贵精神食粮。如果带着这种理念走进儿童的生活世界，我们或许会发现，在当下的儿童教育环境里，儿童文学教育的发展面临着比 20 世纪初更值得反思的问题。

第一，虽然儿童文学和儿童文学教育及整个儿童教育事业的发展受到了党和政府的高度关注，儿童文学作家、理论家、教育家不断"捧出"数量惊人的作品，许许多多经典的儿童文学作品被编进了中小学语文教材。但是，由于受多种因素的影响，许多少年儿童的学习生活中似乎只有永远做不完的作业，儿童文学经典阅读碎片化、应试化、表浅化等问题并不少见，令人担忧。

第二，儿童文学和儿童文学教育本身，仍然在某些儿童教育政策及应试化的儿童教育模式的驱使下，日渐被无意义化，被游戏化，被商业化，被过度娱乐化；某些电视台或网络媒体，热衷于给《猫和老鼠》等经典儿童文学影视作品加上十分恶俗的配音，反复在黄金时段播出，以此提高所谓的收视率，或最大限度地获取广告份额；儿童文学和儿童文学教育有被过度消费的倾向。❶

第三，还存在一种更令人担心的趋向，即不论城市还是乡村，

---

❶ Diogenes Laertius. *Lives of Eminent Philosophers*. Trans. R. D Hicks. The Loeb Classical Library, 1972（1）：52 – 53.

很多少年儿童的头脑里都塞满了机器猫、樱桃小丸子、火影忍者、蜘蛛人、奥特曼等以外国文化元素为主的形象符号，很少有人去认真冷静地思考，为什么我们的小学语文教材里，至今还一直坚持保留着《坐井观天》《歌唱二小放牛郎》等经典篇目。

第四，儿童文学的创作、研究、推广、批评在文学界、出版界及图书馆等某些特定的场域里风光无限，但走出这些曼妙的象牙塔之后，我们或许会发现，儿童文学和儿童文学教育与现实生活中的儿童并不亲密，在很多属于少年儿童的时空环境之中，儿童文学和儿童文学教育与少年儿童丰富多彩的现实生活甚至很少存在有效的联系；儿童文学的价值和意义似乎无法在现实生活中理直气壮地显现，儿童文学和儿童文学教育仿佛是可有可无的东西，我们似乎正在进入一个儿童、儿童文学和儿童文学教育一起消逝的时代。也就是说，儿童文学怎样作用于社会，怎样作用于儿童的发展，怎样去促进每一位少年儿童健康成长，我们用什么样的文学作品去熏陶、教育和影响当下的少年儿童，直到今天仍是一个需要花大力气去反思、研究、解决的重要问题。

三、新时代应有的选择和担当

"新时代"的高速列车已缓缓启动。面对教育的新时代，我们还要再次强调，儿童的健康成长，离不开中华优秀传统文化赋予的丰富营养，离不开儿童文学的持续熏陶，也离不开儿童文学教育源源不断的滋养。

教育研究专家普遍认为，如果一个人小时候物质享受过分奢华，而精神营养的滋润却很匮乏，那么便很可能会造成心理变态、人格失落、人性扭曲等情绪和行为的失衡，危害孩子身心健康的和谐发展。作为"传道、授业、解惑"的教师，我们不应过多感叹当下的少年儿童用成人电视节目、流行歌曲、西方动漫形象等填充自我精神世界与情感空间的做法，不应过多感叹少年儿童课业负担的沉重和无奈，不应过多描述孩子们被患有"天才幻想综合征"的家长逼着上各种永远上不完的培训班的经历，而应放下身段，俯下身子，多看看孩子们面对《三国演义》《西游记》等传统故事时如醉如痴的生动表情，多想想孩子们为什么对《狮子王》《冰河世纪》《大头儿子小头爸爸》等动画片津津乐道。孩子们做梦都想在属于自己的儿童文学私人空间里激情狂欢，我们没有理由不去用心规划儿童文学教育计划、研究儿童文学教育的相关问题，引领家长和孩子们走进多姿多彩的儿童文学世界。

少年儿童对文学的渴求，蕴藏着儿童文学教育发展的潜在希望，蕴藏着儿童文学和儿童教育发展的诸多可能性，构成了儿童文学教育的目的和追求。当下，我们的主要任务有三个。

首先，要调整心态，面对现实，循序渐进，逐步改变孩子们的阅读现状，逐步让儿童文学深深扎根于少年儿童的生活之中，努力让每一个孩子都享受到优质的儿童文学教育资源。

其次，要增强信心，满怀希望，勇于担当改变现状的责任。进入 21 世纪以来，以中央电视台专门开播"少儿频道"（CCTV14 频道）为标志，国家对儿童文学的发展和儿童文学的教育给予了更多的关心和重视，这在客观上为儿童文学教育提供了条件；儿童文学起源于人类对儿童的关爱与期待，是人类文明高度发达的重要标志之一；拥有了儿童文学，孩子们的学习和生活便可能拥有健康而斑斓的色彩，儿童生命的最初内蕴便可能变得丰盈而美丽；正是在这个意义上，我们认为，要正确、全面地认识儿童文学，学会灵活运用儿童文学教育这一独特的方法和手段，创造性地为儿童的成长开拓出一片充满阳光的天空。

最后，要转变阅读方式和学习方法，切实提升少年儿童的儿童文学素养。儿童时期是人生的重要阶段，儿童独特的成长需要决定了他们与成人的不同；作为儿童文学教育的引领者，至少应该建立几个方面的儿童文学教育及其学习理念：①儿童文学是以儿童为本位的文学，必须适合儿童的生理特征、心理特征及审美需求，它不以系统地介绍和说明某种专门知识为目的，而是追求一种有机的、整体的和谐之美、艺术之美、文学之美；②儿童文学的最大特征是富有儿童情趣，有无儿童情趣，是儿童文学区别于成人文学的最重要的分界线，家长和教师要"从儿童的角度出发，以儿童的耳朵去听，以儿童的眼睛去看，以儿童的心灵去体会"，用儿童文学的方式去唤醒儿童深藏不露的、天生潜在的儿童情趣，更多地借助儿童文学和文学教育的独特表达方式引导儿童积极向上，促使儿童健康成长；③学前教育和义务教育阶段的语言或语文教学实践活动是实施儿童文学教育的广阔舞台，随着新课程改革的深入推进，切合少年儿童身心发展特点、有助于少年儿童健康成长的儿童文学作品，在新编的学前教育和义务教育阶段的教材中的地位日益"显赫"；在具体生动的教育教学实践活动中，家长和少年儿童教育工作者要认真研究儿童文学自身的独特属性，充分重视儿童文学独特的审美特点，深入挖掘选入各级各类教材中的儿童文学作品的美学内涵，自觉地将其纳入儿童文学教育的系统之中，努力更新自身的儿童观念和教育教学理念；④家长和教师除了要系统掌握古代文学、现当代文学、外国文学等广泛的文学知识以外，还要正确认识儿童文学，充分了解和掌握儿童文学的基本理论，准确把握儿童文学发展历史的基本脉络，不断提高自己的儿童文学素养，顺应少年儿童的身心发展规律，更好地保护和发展少年儿童的个性，让孩子们从小练好"童子功"，从源头上促进少年儿童文学或语文素养的培育；⑤学前教育和义务教育阶段的语文教材中涉及的儿童文学体裁广泛多样，有儿歌、儿童诗、童话、寓言、儿童故事、儿童小说、儿童散文、儿童戏剧、儿童影视等，几乎囊括了儿童文学的所有题材和体裁形式，它们和少年儿童有着不可分割的天然联系，有的甚至就是少年儿童当下生活的真实写照；作为少年儿童的监护人或教育者，家长和教师要不断丰富和提升自身的儿童文学素养，恰当地处理好学好教材内容与加强课外阅读的关系，准确把握不同题材的儿童文学作品的整体特点、内在底蕴和精神实质，使少年儿童在由"自然人"向"社会人"过渡的特殊阶段，身心得到文学的充分滋养；要充分尊重少年儿童的自然天性，通过丰富多彩的儿童文学审美活动，努力把每一位儿童培养成身心健康的现代社会人。

重新认识儿童文学

儿童文学是人类文明枝条上的一朵璀璨奇葩，是神奇瑰丽的文学大家族的重要成员，更是儿童生活中不可缺少的宝贵精神食粮。在经历了漫长的自我寻觅、自我发现和自我超越后，20 世纪以来儿童文学以其真正的成熟和空前的繁荣，赢得了在艺术的殿堂里与成人文学相映生辉的地位。夸张一点讲，儿童文学在当代文化艺术体系中已经发展到这样的程度：只要有完整语言体系的地方，就有儿童文学的存在；而儿童文学独立完整的存在，已成为衡量一个国家的文学是否达到现代水准的根本标志之一。

不过，儿童文学的繁荣发展，并没有带来儿童文学教育的兴盛蓬勃，直到今天，儿童文学是什么，儿童文学的价值何在，怎么开展儿童文学教育，家长和教师（特别是语文教师）为什么必须了解儿童文学和儿童文学教育，仍然是很难找到某种具有科学性、普遍性答案的棘手问题；这种窘境的客观存在，源于一种文学价值不能贡献于社会和儿童的寂寞。

当儿童们用稚嫩的声音歌唱成人世界的所谓爱恨情仇时，当儿童们流连于电视屏幕上那些永无休止的江湖追杀和拖泥带水的情爱故事时，我们不知道"后事如何"，我们更不知道"下回又将如何分解"。环视家庭教育、学校教育、社会教育这些日新月异的领域，我们只能多愁善感地追问：有多少家长和语文教师能够在较大程度上从儿童文学的特殊规律出发组织开展学前教育阶段和小学教育阶段的语言或语文教学？又有多少家长和语文教师在规划、辅导儿童的课外阅读上付出了针对性的努力？还有多少家长和语文教师在实施素质教育时能够驾轻就熟地利用儿童文学教育这一举重若轻的教育手段？

在思索上述问题的时候，我常常会不自觉地想起儿童文学创作及儿童文学研究和教育的初心——儿童文学的最终目的，就是要把在身体、精神、社会方面均未成熟的儿童培养引导为健全的社会人。这种属于儿童文学也属于教育的潜在价值蕴藏着我们摆脱诸多危机的可能性，构成了学科学习的重要目的，也是新的语文课程标准颁布实施多年来语文教育或文学教育面临的迫切需要适应和变革的重要问题。

一、重构对儿童文学的认识

少年儿童时期是人生的一个独特的身心发展阶段。在这一特定的成长过程中，儿童有其独特的成长需要，他们不论在物质需求上还是在精神需求上，都与成人有许多不同。基于此，家长和教师等对少年儿童的成长影响较大的成人都应建立这样的儿童文学理念：即儿童文学是以儿童为本位，适合于儿童年龄特征（生理特征、心理特征和社会化程度）以及审美要求，且具有独特艺术品性和丰富价值的一切文学样式的总称；它不以系统地介绍和说明某种知识为指向，而是追求一种有机的、整体性的审美构成和审美熏染，主要从美育的角度促进少年儿童的健康成长。从总体上看，儿童文学至少应由三个主要部分构成：①婴幼儿文学（0~6岁）；②童年文学

（7～13岁）；③少年文学（14～18岁）。一般意义上讲的儿童文学，其主体是指童年文学。

我们强调儿童文学的最大特征是富有儿童情趣，并不意味着儿童文学创作要单纯地顺应儿童的所有情趣，也不意味着儿童文学的鉴赏和阐释要一味去迎合儿童的审美志趣。在具体的学习、鉴赏、阐释和教育场景中，我们更多的是要借助儿童文学作品中那种独特的表达方式和儿童情趣，有效地引导儿童积极向上，促使其身心健康成长。

儿童文学创作强调思想意蕴和主题表现的向善向上，强调写作技巧的平中见奇和语言表达的尽善尽美，强调突出儿童特点和儿童情趣。毋庸置疑的是，上述三个要素的有机结合及融会贯通，是创作产生儿童文学经典的重要手段和方法。因为要做到灵活运用上述三个要素很不容易，所以有不少作家认为，儿童文学最难写！自古至今全世界有名的作家很多，但著名的儿童文学作家却不算太多，其中获得诺贝尔文学奖的儿童文学作家则更是少见。

我国颁布实施的《九年义务教育语文课程标准》中明确要求，中小学语文教材"应符合学生的身心发展特点，适应学生的认知水平，密切联系学生的经验世界和想象世界，有助于激发学生的学习兴趣和创新精神"。基于此，新编的小学语文教材中，增加了许多符合儿童身心发展特点的课文，这些课文大多是有助于儿童健康成长的儿童文学作品，这在客观上为儿童文学教育的"入脑入心"创造了条件。但不容我们忽视的问题是，在长期的中小学语文教学实践活动中，教师和家长往往会自觉或不自觉地忽略儿童文学自身的独特性和趣味性，将选入教材的儿童文学作品与成人文学作品同等对待，使儿童文学教育笼罩上成人化、应试化的色彩。因此，我们应该加强对成人群体的儿童文学理念的教育，成人只有转变固有的观念，准确理解儿童文学的审美特质，提高自己的儿童文学素养，才能具体对少年儿童实施科学的儿童文学教育，才能主动顺应儿童的身心发展规律，更好地用儿童文学教育的手段去促进学生个性的发展，从而有效引导学生的思维能力和审美能力的发展，从文学审美的角度不断提高学生的语文素养。

从教师和家长要在知识储备方面努力成为儿童教育的"源头活水"的角度看，承担着教育及影响儿童健康成长的责任和使命的成人们，应不断完善自己的文学知识结构，广泛涉猎古今中外的优秀文学作品，尤其要学习儿童文学的基本理论，关注儿童文学的发展动向，尽可能多地阅读经典儿童文学作品，只有这样才能具备在亲子阅读及文学教育中分析儿童文学作品的基本感悟能力和鉴赏能力，正确引导少年儿童阅读欣赏儿童文学作品，引导学生把握儿童文学作品中独特的童年情怀和儿童情趣，在情感的体验和感悟中潜移默化地培养少年儿童健康的审美情趣和高尚的道德情操。

二、准确把握儿童文学的文体知识

大家都知道，有一段时期教师和家长较少考虑儿童文学文体和审美身份的独特性，一般都是笼统地将其纳入成人文学作品范畴之中，用相同的阅读或教学模式对其进行解读。不少语文教师由于缺乏儿童文学教育的基本理念，没能掌握儿童文学的主要文体知识，在分析儿童文学作品时，往往未能抓住作品的精髓进行讲解，只能按部就班地讲讲主题思想、段落大意、生字生词等内容，有时甚至将充满童年情趣的儿童文学作品解析得支离破碎，把童趣盎然的儿童文学教学变成枯燥乏味的道德说教，这很难激发儿童的学习兴趣。

例如，很多教学参考书籍中提供的参考教法和学法都这样写道：教师在引导少年儿童学习列夫·托尔斯泰的童话名篇《七颗钻石》时，一般应按照这样的步骤进行：首先让学生朗读课文，找出有水发生变化的句子，仔细比较"喜笑颜开"与"喜出望外"和"流"与"涌"的区别。然后教师进一步提问：这篇童话通过一个简单的故事告诉了我们什么道理？读罢这篇童话，你从中受到了什么启发？学生需要回答出的标准答案则是：保持一颗纯真的心，用善良去对待别人。教师又问：同学们受到了什么启发？学生则需要回答：助人是快乐之本。教师随即告诉学生：只要人人都献出一点爱，这个世界将会变得越来越美好。之后，教师让学生展示收集到的关于作者及大熊星座的相关资料。随后，教师完成板书，左边：保持一颗纯真的心；用善良去对待别人；助人是快乐之本。右边：这篇课文的生字生词。最后，老师让学生学习这篇课文的写法，在课后进行想象，写一篇想象性作文。

很显然，从语文教学的角度看，上述阅读课或阅读指导课，有许多值得肯定的地方；但是从儿童文学教育的角度来说，教师这样做显然没有抓住童话这一文体的基本特征进行阅读指导，对《七颗钻石》中为什么大量运用突出的夸张手法等问题认识不足，因此阅读指导没有抓住要点，学生得到的仅是一些零碎的、理性化的知识，没有在教师的引导下真正进入充满魅力的、具有浓厚幻想色彩的童话意境，难以深度陶冶情操。童话作为儿童文学的一种主要文体，尤其强调通过丰富的想象、浓烈的幻想和极度的夸张来塑造形象、反映生活及教育儿童；离开了对这一审美特征的把握，其阅读指导的效果就会大打折扣。

我们研究发现，在目前的阅读教育领域，这种对儿童文学文体知识缺少了解的阅读指导或语文教学现象普遍存在。2017 年 11 月，在西部某省份举办的小学语文教学技能大赛的现场，笔者作为评委，有幸翻阅了一位参赛教师提供的教学设计。在这份关于安徒生的著名童话《皇帝的新装》的教学设计中，参赛者设计的阅读教学要求是：了解作者及其课文要点，了解童话的有关知识；教学重点是：紧扣主题分析理解课文内容；教学难点是：学生想象能力的训练。但在具体的课文解读设计中，设计者对童话的夸张手法在课文中的运用情况却几乎没有解读和阐述，甚至将童话中的"夸张"片面地理解为文学上通用的一种修辞手法，没有认识到"夸张"其实是童话最常用、最突出的一种表现手段，童话的幻想是通过夸张这一艺术手法体现出来的，其"夸张"是强烈的、极度的、全方位的，渗透在作品的各个环节之中，包括人物刻画、环境描写、气氛渲染、细节描述等。这使得整个阅读指导设计，没有从整体上触及《皇帝的新装》这篇童话的故事情节的整体的、极度的夸张，也忽视了安徒生借童话情节的全面夸张来讽刺皇帝的昏庸和大臣们的愚蠢虚伪的表现特征，无法让儿童领会到童话这一文体最基本的审美特征，令人遗憾。

幼儿园和小学语文教材中所涉及的儿童文学体裁除了童话以外，还有儿歌、儿童诗、寓言、儿童小说、儿童散文、儿童故事、科幻小说等。尽管儿童文学的这些体裁与成人文学有着不可分割的血肉联系，现代意义上的儿童文学形成的时间也不算太长，但儿童文学体裁却有着自己的独立性、独特性和不可替代性；这种文学存在提醒我们，作为儿童成长的陪伴者和助推者，我们应该具备必要的儿童文学文体知识，只有这样才能通过对相关作品的恰当引导，帮助少年儿童准确把握不同体裁的儿童文学作品的整体脉络、内在底蕴和精神实质。

三、充分发挥儿童文学的启蒙作用

我们知道，人类社会的发展和文明的飞跃离不开文化和文学的启蒙；对儿童来说，情感教育、审美熏陶、文学熏染应该是引导其向上向善的重要手段，儿童文学作品则是启蒙其心智的宝贵资源。少年儿童的生活本身需要儿童文学，他们需要从中汲取精神养料，从而来了解这个对他们来说还十分陌生的世界，并确立他们作为人的观念，形成自己的人格。此时，最易通过儿童文学对儿童进行教育和熏染，教给他们科学的思维方法，启迪其心智，培养其审美能力。但是，儿童文学的这些教育、认识、审美作用，都应以儿童感兴趣、乐于接受并被作品中的情感所打动为前提条件，都应让少年儿童充分领悟到儿童文学所具有的纯真、温馨、善良、快乐等独特的美学特质。

从儿童启蒙教育的角度看，儿童文学的教育第一须突出儿童情趣，其次才是关注其教育效果。要做到这一点，我们要转变过分强调文学教育的教化功能的倾向，不要总是希望通过儿童文学教育培养出社会所需要的某种高尚情操；不能把"文以载道"的传统过分极端强化，不要总是带着沉重的教育责任心和社会使命感去分析儿童文学作品的主题思想，力图把成人的审美情趣强加给儿童，把成人世界的价值观念灌输给儿童；不必赋予儿童文学作品过多的社会教化意义，而忽略对儿童本能的兴趣和趣味的满足；要重点培养儿童的阅读兴趣，让少年儿童亲近儿童文学，愿意在儿童文学的殿堂中放飞梦想，快乐成长。

实际上，儿童文学的启蒙教育包含着丰富的儿童教育思想。从伟大的启蒙思想家卢梭的"把儿童当儿童看待"的儿童启蒙教育观，到 20 世纪实用主义教育学的著名代表人物杜威的民本主义与实用教育的思想，都给我国的儿童文学教育提供了很多启示。❶ 我们应该一方面继承中华民族注重教育的优良传统，另一方面摒弃传统教育中的消极因素，包括对儿童的歧视和偏见，从崭新的角度研究儿童，弘扬儿童的主体精神。整个儿童时期是一个"自然人"向"社会人"过渡的特殊阶段，儿童文学的启蒙教育要依据儿童身心的发展规律，在肩负教育儿童职责的同时，尊重儿童的自然天性；在尊重儿童主体性的前提下，以现代启蒙教育思想为基础，通过文学审美活动来提高儿童的整体素质，真正把儿童培养成身心健康的现代人。这才是儿童文学启蒙教育的根本任务。

另外，需要进一步说明的是，儿童文学既是语文课堂文学教学的重要组成部分，也是课外阅读必不可少的内容。九年义务教育语文课程标准要求学生九年课外阅读总量达到 400 万字以上，并提出了如下选择建议：阅读《安徒生童话》《格林童话》以及其他中外现当代童话作品等；阅读《伊索寓言》《克雷洛夫寓言》中国古今寓言等；阅读《西游记》《鲁滨孙漂流记》《格列佛游记》《童年》等；阅读现当代优秀儿童文学作品尤其是全国优秀儿童文学获奖篇目等。如何通过包括上述作品在内的儿童文学作品培养学生的阅读能力、审美能力及创新意识，促使其充分发展个性，形成健全的人格，是需要我们长期思考的重要问题。

面对儿童文学在象牙之塔流光溢彩的场景，回顾儿童文学很难在现实生活中找到合理位置并发挥其应有作用的现实，正确认识和理解儿童文学，准确把握儿童文学的文体知识，充分发挥儿童文学的启蒙作用，是当前学习儿童文学需要长期关注和研究的几个重要

---

❶ Leonard Jackson. *The Dematerialisation of Karl Marx，Literature and Marxist Theory*. Landon and New York，Longman Publishing，1994.

问题，应引起教师、家长及有关人士的高度重视。

概括起来讲，学习儿童文学是少年儿童的神圣权利，努力引导少年儿童大量接触和深度阅读古今中外的经典儿童文学作品是我们不可推卸的责任。在新时代的教育语境之下，我们相信儿童文学教育及对儿童文学作品的研究和阐释一定会提升到一个更自觉的层次和境界。

几点琐碎的说明

一、关于几个概念的说明

本书所说的儿童文学经典主要是指古今中外各种类别及各种样式的儿童文学代表性作品。对某种儿童文学作品或文本是否可以称为经典，以及本书为何把有关的儿童文学作品（包括儿童影视作品）列为经典研读和讨论，既不进行学理上的讨论，也不开展对比、分析式的辨析，只作为一种选择或一种研读作品的方式供读者参考。

本书所说的"儿童文学经典细读"主要是指对儿童文学代表性作家作品的某种精细化、细节化阅读，或对儿童文学作品（包括儿童影视作品）的某种鉴赏或阐释。其呈现方式可以多种多样，有的是对特定文本的整体解读，有的是对某一文本侧重从某个方面进行赏析和解读，有的是对与儿童文学经典阅读有关的某个问题的具体分析和探讨。没有固定的或僵化的某种模式，也反对画地为牢，自我束缚。请读者关注并谅解。

儿童文学的文体形式包罗万象，丰富多样。本书所说的抒情体儿童文学经典作品主要是指儿歌、儿童诗、儿童散文等几种抒情性特征比较鲜明的文体。

相对于抒情体儿童文学经典作品，本书使用了叙事体儿童文学经典的说法。这里所说的叙事体儿童文学经典主要是指相对于抒情体儿童文学经典作品而存在的一种文体类型。一般而言，所有以构建故事为主要艺术手法的儿童文学作品，我们都称其为叙事体儿童文学。本书解读的文体样式主要是儿童小说、动物小说、成长小说、系列小说、儿童电影、动画电影等。

二、关于本书内容的说明

从整体上看，本书内容聚焦儿童文学经典作品，挖掘读者熟知的儿童文学经典文本的独特魅力和审美趣味。通过鲜活的文本分析案例，点亮少年儿童及有关读者阅读儿童文学经典作品的心灵灯火，引导少年儿童及有关读者有深度地阅读、鉴赏、阐释甚至研究儿童文学经典，激发阅读自信，共享童心、童趣，共同接受儿童文学经典的滋养。

本书的第一章即绪论部分，主要阐述了儿童文学的意义及儿童文学的主要学习方法。第二章主要阐述了儿童文学鉴赏和阐释的性质、意义，并从实践的角度讨论了不同文体的儿童文学经典文本的鉴赏及阐释要点。第三章对儿歌、儿童诗、儿童散文等几种抒情性特征比较鲜明的抒情体儿童文学经典作品从不同的角度进行了细读。第四章主要集中精力细品儿童小说、动物小说、成长小说、系列小说、儿童电影、动画电影等叙事体儿童文学经典。具体内容包括：《天瓢》的神秘与狂欢；儿童小说《青铜葵花》的美学魅力；《火印》的形象美与《细米》的单纯美；《狼王梦》的悲剧色彩及其意义；魅力四射的《哈利·波特》系列小说；电影《小兵张嘎》与儿童成长的书写；动画电影《喜羊羊与灰太狼》的伦理魅力。第五章则从具体的儿童文学经典作家作品中延伸开去，进一步讨论和阐述了童年存在的意义及儿童文学阅读的相关问题，呼吁人们永远保持一颗童心，持续不断地去探讨和追寻儿童文学经典的无限魅力。同时，为了方便读者阅读，本书增加了"附录"这一部分，主要给广大读者推荐和介绍外国儿童文学获奖作家作品篇目、全国优秀儿童文学奖获奖篇目、丰子恺儿童图画书奖获奖篇目，希望对读者有所裨益。

第二章

从儿童文学的鉴赏和阐释说起

儿童文学鉴赏和阐释的性质

儿童文学的鉴赏和阐释是由阅读、分析儿童文学作品引发的一种艺术思维活动，也是一种高级审美活动，总体上属于人类精神活动的范畴。● 在这一活动过程中，读者借助某种语言和形象，获得对儿童文学作品及其所塑造的艺术形象的具体感受和体验，引起强烈的情感反应和审美共鸣，得到艺术审美的享受，从而领会、享受儿童文学作品所包含的内容及其所展示的艺术魅力。

一、情感体验性

儿童文学的鉴赏和阐释是从审美体验开始的。这里所说的体验，是指一种审美精神活动。换句话说，鉴赏和阐释主体通过推己及人、移情于物、由此及彼等方式，对儿童文学作品所表现的种种情感和内涵，有个性地进行感同身受、细致入微的体悟、品味，并以此为基础对具体的作品进行分析、解说或评论。这是一种复杂的艺术活动，也是一种审美的享受过程。❷

● 于虹. 儿童文学（大学本科小学教育专业教材）［M］. 北京：人民教育出版社，2004.

❷ 王晓玉. 儿童文学引论（小学教师进修高等师范专科小学教育专业教材）［M］. 北京：高等教育出版社，1997.

从根本上讲，审美体验就是作品与读者心灵世界的碰撞交会，而审美体验的极致，就是通常所说的审美共鸣。共鸣是文学鉴赏和阐释活动中经常出现的一种心理现象，主要是指读者被作品中的艺术形象所打动，对艺术形象产生一定的认同与感应，达到主客体之间的契合一致与情感交流。从接受美学的观点来看，共鸣也是鉴赏者与创作者之间情感上的同一性和共通性的体现，是审美心理的心心相印，是读者与作者情感的美妙共振。

在儿童文学的鉴赏和阐释过程中，读者通过文本阅读激起的特殊情感体验和心灵共鸣，可以间接地认识历史，认识社会，认识人生，从而受到教育，得到美的感染和熏陶。

刘倩倩创作儿童诗《你别问这是为什么》的过程，便是一个儿童文学审美活动的典型案例。著名童话作家安徒生塑造的经典形象"卖火柴的小女孩"，激发了少女刘倩倩对贫苦儿童的深深同情；于是，她本性中那种儿童特有的天真、幼稚和善良，使她自觉或不自觉地把童话中的那个"卖火柴的小女孩"的艺术形象当作现实世界上存在的真实人物；为了帮助"卖火柴的小女孩"，她在过生日等不同的生活场景中，悄悄留下一块蛋糕，一页歌篇，并把留下的这些东西和棉衣一起偷偷放在床边。她之所以这样做，是因为心中藏着一个温馨的秘密，她要去梦中寻找丹麦街头那位在寒风中卖火柴的小姐姐。

这样的审美想象，使得刘倩倩在创作儿童诗《你别问这是为什么》时，写下了感动过许多人的句子："我要把蛋糕送给她吃，/把棉衣给她去挡风雪，/在一块唱那美丽的歌。"在这里，安徒生的童话经典《卖火柴的小女孩》为小诗人刘倩倩提供了鉴赏和阐释儿童文学作品的基础及平台，成了引发审美想象的动力和契机，成了审美创造的"推进器"和"加速器"。

二、审美主动性

鉴赏和阐释必须以阅读为基础，不阅读，就不会有鉴赏，更不会激发阐释的冲动。儿童文学的鉴赏和阐释需要主体的主动参与和主动介入，在鉴赏和阐释过程中读者要充分发挥主观能动性，在认真细读作品的基础上，积极主动地去体验作品展示的艺术形象和丰富内涵，充分发掘作品及其艺术形象的审美内涵和审美价值，从思维到情感、从形象到意蕴进行审美的再创造。❶

一般而言，鉴赏和阐释者主动性和创造性的发挥，主要依赖于主体的艺术想象和联想活动及主体具有的相关水平和能力。艺术想象和联想在儿童文学欣赏和阐释中具有非常重要的作用，不依靠主体的想象和联想，不经过主体积极的个性化的形象思维过程，读者就不可能对作品的美学内涵有深切的感受，不可能发现、了解和体验作品中的那些言外之意，形外之美；而读者在欣赏儿童文学作品时，只要勤于阅读，善于反复地品味，善于积极地思考，就能从作品中获得更多的感受和更深的认识。

例如，童话《岩石上的小蝌蚪》。它讲的是一个很简单的故事：一个小男孩逮着两条小蝌蚪，半道上装蝌蚪的瓶子碎了，他便把小蝌蚪暂养在岩石上的小水坑里。烈日炎炎，坑里的水在发热，在蒸发，可是出于对"圆脸蛋的小哥哥"的信任，蝌蚪们拒绝了小花狗和小鸭子带它们下山去的邀请，最后它们被晒干，成了岩石上的"两个小黑点"。

如果读者阅读这篇作品之后仅仅知道这个童话讲了个怎样的故

---

❶ 王晓玉. 儿童文学作品选读［M］. 北京：高等教育出版社，1997.

事，那只是一般意义上的阅读而不是鉴赏，更不是阐释。鉴赏和阐释是读者以这个童话提供的形象为基础，积极主动地以自己接触过的小男孩、小蝌蚪、小花狗、小鸭子等去补充丰富这些形象，使他们鲜活起来，甚至活动起来，从而让这则童话所讲述的故事像放电影似地浮现在读者眼前，使读者为小蝌蚪们对小哥哥的执着的信任而深深感动。如果读者更进一步，为小蝌蚪在浅浅的发烫的水中挣扎而揪心，为小蝌蚪最终变成岩石上的"两个小黑点"而痛惜，为小哥哥不该有的健忘而愤慨，然后把这些体验和感悟讲述出来或者形成具体的阐述文章，这样就使具体的作品鉴赏和阐释活动具有了感情色彩、理性色彩和审美意义。读者还可能由这则童话联想到"守信重诺"等中华传统文化中十分推崇的美德，这便是更理性地发掘了艺术作品的内在价值，甚至可以说是在某种程度上对艺术作品及其艺术形象进行了再加工、再提升、再创造。

三、审美享受性

寓教于乐、帮助儿童健康快乐成长是儿童文学创作的原则之一，也是儿童文学鉴赏和阐释的特点之一。儿童文学欣赏虽然包含着认知的成分，但其在本质上不是一种认知活动，而是一种审美享受活动。从某种程度上讲，儿童文学鉴赏和阐释的目的，在于引导少年儿童进入文本创造的艺术世界和审美殿堂，满足他们的生理和心理审美需要，让他们得到心旷神怡的审美享受。❶

与一般的文艺鉴赏和阐释相似，儿童文学的审美鉴赏同样具有超越性和自由性等特点。在儿童文学的阅读、鉴赏和阐释过程中，

---

❶ 方卫平，王昆建. 儿童文学教程（高等学校小学教育专业教材［M］）. 北京：高等教育出版社，2004.

读者面对的不但是一个情感的世界、体验的世界、幻想的世界，更是一个充满温情、诗意和情趣的世界。不论是儿童诗还是儿童散文、儿童故事，也不论是儿童小说或者童话、寓言、儿童科学文艺作品，它们传达的都是诗人、作家对自然、对人生的深切体验，都是写作者或讲述者对人间的真善美的诗意发现。

它们能发挥魔幻般的神奇作用，有效地让读者沉浸于其中，使读者忘却尘世的一切，挣脱现实的缠绕，进入一种自由、和谐的心灵之境。它能培养读者对生活敏锐的感觉能力，启发读者关于世界图景和人类社会的美好想象，给读者的生活增加审美情趣和艺术诗意，从而最大限度地给读者提供充分的精神愉悦和审美享受。

四、儿童趣味性

鉴赏和阐释对象的特殊性，鉴赏和阐释主体的特殊性，共同决定了儿童文学鉴赏和阐释具有鲜明的儿童趣味性。

从普遍的意义上讲，儿童的思维形象直观，富于情感。受这一显著特点影响，那些故事性较强、情节生动曲折、形象鲜明突出的儿童文学作品，更易激起少年儿童的审美愉悦。

鉴赏和阐释要求主体积极、主动地投入创造性的思维和审美性的情感，这一特点在儿童文学鉴赏和阐释中表现得更为普遍，更为突出，甚至达到了鉴赏和阐释主体直接介入和参与某些创作的程度。也就是说，在鉴赏和阐释儿童文学作品的过程中，儿童的喜怒哀乐会表露无遗地跟着作品的内容起伏变化，少年儿童读者有时为好人落难而悲伤，有时为英雄得胜而欢呼，有时为坏人得势而不平，有时因故事好玩而狂笑；在某些特殊的阅读场景之中，他们甚至会将作品中的某些形象当成自己的化身，在作品所虚构的世界中做一种沉溺式的漫游。❶ 比如，有的少年把自己打造成童话形象小飞侠的造型，觉得新潮流行，时尚无比；有的女孩喜欢穿美人鱼形象的裙子。这些表面上看来在成人世界中违背艺术思维的种种表现，在儿童世界中却是合乎规律的存在，并非离经叛道的行为；有时，甚至可以将其看成儿童独有的特殊而富有童趣的某种审美现象，从中还可以观察某一时期少年儿童所达到的审美境界。

❶ 王泉根. 儿童文学教程（小学教师本科阶段教材）［M］. 北京：首都师范大学出版社，2008.

儿童文学鉴赏和阐释的意义

儿童文学鉴赏和阐释的主体可以是少年儿童，也可以是包括儿童文学作家、文学评论家、教师、家长和阅读推广人等在内的一切成人。这些多元主体之间没有不可逾越的审美界限，也没有高低贵贱之分。他们都可以在不同的场域中扮演儿童文学作品鉴赏和阐释的主角，都可以充分发挥儿童文学作品鉴赏和阐释主体的作用。概而言之，可以从三个方面简要窥探儿童文学鉴赏和阐释的意义。

一、有利于作家创作自觉性的增强和创作水平的提升

儿童文学的鉴赏和阐释有其特殊性，也有其规律性。像普遍意义上的文学鉴赏一样，儿童文学的鉴赏和阐释是沟通作者、读者和市场之间的中介和桥梁。

一般而言，要想成为一个受欢迎的儿童文学作家，要想成为一个比较有水准的鉴赏者和阐释者，就必须深入孩子们中间去，认真观察他们阅读、鉴赏儿童文学作品后的审美反应，并将这种审美反应作为了解少年儿童审美要求的依据，作为增强自己的阐释或创作自觉性的依托，作为提高创作或阐释水平的某种衡量标准，才能有效提升鉴赏和阐释的水平，才能创作出更优秀的儿童文学作品。据

说，童话大师安徒生就常常根据孩子们的反映，反复对作品进行认真修改。我国儿童文学作家黄蓓佳在从事儿童文学创作时，也很注意小读者的反映；她曾尝试着写出各种风格题材的作品，交给孩子们挑选，看他们喜爱的是什么，从而适时调整自己的创作方向，写出孩子们更喜欢读的优秀作品。这些都是作家自觉地以儿童文学鉴赏和阐释的反馈信息为镜子，不断促进自身创作水平提升的例证，也可以看成儿童文学的阅读、鉴赏和阐释有利于作家创作自觉性的增强和创作水平提升的明显证据。

二、有利于促使少年儿童养成健康的审美情趣

一般而言，以优秀的儿童文学作品为对象的鉴赏和阐释活动，是提高少年儿童鉴赏及审美水平的重要途径，有利于少年儿童养成健康的审美情趣。

古往今来，许多成就卓著的文学家及科学家，当他们晚年回忆起自己的童年生活时，都能如数家珍地说出自己印象最深、对自己影响最大的儿歌、儿童诗、儿童故事、寓言、童话等作品。鲁迅先生在他的散文中就说过，他对幼时"长妈妈"讲的故事至今不能忘怀。著名儿童文学作家曹文轩等很多作家也反复强调，优秀儿童文学作品是引导他们走上创作道路的良师益友。显然，这些名人之所以取得世人皆知的成就，其中的原因之一肯定是他们从小就读了许多优秀的儿童文学作品，并在阅读的过程中逐步养成了健康的审美情趣。这可以从另一个角度说明，优秀儿童文学作品的阅读、鉴赏和阐释有利于孕育文学创作的新生力量，有利于浇灌出文学创作的崭新蓓蕾。

三、有利于促使孩子们走上儿童文学创作的道路

我们不论是阅读安徒生、高尔基、鲁迅、莫言、阿西莫夫、林格伦等著名作家的传记，还是阅读牛顿、爱因斯坦、霍金等著名科学家的生平介绍等文献资料，都会有一个高度相似的发现：大多数著名作家及科学家等对人类文明发展有较大贡献的人士，几乎都在孩提时期就开始接触儿童文学作品，几乎都是从小就养成了良好的阅读习惯的。❶

更进一步讲，有些名人往往因为在孩提时代偶然接触或阅读了某部儿童文学作品，而这些作品与其生活经历又产生某种机缘上的融合创新，这激发了其强烈的创作欲望，使其逐步走上了童话、儿童小说、儿童戏剧、儿童影视等儿童文学作品甚至成人文学的创作道路。这些现象说明，少年儿童时代的儿童文学鉴赏和阐释有利于促使孩子们走上儿童文学创作的道路。

---

❶ 朱自强. 儿童文学概论 [M]. 北京：高等教育出版社，2009.

儿童文学不同文体的鉴赏和阐释举要

从接受美学的角度看，儿童文学作品的鉴赏和阐释既是一种审美的愉悦，一种艺术的体验，又是一种再创造活动，需要鉴赏和阐释主体具有一定的审美能力并充分发挥主观能动性，才能在一定的水准上达成目标。儿童文学作品的鉴赏和阐释具有实现作品价值、激发创作活力、满足读者的精神需求等重要意义。儿童文学作品鉴赏和阐释的总体原则一是全面把握，深度挖掘；二是强调体悟，突出重点；三是积极创造，二次升华。下面，我们将从相对微观的层面探究一下某些主要的儿童文学样式鉴赏和阐释的方法。

一、儿童诗的鉴赏和阐释

儿童诗是一种特色鲜明的儿童文学样式。儿童诗的鉴赏和阐释要把握住以下几个要点。

（一）要通过阅读或朗诵充分领略儿童诗的美感

一般而言，儿童诗表达规范，抒情精准，凝练含蓄，鲜活灵动，富有跳跃性和音乐性，在音韵节奏上具有较强的旋律感，是一种情感与思想、感性与理性高度融会之后的艺术呈现。我们要引导少年儿童读者通过反复朗读，充分地去体会和领悟儿童诗字里行间那种立体化的美感。具体讲，重点要引导儿童用心去领悟儿童诗在整体上给读者带来的三种别致的美感。

首先要用心领悟儿童诗的韵律美。需要注意的是，现代儿童诗的韵律美不像古典诗歌那样体现为讲求平仄或精于对偶，而是以鲜明的节奏感、和谐的韵律感等方式来呈现，优秀的儿童诗往往音节优美，匀称齐整，讲究押韵，节律和谐，用语优美，善于采用对偶或回环、反复等修辞形式来建构篇章，读起来琅琅上口，气韵顺畅，给人以和谐自然、悦耳动听的美感享受。

其次要用心领悟儿童诗的情感美。古今中外的优秀儿童诗，往往特别擅长以满溢的情思去吸引和打动少年儿童读者；儿童诗的语言承载的虽然是诗人的情感，但读者在欣赏儿童诗的过程中，实际上随时可能与儿童诗的作者这一抒情主体产生强烈的情感共鸣；读者要领略儿童诗的深层意蕴，必须以诗歌抒发或表现的情感为线索，仔细看其如何用恰当的语言来表情达意，才能充分领略其饱含感情的诗歌语言，才能真正领悟到儿童诗的情感美。

最后要用心领悟儿童诗的弹性美。儿童诗往往以跳跃性的、高度凝练的语词组合诗人的情感，常常以强烈的诗情和灵动的想象，努力挣脱日常经验和逻辑思维的束缚或禁锢，甚至打破某些固化的条条框框，最大限度地强化表达的不确定性，使其富于弹性和张力，使读者可以对其丰富的内涵作多维度的阐释和理解。

（二）要深入探寻儿童诗美妙的意境

意境是一种不容易把握的审美追求和艺术境界，是儿童诗创作和欣赏的核心，是诗人强烈的思想感情（意）与生动的客观事物

（境）高度契合的一种艺术产物。在儿童诗的创作过程中，诗人的人生体验、情感感受、对自然社会的独特认识等，往往不是直接倾吐，而是依靠富于美感的意象和意境表现出来。

读者要欣赏和阐释儿童诗的优美意境，一定要善于因"象"悟"情"，善于缘"境"会"意"，要穿过意象的迷宫或殿堂，才能探寻到它的庐山真面目。优秀的儿童诗的意境还在一定程度上体现为童真美，通俗晓畅、生动活泼，贴近儿童的生活，洋溢着儿童的天真和稚气，非常适合少年儿童阅读和欣赏。

（三）要充分发掘儿童诗的教育意义和教育价值

有的人对这种提法不是很感兴趣，认为儿童诗就是要强调其艺术性，不应过多地去讨论它的主题思想及其教化作用。从根本上看，这其实是一种偏见，世界上没有纯艺术化的诗歌，也没有纯艺术化的儿童诗。儿童诗像成人诗一样，是社会现实的艺术反映，是作家以儿童的眼光观察体验生活、以儿童的视角书写生活的结晶，它不可能超越作家对自然、对社会、对人生的认识和体验，也不可能逃离现实社会，纯而又纯地去谈所谓的艺术。但由于它属于文学艺术的一个类别，作家往往会像创作儿童散文等作品一样，将自己心灵深处想表现的东西，巧妙地隐藏在形象的背后，优雅地凝聚在诗境之中，从而更有韵味地去抒发心灵深处的情思和思想。儿童诗的这些深层意蕴，需要读者在阅读之后，掩卷沉思，反复玩味，才能把握和领会。因此，儿童诗的欣赏者要在体验诗歌意境的基础上，以积极的艺术思维，展开联想和想象，拨开表象的遮蔽，曲径通幽，寻踪探迹，努力去抓住意象背后的情理，努力去发现诗中隐藏的"韵外之致"和"味外之旨"，努力去挖掘儿童诗的童心和童趣中包含的高洁情操和崇高理想，并恰到好处地用它来教育、引导儿童健康成长。

例如，在人民教育出版社 1999 年版《阅读和写作》第一册中选编的田晓菲的儿童诗《夜来了》中，九岁的小作者这样写道："夜来了，/背着睡眠来了。/夜来了，/拎着好梦来了。/夜来了，/把小星星撒在天空。/夜来了，/萤火虫提着灯笼。"整首儿童诗由两节构成，每节四句，偶句押韵，全诗音节上整齐而有变化，读起来琅琅上口，富于韵律美。但它也不是没有思想情操的艺术怪物，而是通过儿童的独特视角，通过对儿童眼中的"夜"的多角度描写，表现了宁静美好的生活和积极向上的思想感情的诗。诗歌采用的拟人、比喻等修辞手法，诗歌使用的浅显生动的语言，诗歌中对"小星星""萤火虫"等意象的捕捉和运用，都是为了突显儿童眼里夜的宁静与安详、纯真与美好，都是在书写和赞美儿童当下的幸福生活。

不用赘述大家也应该明白的是，在儿童诗的鉴赏和阐释过程中，我们谈论的这些方法总是相互交织、相互渗透、相互影响、相互作用的，如果有谁非要截然分开或试图单独使用某一种方法去鉴赏和阐述儿童诗，肯定会徒劳无功。

二、儿童小说的鉴赏和阐释

儿童小说的鉴赏和阐释要重点从以下三个方面入手。

（一）要抓住小说的故事情节，理清小说结构

具体讲，要从整体上去探寻三个要素及它们之间的关系，即理清故事情节的线索；把握情节与人物塑造的关系；分析小说的结构特点。同时，要深入分析这三个要素之间的关系。优秀的儿童小说，其故事情节总是出人意料而又合乎生活逻辑的，其人物形象的塑造

总是与故事情节的发展密切相关，其严密精巧的结构总是能紧紧抓住少年儿童的阅读兴趣，带给他们阅读的快乐。这三个要素高度融合，就会构建出精彩的儿童小说。能把这三个要素及它们之间的关系解读清楚，就能牢牢抓住儿童小说鉴赏和阐释的"牛鼻子"。

（二）要深入分析人物形象，感受人物的形象美

也就是说，读者在梳理儿童小说的故事情节、结构特点、人物形象等要素的基础上，应更进一步，从作者塑造人物的艺术手法等方面入手，多角度、多层面地把握儿童小说人物形象的性格特征，尤其要善于把握人物的典型性格，善于从人物形象的性格特征中发掘出深广的社会意义。我们平时常讲的儿童小说的形象美，主要就是指儿童小说人物形象的塑造在读者感情上引起的审美体验；那些性格鲜明的人物所具有的美好品质，以及他们的欢乐与悲哀、成功与失败、幸福与痛苦等，总是能引起少年儿童读者的心灵共鸣，使他们产生情绪上的波动，跟随着这些人物欢笑歌哭，从而获得情感和审美的熏陶。

（三）要深刻分析主题思想，领会儿童小说的深层意蕴

在儿童小说欣赏中，读者应透过人物形象和描写人物形象的具体材料，领会和体悟作者在艺术形象背后所寄寓的主题思想，认识作品所反映的生活本质，发掘作品的社会意义。不仅应该领会儿童小说作者在小说人物形象和故事情节里所寄寓的主观意图，更应领会小说作家没有意识到的、小说人物形象获得艺术生命时所滋生的深层的客观蕴含。可以说，读者鉴赏能力强不强，与能否正确深入开掘儿童小说主题意蕴有密切的关系。例如，人民文学出版社1994年出版的《一块烫石头——外国儿童小说精选》中的《小丑的眼

泪》（作者齐默尔，文思译），就是一篇经典的外国儿童小说。小说写一位年迈的小丑，在圣诞夜登门为一位失明的小姑娘爱丽卡表演的故事。这篇小说在结构上分为三个部分，每一部分写了一个情节。第一部分写圣诞节前夜小丑为孩子们表演马戏，逗得孩子们大笑，但唯有一个女孩没有反应，小丑内心十分沮丧。第二部分写小丑询问爱丽卡的情况，得知她是一位盲姑娘，并决定第二天晚上到她家去单独为她表演。第三部分写小丑在圣诞夜为小姑娘爱丽卡作生平最为艰难的一次表演，终于让小姑娘开怀大笑，而小丑却哭了。小说的故事情节按时间顺序展开，两天加起来不足 24 小时；地点也只有两个，一个是马戏团的帐篷，一个是爱丽卡的家；人物没有几个，主要是小丑和爱丽卡，其他人物都是配角；情节简单，没有大的波澜起伏，没有穿插，也没有回忆。但是，这篇小说在看似简单的故事情节背后，有深刻感人的主题内蕴。

　　小说通过小丑这一形象揭示和表现了丰富深刻的主题思想。他演了一辈子的小丑，用自己的努力和汗水带给别人快乐和笑声。小丑尽可以不理睬一个瞎眼小姑娘，因为他已经带给了大多数人欢笑，况且爱丽卡是个盲人，不会笑也很正常。但是小丑的可敬，就在于他忠于自己的职守，尽管年纪大了，但他知道，小丑就该给人带来快乐，否则就不配做一个小丑。崇高的责任感和巨大的同情心，使他不能躲开爱丽卡，所以他单独给爱丽卡表演。小丑付出了极大的努力，进行了生平最艰难的一次表演，让看不见光明的姑娘爱丽卡触摸感受到了什么是笑，带给了小姑娘巨大的快乐。小丑是平凡的，小丑又是伟大的。从他身上，我们看到了普通人身上所具有的博大爱心，对职业的虔诚和操守，对童心的呵护，对个体生命的尊重和理解，对自我生命价值和意义的追寻。整篇小说洋溢着暖暖的人间真情。这篇小说对小丑这一人物形象的刻画十分传神，令人难忘。

首先是通过细腻的心理描写来刻画小丑形象；其次是通过生动真实的细节来刻画小丑形象。在此，我们不再赘述。

三、童话的鉴赏和阐释

童话是一种充满幻想色彩的儿童文学体裁，从一般意义上讲，我们建议从以下三个方面入手对其进行鉴赏和阐释。

（一）要感受童话亦真亦幻的意境美

童话的意境美，表现为童话作家通过奇异的幻想、大胆的夸张和奇妙的情节所创造的虚实相生、形神兼备、幻想性与现实性交融的艺术境界。小读者能在阅读童话中获得审美的愉悦，就在于童话可以满足儿童好奇及爱幻想的心理特征，让他们插上想象的翅膀，遨游于童话美妙的文本世界，使他们产生身临其境之感，实现他们在真实世界里不能满足的愿望。

（二）要领略童话丰富深刻的思想蕴含

童话的幻想不是胡思乱想，而是现实生活在作家头脑中的曲折反映。童话中的人物和发生的事件，尽管在现实生活中找不出来，也不会发生，但它是对现实生活的概括和集中，总会透露出时代和生活的气息。优秀的童话作品，既表现为有丰富的幻想性，又蕴含着深刻的现实性。因此，欣赏童话，一定要深入领略童话丰富深刻的思想蕴涵。

（三）要品味童话优美的语言

童话的语言美，主要是指作品中准确、精炼、形象的文学语言带给小读者的美感。准确，是指用规范的、恰如其分的、最确切的词句把客观事物表现出来。精练，就是用最少的话语尽可能表现最丰富的内容。形象，就是要求逼真地、活灵活现地把事物表现出来。准确、精炼、形象的语言，往往生动活泼，具体可感，内蕴丰富，饱含感情，给人以强烈的美感。

以四川人民出版社 1981 年出版的《快乐王子集》中的经典名篇——《快乐王子》（作者王尔德，巴金译）为例，在对其进行鉴赏和阐释的过程中，我们首先要弄清王尔德的这篇童话代表作的故事梗概：一天，一只准备去埃及过冬的小燕子，落脚在快乐王子塑像的两脚中间过夜，想不到王子流下的眼泪滴到了它的身上。小燕子与王子对话后知道，王子生前住在无忧宫里，不知道什么叫忧愁和痛苦。他死后，人们把他的塑像竖立在城市的上空，他这才看到了人间的许多丑恶和穷苦，尤其是看到了许多穷人的悲惨生活。虽然他的心是铅做的，但也忍不住流下了眼泪。快乐王子劝说小燕子留下来，让小燕子把宝剑上的红宝石、眼睛里的一对蓝宝石和身上的金片，拿去救济城里的穷人们。寒冬来了，小燕子没有飞到温暖的尼罗河边过冬，而是陪着快乐王子，最后冻死在王子脚下，快乐王子的铅心也裂成了两半。

其次要分析《快乐王子》这篇童话所塑造的快乐王子和小燕子这两个富于同情心、甘愿自我牺牲的人物形象。快乐王子为了帮助穷人，可以奉献出自己身上的一切：宝石和金片，虽然自己变得丑陋不堪，却从内心里感受到了一种献身的快乐。而贪玩任性、无忧无虑的小燕子，在认识了王子之后，在王子的感召下，做王子的信使帮助穷人，一次次推迟飞往温暖埃及过冬的时间，最后冻死在王子脚下。这篇童话通过快乐王子和小燕子这两个形象，寄寓了王尔德对现实的思考和认识。一方面，作者同情穷人，因此他对社会的黑暗是持批判态度的：快乐王子和小燕子看到的现实，充满了太多苦难和不公平，穷人忍饥挨冻，孩子生病无钱医治，而统治者们却对穷人的苦难熟视无睹，他们关心的只是自己的官运亨通，一味粉饰太平，无所作为。作者借此对贫富不均的社会进行了无情的揭露和控诉，同时对快乐王子和小燕子为众生的幸福而献身的崇高牺牲精神进行了歌颂。另一方面，作为一个唯美主义的作家，颓废的思想又使得王尔德对现实的看法是极度悲观的，他对富人和社会不公的批判，更多的是出于一个作家的良知，他不知道有什么更好的办法可以消灭社会压迫，所以作者把《快乐王子》写成了一个悲剧故事。在故事的结尾，快乐王子的塑像被毁掉，小燕子也活活冻死，上帝把快乐王子的铅心和小燕子的尸体收回天国，作家只能幻想和祝福他们崇高的灵魂都能进入美好的天国。

最后要深入领会这篇童话文笔优美、想象丰富、幻想奇妙、感伤凄美的艺术特征。芦苇与风的调情，小燕子与芦苇的恋爱，小燕子对尼罗河美景的描绘，燕子与王子的对话等都令笔者念念不忘；作者把平静优美的笔触与悲凉酸楚的气氛融合在一起，营构了一个极富诗情画意、充满幻想色彩的童话世界。

四、寓言的鉴赏和阐释

寓言一般篇幅较为短小，鉴赏和阐释寓言一方面要深入领会寓言的含义，体会寓言的讽刺艺术和构思艺术；另一方面要善于从寓言中汲取生活的智慧，同时要学习寓言那种言简意丰的语言表达技巧。

例如，中国少年儿童出版社 1987 年出版的《伊索寓言精选》，选编了一篇广为传颂的寓言《行人和熊》：两个朋友一起上路，他们遇见一只熊，一个人抢先爬上树，藏了起来，另一个人在快要被熊抓住的时候，倒在地上装死。熊走到他跟前，用鼻子闻了闻，他屏住呼吸。据说，熊从来不碰尸体。熊走了以后，爬到树上的人下来，问这人，熊在他耳边说了什么，这人回答说："熊说以后千万不要和那种不能共患难的朋友同行。"读完这篇寓言，我们会发现，它虽然只有短短的一百多字，却讲述了一个深刻的故事，蕴含着不可多得的人生"教训"。这则寓言告诉我们，交朋友要小心谨慎，同时也讽刺了那些遇到危险只顾自己不顾朋友的人。从整体上看，这则寓言构思巧妙，讽刺性极强。仔细分析就会发现，这则寓言可分为三层，第一层交待人物和事件的起因，第二层写两个同行的人遇到熊时的不同表现，第三层写两个人的对话。一般寓言，写完第二层就可以打住，但作者偏偏设计了两个人的对话，以一个意料不到的结尾收束全文。上树逃命的人危急时只顾自己求生，但危险解除之后（熊自己走了），他偏偏还故作聪明，还要追问与他同行的那个朋友，熊在他的耳边说了什么。有趣的是，他的朋友回答得非常有智慧："熊说以后千万不要和那种不能共患难的朋友同行。"朋友的回答就是这篇寓言揭示的深刻寓意，作者通过人物对话的方式将寓意顺便说出来，构思极为巧妙，体现了寓言名篇应有的艺术水准。

可以说，这则寓言虽然情节简单，但言简意丰，形象鲜明。作者描写形象只抓住关键点着笔，一爬一躲，一倒一忍，简洁利落，生动传神，形象突出，但寓意却十分深刻。

五、儿童故事的鉴赏和阐释

儿童故事是一种叙事性的文体，它针对儿童的心理特点，在不长的篇幅中讲述一个生动有趣、引人入胜的故事，因此，儿童故事的鉴赏，要针对儿童故事的特点来进行。重点要领会儿童故事鲜明的主题意蕴，体会儿童故事明快简洁的叙述方式和曲折单纯的情节设计，感受儿童故事自然纯真的童心童趣，品味儿童故事质朴活泼的语言。

例如，语文出版社出版的九年义务教育小学《语文》二年级上册教材选编的朝鲜优秀儿童故事《手捧空花盆的孩子》，就值得仔细阅读、鉴赏和阐释。

作为经典的儿童故事，《手捧空花盆的孩子》以传统的讲故事的方式开头，"从前……"这种讲故事的方式很容易引起孩子的注意。故事紧紧围绕着"手捧空花盆的孩子"雄日被选为国王的继承人来展开叙述，没有复杂的线索，没有多余的旁枝末节，故事单纯紧凑。但是，这个简单的故事的叙述却一点也不单调，写得跌宕起伏，很有吸引力，故事的结局十分意外，却又合情合理。故事开始就直入正题：一位年纪大、没有子女的国王，想从全国的孩子中挑选一个做继承人。条件是：谁能用他发的种子培育出最美的花，谁就是国王的继承人。接下来正面叙写男孩雄日种花的过程：施肥浇水，天天照看，种子却没发芽。读到这里，读者禁不住想：雄日花盆里的种子为什么不发芽？国王会选谁做继承人？故事的结尾，手捧空花盆的男孩雄日被选为了国王的继承人。这个看似十分意外的结局却又合情合理，因为国王发给孩子们的花种都是煮熟了的，自然不能长出美丽的鲜花来。这是一个极富教育意义的故事，雄日因为诚实，不弄虚作假，所以被国王选为继承人。它告诉孩子们一个深刻的道理：要做一个诚实的人！这个故事采用的就是给儿童讲故事的方式叙述的，如叙写男孩雄日种花："十天过去了，一个月过去了，可是花盆里的种子连芽都没有冒出来。雄日又给种子施了些肥，浇了点水。他天天看哪，看哪，种子还是不发芽。"通篇来看，语言浅显，口语化色彩很浓，不做过多的描绘铺写，质朴明快。《手捧空花盆的孩子》还采用了儿童故事中常见的对比和反复的修辞手法。如"十天过去了，一个月过去了""看哪，看哪"这样的叙述语的反复。对比主要有两处：一处是把雄日和其他孩子做对比，雄日手捧空花盆，而"许许多多的孩子捧着一盆盆盛开的鲜花"；一处是国王前后表情的对比，国王先是从那些手捧鲜花盆的孩子面前走过，"脸上没有一丝高兴的表情"，而看到手捧空花盆的雄日，却"高兴地拉着他的手"。通过对比和反复，强化突出了故事的思想教育意义。

六、儿童散文的鉴赏和阐释

从一般意义上讲，儿童散文的鉴赏和阐释要始终把握住三个重点：一是要领悟儿童散文深远的主题和深层的思想意蕴；二是要深入学习儿童散文精妙的艺术构思；三是要充分品味儿童散文优美纯真、富有童趣的语言。

下面，我们以《钓鱼》（选自语文出版社 S 版《语文》四年级下册）为例来谈论上述问题。

这是一篇饱含着生活感悟和哲理意蕴的回忆性散文。在《钓鱼》中，作者以回忆性的笔调，向读者娓娓道出了 34 年前他 11 岁时与父亲在新汉普斯小岛之上钓鱼的一次难忘的经历：作者钓到了一条美丽的大鲈鱼，由于距离开放捕捞鲈鱼的时间还有两个小时，在父亲不容置疑的命令声中，作者很不情愿地把大鲈鱼放回了湖里。34年后，当年那个沮丧的孩子成了纽约的一位著名的设计师，尽管他再也没有钓到过像那个夜晚钓到的那样大的鱼，但 34 年前和父亲钓鱼的情景，父亲坚定的神情和不容争辩的话语，却让作者明白了这样一个道理：人生旅途，会"不止一次地遇到与那条鲈鱼相似的诱惑人的'鱼'",但面对种种诱惑,在面临道德抉择的时候,要有抵制诱惑的勇气和力量。

然而作者的富有启迪性的人生感悟,读者读来并没有产生空洞说教之感,这与作者巧妙的艺术构思有关。"那一年我刚满十一岁。有一天,我像往常一样,随父亲去新汉普斯湖的小岛之上钓鱼。"开篇的回忆性笔调,不知不觉把读者带入对往事的回忆之中。作者把时间定格在"鲈鱼捕捞开放日的前一个傍晚":晚霞辉映的湖面,彩色的涟漪,月亮升起,湖面银光闪闪,两个钓者。作者设色绘景,使呈现于读者眼前的,是一派美丽、安详、静谧而悠闲的"晚钓图"。

鲈鱼从上钩到被拉上岸的过程在作者笔下得到了绘声绘色的呈现:先是写鱼竿"剧烈地抖动",接着写作者"一收一放",然后写鱼"不停地跳跃着,猛烈地甩动尾巴。湖面上不时发出啪啪的声音,溅起了不少水花",最后鲈鱼被拉上了岸,"鱼鳃在银色的月光下轻轻翕动"。作者使用了一连串的动词,把这一过程形象具体地展示出来。所以当作者看着这条他从来没有见过的大大的、漂亮的鲈鱼时,我们可以真切地感受到作者那种紧张、兴奋和得意的情感波动。

父亲"划着了一根火柴,看了看手表"预示着事情发展的急转。果然,因为距离开放捕捞鲈鱼的时间还有两个小时,父亲让作者把美丽的大鲈鱼放回湖里。作者在叙写放鲈鱼的一段时,字字句句饱蕴情感,对虚实的处理也非常有功力:表面上写周围的环境——"到处都是静悄悄的,皎洁的月光下看不见其他任何人的影子",表面上写与父亲的对话争辩,写"我"的表情动作,但无一字不写作者内心巨大的情感波澜,作者的祈求、失望、沮丧之情,溢于言表。是啊,距离开放捕捞鲈鱼的时间也就两个小时,再说也没人看见,父亲会不会太不近人情了?是不是太过严格甚至有些刻板教条?

我们可以看出,作者对那一天的记忆无疑是刻骨铭心的,所以在 34 年后描写和叙述那天发生的一切时，依然栩栩如生，历历在目。但是，如果作者只停留在对 34 年前往事的追忆，那么，这篇文章就只是一篇生动有趣的"钓鱼记"而已，作者并不满足于此。父亲非常平静地说的一句话"你还会钓到别的鱼的"，看似漫不经心，却是文章的"文眼"，作者 34 年后的人生感悟，都是由这句话生发而来，它使文章的回忆性记述得到了哲理性的升华，大鲈鱼也超越了具体的大鲈鱼，成为人生旅途中种种诱惑的象征。

这篇散文以回忆钓鱼开始，以谈钓鱼结束，前后呼应，结构严密完整。前半部分记写钓鱼放鱼的过程，后半部分写自己的哲理感悟，回忆部分按时间顺序从傍晚写到夜里十点发生的事，线索清晰，层次感强。这篇儿童散文语言简洁生动，描写具体形象，韵味悠远，是一篇十分难得的佳作。

综上所述，我们或许会发现，儿童文学的阅读、鉴赏和阐释既是一种艺术思维活动，也是一种高级审美活动，❶ 它是人类试图不断丰富自己的精神创造活动的具体体现。

在实际的儿童文学文本的阅读、鉴赏和阐释的实践过程中，我们很难区分什么是阅读，什么是鉴赏，什么是阐释，这三者实质上是一个不可分割的整体的不同侧面。❷ 不论从哪一个侧面看，读者都要借助某种语言和形象，才能获得对儿童文学作品及其塑造的艺术形象的某种感受、某些体验，才能与作品产生某种情感反应和审美共鸣。

我们之所以说儿童文学作品包含着丰富的艺术魅力，其前提就是，读者通过对作品的阅读、鉴赏和阐释，能够以主体的姿态发

---

❶ 黄武雄. 童年与解放 [M]. 北京：首都师范大学出版社，2011.

❷ ［意］艾格勒·贝奇，［法］多米尼克·朱利亚，卞晓平、申华明译. 西方儿童史（下卷）［M］. 北京：商务印书馆出版，2016.

现或抓住儿童文学作品内蕴的艺术魅力。也就是说，儿童文学的鉴赏和阐释并不神秘，它有自己内在的规律，我们只要学会运用鉴赏和阐释的规律，就能充分发挥自身作为儿童文学作品的鉴赏和阐释主体的能动作用，最大限度地去领略儿童文学的独特风姿和魅力。

第三章

抒情体儿童文学经典细读

我国传统经典儿歌阐释

儿童文学的文体形式包罗万象，丰富多样。所谓的抒情体儿童文学作品主要是指儿歌、儿童诗、儿童散文等几种文体。儿歌被称为天籁之音，魅力无限。儿童诗是诗歌殿堂中的奇葩，美轮美奂。儿童散文是散文大家园中的花蕾，如诗如画。一般而言，儿歌的主要读者群体是婴幼儿，或者说是 12 岁以下的儿童。在有些时候，成人尤其是陪伴孩子成长的女性老人或男性老人，也会成为吟唱儿歌的群体之一。儿歌大多用富有音乐性的语言，集中描述或表现一件或数件儿童可能感兴趣的事物，适合儿童一边游戏一边吟唱；它节奏鲜明，韵律优美，富有儿童情趣，深受儿童欢迎。

一、文学史视野中的儿歌

儿歌是最基本、最古老、最有魅力的儿童文学形式。从现有资料看，可能在文字没有出现之前，儿歌就已经在广袤的华夏神州口口相传了；或者说，人类那个时候就会用儿歌这种美妙的形式来表达或记录自己独特的情感或生活了。

我国第一部诗歌总集《诗经》中的很多作品，可能就是上古时期的读书人收集或整理当时先民们口耳相传的某些经典儿歌而形成的文本。从漫长的先秦时期开始，一直到大清王朝退出历史舞台，儿歌在我国的许多典籍中都有记载，从未间断；到了清朝中后期，出现了郑旭旦的《天籁集》以及悟痴生的《广天籁集》等儿歌专集。可以说，我国是一个儿歌大国，我国的传统儿歌数量之多、内容之丰富、表现之广泛可能在全世界都是独一无二的。

在我国古代，儿歌还有"童谣""童子谣""孺子歌""小儿语"等许多别称。现代白话文学的大幕徐徐拉开之后，这类作品才比较集中地被称为儿歌。这种文学现象的存在一方面说明我国的儿歌在不同的时期甚至不同的地域有不同的名称；另一方面说明，在我国光辉灿烂的文学殿堂中，儿歌相对于诗词、散文等主流文学而言，是一种边缘文学样式，具有浓厚的民间色彩，是浩如烟海的民间口头文学的重要组成部分。

伴随着中华文明的世代传承和不断创新，近代以来，儿歌已成为我国文学长廊中尤其是儿童文学中不可缺少的重要样式，日益受到关注和追捧。

二、从审美的角度看儿歌的特点

从接受美学的角度看，婴幼儿的审美，更多地要依靠色彩和声音来完成。这可能是人类在文字没有出现之前，就已经形成并神秘地遗传下来的原生态审美能力。日常观察和科学试验也发现，刚出生不久的婴儿，虽然不会说话，不能用语言表达自己的情感，但对声音及声音的感情色彩却十分敏感，能感知声音并逐渐辨别音响的感情色彩。一般讲，婴幼儿喜欢接受的声音具有和谐、柔美、温馨、欢快、简洁等鲜明特点。优美的儿歌则普遍具有和谐、柔美、温馨、欢快、简洁等审美特征。也就是说，儿歌在婴幼儿时期大量进入儿童生活领域，成为他们最早接触的文学样式，具有审美因素在人类发展进程中世代遗传等生理和心理特征作前提条件，符合儿童生理和心理成长的需要。❶

也许，婴幼儿不能完全理解儿歌的内容，但这无关紧要，他们只要能凭借天生的听觉器官感知儿歌的节奏和韵律，就在一定程度上完成了对儿歌这种文学样式的审美接受；随着年龄的增长，婴幼儿从咿呀学语模仿简单的字词开始起步，到断断续续地念诵句子，再到完整念诵出简短上口的歌谣，最后就会变成一个主动的儿歌吟诵者以及不自觉的儿歌传播者。

行文至此，我们可以得出的阶段性认识是，吟诵儿歌是婴幼儿的审美需要，是婴幼儿用来宣泄或交流感情的一种重要方式，也是婴幼儿感知、认识自我及认识外部世界的一种重要途径。

概括起来讲，作为一种古老、独特的文学样式，儿歌具有鲜明的审美特点。

由于儿歌的主要阅读群体是天真活泼的婴幼儿，所以在一定程度上我们不得不承认，婴幼儿的年龄特征、心理特点及其审美需求，在一定程度上限制和决定着儿歌这一文学样式应具有的审美内涵。我们可以从以下几个方面来具体把握和审视儿歌的特点：

富有韵律、单纯浅显是儿歌的主要特点。

仔细追寻一下，我们就会发现儿歌这一主要特点的具体表征：一首儿歌一般采用某种口语化、押韵化的语言文字，单纯、集中地描摹或叙述一件事物、一种现象，有时甚至通过简洁有趣的韵语表明某种普遍的道理，使婴幼儿在欢快活泼的韵律和节奏中获得某些方面的感受或熏陶。历代传唱的北京儿歌《水牛》（蜗牛）："水牛、

---

❶ 于虹. 儿童文学（大学本科小学教育专业教材）[M]. 北京：人民教育出版社，2004.

水牛，先出犄角后出头。"形象传神地表现了婴幼儿喜欢的小蜗牛的一种动态情状，既做到了通篇押韵，表现的又仅仅是蜗牛这种可爱的小动物"先出犄角后出头"的生活状态，十分鲜明地体现了儿歌富有韵律、单纯浅显的特点。

篇幅简短、易学易唱是儿歌的第二个特点。

在婴幼儿群体中广泛传唱的儿歌，一般都是简短的三句、五句、七句、九句等奇数句子的排列，或者是明快的四句、六句、八句、十句、十四句等偶数句子的呈现，最长的一般也不超过三十句。组成每个句子的字数，也以三言、四言、五言、七言等形式为主，三字句、五字句、七字句往往是最基本、最常见的句式。篇幅如此短小，内容较为单纯，婴幼儿自然就会感到易学易唱。例如，四川、重庆普遍传唱的儿歌《幺妹幺》："幺妹幺，拣柴烧，自己拣，自己挑。"❶整首儿歌仅有短短的 12 个字，但却生动地表现了一个爱劳动的小姑娘的独立的生活情景及天真活泼的心态。

儿歌的第三个特点是节奏明快、富有音乐美。

现代儿歌无乐器伴奏，婴幼儿边玩边唱，其节奏明快、富有音乐美的特点，主要是通过儿童吟唱时声调、情感、节奏等方面的变化来体现的。婴幼儿处于学习语言的关键阶段，其天赋的某些能力决定了他们对富有音乐感、节奏明朗、生动活泼的儿歌有天生的强烈兴趣，他们往往能在吟唱优美的儿歌作品的过程中，感受到愉悦、欢乐等情趣，从而进一步激发或者说激活其学习语言的主动性和创造性。不论婴幼儿是吟唱世代口耳相传的传统儿歌，还是吟唱作家创作的现代儿歌，都能充分地感受到儿歌作品节奏明快、富有音乐美的特点，都有利于其健康成长，在此不过多细究。

---

❶ 王晓玉. 儿童文学引论（小学教师进修高等师范专科小学教育专业教材）［M］. 北京：高等教育出版社，1997.

我们在日常生活中观察发现，有些儿童似乎更喜欢吟唱采用叠词、叠韵等手法创作的儿歌。例如，《小鸟学我操操》这样写道："风吹杨柳飘飘，小鸟学我操操；我伸腿，它踢脚；我拍手，它跳跳；我把腰儿弯弯，它把尾巴翘翘。操好了，再见了，小鸟噗哧噗哧飞走了。"这是作家皮作玖创作的一首儿歌，通篇押韵，反复使用摹声、叠词、叠韵等表现手法，欢快生动。或许因为这首儿歌作品本身较好地表现出了汉语语言的节奏美、回环美、音乐美，又切合儿童活泼生动的学习生活实际，因而不少儿童特别喜欢吟唱。

三、传统经典儿歌的独特魅力

从儿童教育的角度看，儿歌具有很多作用。培养高尚的审美情感，培养向上向善的审美情趣，启迪审美心理和审美智慧的发展，培养儿童的审美想象力和创造力，帮助儿童训练语音、发展语言、提升语言的表达能力，这些都是儿歌具有的教育价值和教育作用。

从表现形式上看，儿歌具有很多种类。一般来说，儿歌的外在的形式总是随着内容的更新而不断变化，很少抱残守缺或泥古不化。我们虽然无法从统计学的角度去精确计算儿歌形式的具体数量，但不管它的形式有多少种，其主要的形式类别都遵循着一方面多种多样另一方面又相对稳定的规律。在此，我们试着对几种主要的儿歌形式及其经典作品进行一些鉴赏和阐释。

（一）摇篮曲：温馨迷人的原生态乐章

摇篮曲也叫摇篮歌、催眠曲、抚儿歌等，它一般是由外婆外公、奶奶爷爷、母亲父亲或其他亲人轻轻吟唱，用来安抚孩子的儿歌。它是最早进入婴幼儿生活领域的文学样式，也可以说是婴幼儿最初接触到的文学作品，对儿童的健康成长具有积极的促进作用。

在这类儿歌作品中，一般寄托着长辈对婴幼儿最温暖的感情和最美好的祝愿。它不一定有明确的含义或高深的说教，但讲究艺术技巧，音调和谐，温馨迷人，美得让人心醉，婴幼儿听了会进入幸福的梦乡，在梦中快乐成长。

《儿童文学作品选读》（1998 年 5 月第 2 版）的作品《摇篮》，❶就是属于摇篮曲这一类别的一首经典儿歌。这是著名儿童文学作家黄庆云创作的现代摇篮曲。整首摇篮曲意象优美，特点鲜明，音韵和谐，是现代作家创作的摇篮曲中不可多得的精品。

一是感情真挚，意境优美。在整首儿歌中，作者用多种意象表达了无处不在的母爱及母爱的温馨迷人，感情纯真；母亲的爱抚和美好的景物融为一体，蓝天、大海、花园、妈妈的手以及白云、浪花、风儿、歌儿等元素，巧妙地融合了优美的物象、孩子的幻想、母亲的心愿等丰富的内蕴，使摇篮曲似乎到处都显得那么宁静，那么温暖；置身母亲营造的如此静谧、温馨的成长空间之中，可爱的宝宝一定能安静下来，慢慢地进入甜蜜的梦乡，带着希望，带着向往，快快乐乐地健康成长。

二是结构轻盈曼妙，节奏舒缓柔和。整首儿歌分为四节，每节四句，每句少则四言，多则七言，以四言句为主，交替使用六言句和七言句，整齐中有变化，变化中显整齐；给小读者的整体感觉是轻盈曼妙，节奏和谐，舒缓流畅，押韵也恰到好处；欢乐的童心和童趣在字里行间优雅飞扬，安静柔和的母爱在蓝天、白云、星星、大海、浪花、花园之间欢快荡漾，似乎无处不在。

三是作者巧妙地采用了拟人、比喻、反复等传统儿歌中常见的艺

---

❶　王晓玉. 儿童文学作品选读［M］. 北京：高等教育出版社，1997.

术表现手法，使得整篇作品既在构造上显得多姿多彩、温婉迷人，读起来又感到音韵优美，回味无穷，让人觉得仿佛置身于一个巨大的充满诗情画意的摇篮之中，一切都是那样恬静优美，那样美妙温馨。

（二）数数歌：逗趣奇妙的古老歌谣

毋庸置疑，数数歌是数字与文字巧妙结合的结晶，是我国最古老的儿歌形式之一。它读起来非常好玩、非常有趣，包含着较强的娱乐性和游戏性，也在一定程度上体现着某些知识性和教育性。现代教育实践将数数歌作为训练培养幼儿数理、逻辑等抽象思维的工具，认为它一方面有助于幼儿比较形象地形成数的概念，另一方面有助于拓展幼儿的知识及视野。

请看下面几首数数歌。

《五指歌》：一二三四五，/上山打老虎。/老虎打不着，/打着小松鼠。/松鼠有几只，/我来数一数。/数来又数去，/一二三四五。

《数蛤蟆》：一只蛤蟆一张嘴，两只眼睛四条腿，卜通卜通跳下水。两只蛤蟆两张嘴，四只眼睛八条腿，卜通卜通跳下水。

《答算题》：一二三四五六七，/七个孩子答算题。/七张白纸桌上摆，/七只小手握铅笔。/七双眼睛闪闪亮，/七颗心儿一样细。/七份答卷交老师，/七张小脸笑眯眯。/几个孩子答对了？/一二三四五六七。

显然，不论是民间儿歌《五指歌》《数蛤蟆》，还是著名儿童文学作家樊发稼创作的儿歌《答算题》，读起来都非常上口，小孩子如果一边玩乐一边念诵这样的儿歌,会给自己的游戏增加很多趣味。

如果进一步探究,我们可以从这几首儿歌之中,发现和挖掘出数数歌的许多丰富、奇妙的内涵。

一是数字、量词与一些特定的对象近乎完美地融为一体,共同表现一个或几个逗趣、美好的事物,让幼儿在不知不觉中接受到美的熏陶。比如,《五指歌》通过五个手指与老虎、松鼠的结合,使数字与事物具有了灵性;《数蛤蟆》中数字与蛤蟆以及量词"只、张、条"巧妙结合,使整首儿歌趣味横生;《答算题》在"七"这个数字与量词的搭配上不断反复,构成了"七个孩子、七张白纸、七只小手、七双眼睛、七颗心儿"等美好的组合,令人难忘。

二是这类儿歌娱乐性和游戏性较强,孩子们可以在念诵和游戏中学会一些基本的知识。《五指歌》既可以用来帮助孩子认识数字的基本顺序,也可以用来指导孩子认识自己左手或右手的五个手指;或者两只手的手指同时放下或竖起做游戏,增加玩乐的趣味性。《数蛤蟆》不仅能帮助幼儿分辨简单的数字和动物,还能以有趣的形式训练他们的初步计算能力和应变能力。《答算题》不仅能使孩子加深对数字的认识,还能在游戏中培养孩子专注的学习态度。

三是这几首数数歌通篇押韵,节奏欢快,句式整齐,恰到好处地使用了反复等修辞手法,能使小读者从儿歌中数字、动物等表现对象的变化以及节奏、韵脚、修辞手法的使用等元素中,充分体会到数数歌的魅力;让孩子们在亲近儿歌的过程中,逐步培养最初的对美的事物的向往意识和感受能力。

（三）颠倒歌:搞笑逗趣的极度变形

儿歌中的颠倒歌,在许多地方又被称为滑稽歌、古怪歌、倒唱歌等。

下面，我们先看流传较为广泛的《听我唱个颠倒歌》。

太阳起西往东落，/听我唱个颠倒歌；/天上打雷没响儿，/地下石头滚上坡；

江里骆驼会下蛋，/山上鲤鱼搭成窝；/腊月酷热直流汗，/六月暴冷打哆嗦；

姐在房中头梳手，/门外口袋把驴驮；/咸鱼下饭淡如水，/油煎豆腐骨头多；

黄河中心割韭菜，/龙门山上捉田螺；/捉到田螺比缸大，/抱了田螺看外婆；

外婆在摇篮里哇哇哭，/放下田螺哄外婆。

还有，当代著名儿童文学作家张继楼创作的《错了歌》。

《听我唱个颠倒歌》属于传统儿歌，在流传过程中可以根据各地方言的不同任意编创，只要押韵、好玩、儿童喜欢念诵就行，不必刻意固化。《错了歌》属于作家根据幼儿的心理和生理需要创作的现代颠倒歌，它的作者张继楼是我国当代著名儿童文学作家，他以善于创作儿歌著称。张继楼创作的《错了歌》与传统的颠倒歌相比，趣味相近，魂脉相通，同样具有很强的代表性。

将两首精彩的颠倒歌互相联系起来看，不难发现它们的奇妙内涵。

一是这类儿歌往往通过极度狂放的夸张，用刻意颠倒、搞笑逗趣等艺术表现手法，既幽默诙谐又意味深长地描绘某种自然景象或生活状态，有意形成一种是非颠倒、黑白不分、有悖常理的表达效果。

二是夸张、颠倒及刻意制造的"错乱"都不是这类颠倒歌的表现目的，更不是它的本质，只是它的表象；它的终极指向是，要通过一系列特殊的故意颠倒或大胆夸张，从根本上实现以反衬正以及通过表面的荒诞揭示事物的本质的美学追求，让人在念诵这类儿歌时既产生令人捧腹的娱乐效果，又能把握住生活的本来面目及某些事物的本质。

三是这类颠倒歌情趣盎然、韵律优美、节奏和谐，作者常常根据时代的发展及变化，充分利用这种活泼的儿歌样式，合理嵌入有关的生活知识、自然现象甚至社会哲理，有效地用它来培养孩子的感受能力、观察能力、辨别能力，进而启发、引导幼儿去认真思考、仔细分辨，不断扩大眼界，开启心智。

（四）游戏歌：渴望成长的狂欢

我们先读一首署名陶耶的作家创作的儿歌《摆家家》。

从形式上看，署名陶耶创作的儿歌《摆家家》❶ 是一首脍炙人口的游戏歌，它主要供幼儿在某种特定的游戏过程中吟诵，从而使游戏更好玩更有趣。这种儿歌形式生动活泼，生活气息较浓，容易引起儿童的强烈兴趣，如果把它和游戏结合起来，可以帮助幼儿加深对作品内容的理解，也可以训练幼儿多方面的能力。

用文化阐释学的眼光看，这首儿歌包含着丰富的文化内涵，在某种程度上可以将其看成人类童年文化的儿歌化的演绎或记录。荣格的文化学理论认为，每一个原始意象中都有着人类精神和人类命运的一块碎片，都有着在我们祖先的历史中无数次重复的悲欢残余，而且总体上始终循着同样的路径发展。它犹如心理上的一道深掘的河床，生命之流在其中突然奔涌成一条大江。同时，文化也活在现

---

❶ 方卫平，王昆建. 儿童文学教程（高等学校小学教育专业教材）［M］. 北京：高等教育出版社，2004.

实之中，像一条流动不息的精神长河，跟人的生命状态有着密切的联系；人们往往会在现实主义的文学描写中与原始文化不期而遇。儿童游戏或儿歌最能记录或表现一个民族的文化本质，《摆家家》这首儿歌就在一定程度上包含着人类成长的某种原始仪式，记录着人类追求和构建家庭的某种文化精神。

法国人类学家范热内普早在 1908 年出版的《过渡礼仪》一书中，就提出了"仪式"的概念。他认为，人生的每一个成长阶段，都伴有一定的仪式。一般意义上讲，仪式感就是人类成长的特定阶段所实施的特定行为所体验到的感受或情绪；每个人都希望通过仪式来满足自己的需要和实现自己的愿望。《摆家家》这首儿歌运用了传统的儿童游戏的形式，描写孩子模仿大人动作时那种认真而又充满童趣的情态。在儿歌中，他们有的盖房子，有的种庄稼，有的做衣裳，有的喂鸡鸭，有的看娃娃……一幅劳动图画跃然于纸上；孩子们边唱儿歌边做游戏，那种欢乐的情趣不可言状。这其实就是人类成长的隐喻，就是儿童对成人生活的不自觉的仪式化预演。如果说游戏是儿童认识世界的途径，那么这首短短九句的游戏儿歌，不仅使孩子们在快乐的游戏中增长了劳动知识，而且也培养了劳动观念，充分体现出了游戏类儿歌寓教于乐的特点。

如果说仪式会带来身份认同，我们要追问的是，为什么这首儿歌中要写"草当菜，/水当茶，/大树底下摆家家"？而不是其他什么东西"当菜""当茶"，摆家家为什么要在"大树底下"？而不能写成在宾馆里、在公园里。如果继续追问下去，小读者会想，凭什么"哥哥盖房子，弟弟种庄稼，姐姐做衣裳，我去喂鸡鸭，妹妹年纪小，看着布娃娃"。其实，这里既有为什么，也不能总问为什么，它是人类原始文化的反映，是一种不自觉的预演；写对了的话我们似乎没什么感觉，认为它原本就该这样，如果写错了，我们就会觉得它别扭，不像儿歌，甚至排斥它。在吟唱儿歌和游戏的过程中，儿童"扮演"了新的角色，能够建立起对未来成长路径的朦胧意识。当儿童长大成人之后，如果偶然回忆起这些带有仪式色彩的童年时光，会感到生命的宝贵，会觉得人的生命时时刻刻都充满欢乐，人生充满了不可替代的价值和意义。

（五）问答歌：学会用比较的眼光看世界

儿歌中有一类作品叫作问答调，也叫问答歌、对歌、盘歌等。它以设问作答的方式，帮助婴幼儿认识事物的不同特点，使他们在"一问一答"的过程中获得审美乐趣。"问答调"提出的问题要具有一定的趣味性，答的人回答问题时要动点脑筋，要回答得准确生动，这样才能启迪儿童的心智，唤起儿童对各种事物的注意，帮助儿童认识理解周围的世界。

"问答调"问答的方式可以多种多样：有自问自答，也有一问一答，或者一人发问、多人对答。许多问答歌中的"问"和"答"可以根据时代或事物的变化不断延伸或创新，由问者不断提出问题，对方不断回答，甚至二者像打擂台一样，互相追问和抢答，直到有一方甘拜下风才算结束。

《比尾巴》这首问答调的作者是河北省的儿童文学作家程宏明，他是中国作家协会会员，中国音乐文学学会会员，天津市儿童文学研究会会长，曾担任《小浪花报》副主编。已出版的作品集有《聪明的仙鹤》《好玩的剪贴》《把我数丢了》等18本，他的作品多次获奖。这首问答调《比尾巴》形式活泼，句式简短，便于幼儿自编对答，自由延续，很有代表性。

我们知道，五彩缤纷的世界，在孩子们眼里，简直就是变化无穷的万花筒，他们迫切地想解开这个世界的每一个谜团，不论面对任何事物总要问个为什么，问答歌作为一种不可或缺的儿歌形式，正是迎合了孩子们的这种心理，能在一定程度上满足他们的求知欲望，因而深受少年儿童欢迎。

《比尾巴》以孩子熟悉的 6 种小动物的尾巴为比较对象，采用"连问连答"的结构形式，帮助孩子认识了猴子、小兔、松鼠、公鸡、鸭子、孔雀的尾巴的外形特征，学会了通过比较认识事物的方法。其实，对这几种小动物的尾巴，孩子们并不陌生，所以当念到"什么尾巴长，什么尾巴短……"时，这些尾巴便会从孩子脑海中跳出来。

问答调中的"问"，是打开知识大门的一把钥匙，会调动孩子像猜谜一样去动脑筋思考，一旦他们兴致勃勃地说出"答案"之后，又会去仔细观察，认真比较，以期找到更多更好的答案。这种一问一答的形式，比较符合孩子的认知特点，能在一定程度上调动少年儿童认识世界、认识事物的积极性，更能在不知不觉中教会他们用比较的眼光来观察多彩的生活世界。

（六）劳动歌：成长过程的象征和隐喻

女孩的成长和男孩相比，有许多不同的特点。女孩要按照女孩的规律成长，男孩也要按照男孩的规律成长，否则就会出现性别角色的错位，给人生带来许多烦恼。山东省作家协会会员朱晋杰创作的劳动歌《钉钮扣》，就是对女孩成长过程的片断式描写，蕴含着小女孩成长的独特仪式。

《钉钮扣》是一首生活儿歌，也可以看成劳动儿歌。它在一定程度上表现了小女孩热爱劳动的性格特点，或者说是启发、引导、教育女孩子从小要养成勤快的劳动品格，长大后才能找到自己的幸福。更深一层讲，作品用孩子们喜闻乐见的叠词、叠韵，传神逼真地描绘了一个叫"妞妞"的可爱形象,她穿"花衣"(符合女孩的性别特征),钉"纽扣"(符合女孩的成长特征),充满了女孩成长的仪式感,蕴含着对女孩身份的认同,对女孩这一成长特征的高度肯定和赞美,是女孩成长过程的象征和隐喻。

孩子天生喜欢游戏性的活动,引导孩子以游戏化的方式学习一些基本的劳动技能,是生活类儿歌的主要作用和功能。在儿歌中,作者别出心裁,精彩连用"花花""豆豆""妞妞"等叠词,生动地再现了小女孩专注、优雅的神情,强化了儿歌的性别色彩,增添了儿歌的情趣,为孩子们增添了吟唱这类儿歌的兴趣。

另外,作者在儿歌中接连使用了"捡、捏、顺、走、钉、缝"6个富有节奏感的传神动词,极为精准、生动地写出了妞妞钉纽扣的整个过程,妞妞聚精会神、心无旁骛的神态跃然纸上,令人心动。如此心灵手巧的女孩,不但姿态优雅,性格可爱,心灵也肯定很美。这样的儿歌,怎能说对女孩的成长没有引导或隐喻作用呢?如果结合时代特点追寻,我们甚至可以说,这首儿歌隐含着教育每一个小女孩要从小钉好人生的每一粒扣子的重大意义。

前文分析和阐释的这些经典儿歌,还隐含着很多儿歌特有的表现手法或者说艺术手法。概括起来讲,儿歌常见的表现手法有:比喻、拟人、夸张、起兴、摹状、反复、设问等,这些表现手法在我们阐释的经典儿歌中都有不同程度的体现。

使用最普遍、几乎每首儿歌中都会用到的主要表现手法是比喻,也就是说,比喻是儿歌中常用的修辞手法。这种艺术手法的运用,一方面可使儿歌写得更生动、更形象、更有趣,另一方面可以在一定程度上培养儿童的联想能力、想象能力,使儿童的生活变得趣味盎然,活力无限。

其次,拟人也是儿歌中使用较多的艺术手法之一。这种表现手法之所以在儿歌中得到大量运用，主要是因为它符合幼儿的思维特点和审美情趣，孩子们认为万物都有生命，他们生活中常见的动物、植物，还有自然现象，都能借助"拟人"中的"他即我""此即彼"的心理活动及联想方法靠近，这种手法有利于引导儿童探究更广阔的世界，有利于增添儿童的生活情趣。

再次，夸张也是儿歌中使用较多的艺术手法之一。儿歌中的夸张与单纯作为修辞手法的夸张不同，它一方面要能突出事物的特点，另一方面又要能造成某种奇异的效果，才能使儿歌更富有感染力。

儿歌中使用较多的第四种艺术手法是起兴。它是我国诗歌的一种传统艺术表现方法，一般用于儿歌的开头，用来营造一种抒情气氛，引起某些联想，激发孩子吟唱儿歌的兴趣。

儿歌的其他艺术表现手法还有摹状、反复、设问等。❶ 摹状主要是用生动形象的语言，把所要描述的事物的状态、颜色及声音惟妙惟肖地摹拟出来，如能恰当地运用这种手法，会使整首儿歌的表现更富有动感，更富有节奏。反复是儿歌的重要形式特征，某些句式的多次反复，既便于幼儿吟唱、记忆儿歌，也能增强儿歌的表达效果。设问是有问有答，是儿歌常用的表现手法，这种表现手法的运用，一方面可以引人注意和深思，另一方面能使儿歌的抒情状物摇曳多姿，生动别致。

总而言之，儿歌作为一种古老的文学样式，具有鲜明的审美特点和艺术特征。经典的儿歌作品是魅力无限的天籁之音，其中蕴含着很多不为人知的精神富矿，值得我们陪伴着一代又一代少年儿童不断去吟唱，不断去发掘！

---

❶ 王泉根. 儿童文学教程（小学教师本科阶段教材）［M］. 北京：首都师范大学出版社，2008.

南宋杨万里经典儿童诗阐释

　　儿童诗是切合少年儿童的心理特点，适合少年儿童阅读、吟诵，能被少年儿童理解、欣赏、喜爱的诗歌体裁之一。❶它和成人体裁的诗歌一样，感情饱满强烈，语言简洁凝练，追求韵律美、节奏美和意境美。

　　过去，学术界对我国古代有没有儿童诗有不同的意见。一种观点认为我国古代儿童诗的资源十分丰富，《诗经》中就有许多儿童诗；另一种观点认为，我国古代没有儿童诗。我们在阅读实践中发现，我国儿童诗的发展历史悠久，成就巨大，历代传诵不衰的《咏鹅》《静夜思》等就是古代儿童诗名篇；只不过，我国现代意义上的儿童诗的出现确实要晚一点。因研究积累不足，相关资料梳理不够，我们在此不对我国古代的儿童诗进行全面的分析和研究，仅对相较而言在我国古代比较有代表性的杨万里的儿童诗作一些挖掘和解读。

　　南宋时期，著名诗人杨万里在儿童诗的创作上进行了积极、大胆的探索，创作了大量意境优美的优秀儿童诗，是我国古代儿童诗创作的集大成者，他用毋庸置疑的创作成绩，把我国古代儿童诗的

---

❶　于虹. 儿童文学［M］. 北京：人民教育出版社，2004：119 – 128.

发展推上了一个高峰。综合起来讲，杨万里的儿童诗题材多样、内容丰富、意境优美、情感真挚、生动形象、特征鲜明，常常给读者带来纯真美、自然美等阅读体验，令人难忘。具体讲，杨万里的儿童诗的审美特征或者说审美意蕴或许离不开七个核心要素：自然和谐的绘画美、节奏鲜明的音乐美、严密紧凑的结构美、活泼自然的语言美、童趣丰盈的想象美、新颖奇特的形象美、理趣与童趣相得益彰的融合美。这七个要素像七颗珍珠，共同构建和塑造着杨万里儿童诗整体的审美特征和美学内涵。

从目前收集到的资料来看，杨万里的诗歌现存 4200 多首，主要收录在作者的《诚斋集》等诗文集之中。我们用分类统计的方法仔细梳理和辨析这些诗歌后发现，在杨万里的 4200 多首诗歌中，有 600 多首诗歌可从题材或形式等方面将其看成儿童诗。这些儿童诗分别从儿童的动作、情态、心理等方面刻画和描绘了南宋时期的孩子们贪玩、调皮、滑稽、活泼、淘气等生活情态，表现那个时代的少年儿童天真活泼、坦率真诚、单纯幼稚、可爱可笑的自然天性，勾起了我们对数百年前少年儿童生活的无限好奇和向往。遗憾的是，直至今天，还没有人对杨万里的儿童诗进行过系统的梳理和研究。下面，我们以杨万里的 600 多首儿童诗为整体研究对象，在仔细解读和分析儿童诗文本的基础上，对杨万里儿童诗的审美特征或审美意蕴做一些粗浅的阐释。

实际上，从文学研究史或者说诗歌发展史的角度看，杨万里的儿童诗并不"寂寞"，很多学者早就以不同的方式对他的诗歌尤其是儿童诗进行了一些很有意义的研究。仅自 1980 年以来，杨万里儿童诗的研究就取得了一些可喜的成绩：一是从杨万里的童心视角出发来研究其儿童诗，如华东方的《童心的回归——论杨万里的谐趣诗》，提出了杨万里以一颗儿童般纯真的心创作儿童诗的观点；二是从解说杨万里的儿童观出发来研究其儿童诗，如孙亚敏的《杨万里的童趣诗及其儿童观》就在梳理杨万里的儿童观的基础上，提出了他的儿童诗创作与其儿童观的影响密不可分的观点；三是从杨万里的诗学理论出发来研究其儿童诗，如龙珍华的《杨万里的诗歌及其诗论研究》一文，分析了杨万里诗歌及其"味外之味"的诗论，提出了其儿童诗具有"味外之味"的观点；有的研究者从杨万里的"诚斋体"风格出发来研究其儿童诗，如沈松勤的《杨万里的"诚斋体"新解》一文，分析了杨万里的儿童诗的"诚斋体"风格，概括了杨万里儿童诗的"诚斋体"特征。应该说，这些研究成果具有重要的价值和意义，它为我们进一步仔细解读、分析杨万里的儿童诗，对深入探寻、挖掘杨万里儿童诗蕴含的审美特征和美学意蕴，提供了不可多得的宝贵资料。

一、杨万里儿童诗及其主要类别

南宋诗人杨万里凭借一颗属于那个时代的不老的童心，创作了大批富有真情实感的儿童诗。他创作的每一首儿童诗都是抒写儿童行为与心灵的赞歌，时至今日，读着那些作品，我们还能够真切地看到由孩童们的贪玩、调皮与滑稽等行为组成的一幅幅南宋"儿童欢乐图"，它不仅触碰着我们柔软的内心，而且刺激着我们内心对儿童生活的无限向往。明朝时期，我国哲学家李贽提出过"童心说"，在他的观念里，"童心"即是"绝假存真，最初一念之本心"。他认为："天下之至文，未有不出于童心者也。"❶ 我国近代著名学者王国维也认为，"诗人者，不失其赤子之心者也"❷。可以说，他们借

---

❶ 李贽. 焚书·续焚书卷三 [M]. 北京：中华书局，1975：98
❷ 姚柯夫.《人间词话》及评论汇编 [M]. 北京：书目文献出版社，1983：6.

"童心""赤子之心"的比喻，深入阐述了文学创作不可缺失真情实感的深刻道理。或许，这也就是杨万里的儿童诗让一代又一代读者眷念不已的原因之一。

从内容和形式两方面看，杨万里的儿童诗题材广泛，内容丰富，大体上可分为两大类，一类是描写儿童与自然关系的儿童诗，另一类是描写儿童与成人关系的儿童诗。具体讲，描写儿童与自然关系的儿童诗可分为四种：儿童游戏诗、儿童放牧诗、儿童言志诗、儿童劳作诗四类。在这四类作品中，儿童与大自然的关系密不可分，大自然是儿童们的乐园，儿童们在这个巨大的乐园里游戏、放牧、学习、劳动，儿童们的一些看似漫不经心的举动，却能带给作者深刻的感悟，于是作者有感而发，用诗歌将儿童天真烂漫、活泼可爱的真实个性淋漓尽致地展现在读者面前。另一类描写儿童与成人关系的儿童诗则可分为抒怀诗、寄托诗两种。

（一）杨万里描写儿童与自然关系的儿童诗

1. 儿童游戏诗。把游戏作为生命中的一项艺术活动是儿童的本能。观赏儿童们的游戏，则可以勾起我们对自己童年生活的美好回忆；描述儿童们的游戏则是再现我们的童年生活，以及对童真童趣的热切向往。在杨万里的儿童诗中，儿童们的游戏既简单又好玩，与现实生活密切相关，非常生动有趣，生活气息特别浓厚。诗人撷取儿童们游戏时的稚气、烂漫，调和自己的童心和童性，感同身受地描写儿童们的游戏之乐，还童心未泯地加入儿童游戏之列，与儿童们共嬉戏、同欢乐，构筑了一个长幼无序、其乐无穷的童趣世界。受到过"胸襟透脱"的高度评价的《闲居初夏午睡起》二绝句，是杨万里儿童诗中描写儿童游戏的代表作。❶"梅子留酸软齿牙，芭蕉分绿与窗纱。日长睡起无情思，闲看儿童捉柳花。松阴一架半弓苔，偶欲看书又懒开。戏掬清泉洒蕉叶，儿童误认雨声来。"梅子青涩还未成熟之时，芭蕉分绿柳花戏舞的夏天，诗人睡起无聊，闲步庭院，被儿童们捉柳花玩那可爱的模样吸引住了，便再也看不进书去了，索性加入了儿童游戏的行列，兴致勃勃地和他们玩在一起。诗人悄悄地捧起清水洒向芭蕉叶，那淅淅沥沥的声音引起了儿童们的片刻惊愕，以为是下雨了；待真相一明，诗人和儿童都大笑起来。"捉柳花"这么简单的游戏，在有些成人看来似乎是不屑一顾，可是在孩子眼里是非常有趣的玩乐方式，正是他们捉柳花时滑稽可爱、令人忍俊不禁的样子，触动了诗人的童心而记下了这欢乐的游戏时刻。

2. 儿童放牧诗。在古代儿童的生活中，牛羊扮演着重要的角色，他们与牛羊为伴，和牛羊一同快乐成长，因此放牧这等开心的事是不得不提的。杨万里的儿童诗对牧童放牧时无忧无虑、怡然自得的消遣描写得颇为俏皮传神，趣味无穷。可爱的牧童们在山野中放牧时，喜欢吹奏牧笛或者临溪垂钓，为单调的放牧生活增添一些乐趣。但是也有例外的情况，比如《桑茶坑道中》（其七）中的那个小牧童，他的消遣方式就和其他儿童不一样。"晴明风日雨干时，草满花堤水满溪。童子柳荫眠正着，一牛吃过柳荫西。"雨后的晴天，日光灿烂，微风清爽，地面上的雨水已被蒸发得无影无踪；小溪里的流水涨满了河槽，穿过碧绿的原野，奔向远处；两岸丛生繁茂的野草，盛开着漂亮的野花，草肥水美正时放牧好时节，怎么不见放牧的孩子，他到哪里去了？只见堤岸旁的柳荫里，一个孩子正躺在草地上酣睡，老牛呢？正埋头悠闲地吃青草，越吃越远，吃到柳林西面去

---

❶ 罗大经. 鹤林玉露卷四 [M]. 北京：中华书局，1983：60.

了，孩子还浑然不知，也不担心老牛会走失。由此可见，它和牧童已然是对形影不离的老伙伴儿了。这首儿童诗把牧童和牛的神态写得活灵活现，极富生活气息，读者能够感受儿童酣睡、牛儿悠闲之态构成的恬淡自在的美妙境界。

3. 儿童言志诗。对儿童来说，学习是一件苦乐兼有的事情，只有能够吃苦的人才享受得到学习的乐趣。不管是学习书本知识，还是学习劳作技能都需要他们用心去做。只有专心致志、严谨治学、勤奋努力，学业才会不断进步。杨万里的儿童诗对这类刻苦学习的儿童刻画得十分细致，读者一读便可身临其境地体会到他们对知识的渴求，对学习的远大抱负。《苦吟》塑造了一个沉醉于书海而废寝忘食学习的儿童形象。"蚁无秋衣雁无裘，霜天谋食各自愁。雁声寒死叫不歇，蚁膝冻僵行复休。先生苦吟日色晚，老铃来催吃朝饭。小儿诵读呼不来，案头冷却黄齑面。"霜天寒日，万物俱寂，诗中的孩子却不为所动，忘我地诵读经书，汲取知识，表现出个人的远大抱负。即便听到了催大家吃早饭的铃声也充耳不闻，任凭家人怎么呼唤都不去吃饭，被撂在案头的清淡菜汤面已是热了又热，这是为什么呢？原来是因为苦吟诵书入迷而忘食所致。在这里，我们看到的是一个勤学苦读的儿童，就算挨冻受饿也不愿荒废读书一刻。这种争分夺秒、珍惜光阴的刻苦发愤学习的精神从杨万里儿童诗中散溢出来，暗示了杨万里是非常推崇这样的学习精神的，对于儿童的教化真正做到了"随风潜入夜，润物细无声"这一点。

4. 儿童劳作诗。乡村儿童从事农事劳作活动在古代是常见的事。他们因为年幼，肩膀稚嫩，不具备像大人那样做重活的劳动能力，但是他们竭尽所能地帮助大人们做一些力所能及的轻活来减轻大人的负担。杨万里赞扬这种体恤父母的儿童，借助诗歌之笔勾画出他们在进行简单农事劳作时的天真可爱之态，表达他对儿童的爱。《插秧歌》是杨万里在乡村看到男女老少冒雨插秧的场面而写的，吸引他眼球的正是雨中那两个帮助家人插秧的孩子，他们的加入不仅使得父辈的劳作加快了速度，还给大人们的枯燥劳作带来了生气。"田夫抛秧田妇接，小儿拔秧大儿插。笠是兜鍪蓑是甲，雨从头上流到胛。唤渠朝餐歇半霎，低头折腰只不答。秧根未牢莳未匝，照管鹅儿与雏鸭。""小儿"还太小，算不上真正意义上的劳动力，能做的事就是最简单的拔秧，"大儿"则已是半个大人，因此要担当插秧的重任。我们可以想象出两兄弟在水田里插秧时可爱的动作与神态，因为他们插秧的速度远不及大人那么快，所以动作应是缓慢的；脸上也应呈现出不畏惧大雨和插秧带来劳累的一种自豪的神情，两兄弟虽然年岁不大，但是做起农活来却是像模像样，着实讨得读者的喜欢。杨万里是宋代文学家中自觉地承接儒学道统的诗人之一，他立志要"以仁为觉，以敬为守"。❶ 因此，他的这类描写儿童农事劳作的儿童诗或多或少都体现出其"仁"的思想，在其儿童诗里可以理解为对乡村儿童的同情，对统治阶级为了奢侈享受而剥削劳动人民的厌恶，若不是他们的剥削，年幼的儿童不会过早地从事农事劳作。

（二）杨万里表现儿童与成人关系的儿童诗

1. 抒怀诗。一般而言，成人容易受世事沧桑、生老病死等人生现实影响而产生忧己忧国的忧愁，很少能感受到生活的快乐。相比之下，儿童因为少不更事而使得他们的精神简单、纯洁，给人们带来美好的希望。所以世上只要还有儿童，人们就永远不会失去希望，

---

❶ 郑晓江，肖义巡. 论杨万里的儒学思想——兼及杨万里与朱熹的关系［J］. 南昌大学学报，2005：18 - 24.

因为儿童能够战胜人类命运的一些永恒法则，包括时间、苦难和死亡。❶ 被儿童的童心影响的成人，他们对生活的颓废态度也会随着儿童的简单快乐发生变化。从来不缺少创作灵感的诗人杨万里比任何人都要熟悉这个道理，于是他把目光聚焦在儿童身上，以儿童的简单活动为契机，来表达他对人生的感悟，以得到心灵的慰藉。

2. 寄托诗。随着岁月的流逝，童年时光不可能再回来。然而，诗人对童心的追求永无止境，他往往以儿童的某些片段为引子，寄托人生的某些理想。比如："寓舍中庭劣半弓，燕泥为圃石为墉。瑞香萱草一两本，葱叶蘋苗三四丛。稚子落成小金谷，蜗牛卜筑别珠宫。也思日涉随儿戏，一径唯看蚁得通。"（《幼圃》）小小的四合院在成人看来平淡无奇，却是孩子们的天堂。孩子们像建筑家一样在院中筑"花园"，被诗人赞美成金谷园的"花园"是他们为蜗牛建的"新宫殿"；这还不算，他们又像生物学家一样，每日观察蚂蚁的行踪。孩子们的快乐如此简单，吸引诗人也加入了他们的观察队伍。或许，与追逐功名利禄相比，杨万里更向往每日随儿童看蚂蚁爬过孩子们为它们安排好的道路。这种最易被忽视的儿童艺术在杨万里眼中是一笔宝贵的财富（儿童抟土作像，架枝为屋，都可以看作是一种艺术活动）❷。当时，杨万里居丧赋闲在故乡，报国无门，壮志难酬，过着一种百无聊赖的生活，是周围的孩子带给了他无限的乐趣与希望，给他落寞凄凉、灰暗无趣的闲居生活涂抹上了一层亮色，于是诗人借诗歌创作寄托自我情怀，写下了不朽的诗篇。

---

❶ 孙亚敏. 杨万里的童趣诗及其儿童观 ［J］. 上海师范大学学报（哲学与社会科学版），2007（3）：87－88.

❷ 阎国忠. 朱光潜美学及其理论体系 ［M］. 合肥：安徽教育出版社，1994：138.

二、杨万里儿童诗的审美意蕴

我国现代著名诗人何其芳认为，"诗是一种最集中地反映社会生活的文学样式，它饱含丰富的想象和情感，常常以直接抒情的方式来表现，而且在凝练和谐的程度上，特别是在节奏的鲜明上，它的语言有别于散文的语言"❶。杨万里儿童诗集中地反映了儿童的生活，散发出对儿童的热爱之情，有着丰富的联想和想象，语言凝练而具有音乐美，具有其独创的"诚斋体"风格。周启成在《杨万里和诚斋体》中将"诚斋体"诗歌艺术特征归纳为五点：情趣盎然、以万象为宾友、擅长写生、想象丰富、通俗浅易。❷ 黎烈南在《童心与诚斋体》中认为"诚斋体"的核心是童心童趣，"对大自然永不泯灭的童稚心态与对人生哲理之追求的高妙的艺术组合"。❸ 因此，我们或许可以将杨万里儿童诗所蕴含的审美特征概括为以下七点：节奏鲜明的音乐美、自然和谐的绘画美、严密紧凑的结构美、活泼自然的语言美、童趣丰盈的想象美、新颖奇特的形象美、理趣与童趣并用的融合美。

（一）节奏鲜明的音乐美

杨万里儿童诗的音乐美主要表现在节奏和韵律两个方面。韵律和节奏是诗歌声调的组合规范，其基本原则是寓变化于整齐之中。刘勰在《文心雕龙》中提出"同声相应，异声相从"的声调组合原则，前者强调整齐，后者突出变化，将有差异的字音按一定规律搭

❶ 何其芳. 关于写诗和读诗 [M]. 北京：作家出版社，1956：27.
❷ 周启成. 杨万里和诚斋体 [M]. 上海：上海古籍出版社，1990：101–110.
❸ 黎烈南. 童心与诚斋体 [J]. 文学遗产，2000（5）：50–57.

配组合就形成了优美的韵律与节奏。❶ 诗不一定要有严格的平仄，但必须得有鲜明的节奏。诗的节奏主要是通过字、词、句之间的反复、停顿与押韵等表现出来，以展示诗的音乐美。

杨万里的《小雨》就是一首节奏鲜明的儿童诗。"雨来细细复疏疏，纵不能多不肯无。似妒诗人山入眼，千峰故隔一帘珠。"首句中运用了"细细""疏疏"两个叠词，叠词可以让诗的音律和谐，读起来，琅琅上口；听起来，声声悦耳，富有音乐美。第一、二、四句都押 u 韵，同样增强了诗歌的音乐性，具有音韵美。在画面上，这首诗首先描写了近景，其次写了远景，景物的承续、转流构成了画面的节奏；在情感层面上，诗人情感活动的起伏、强弱等构成了情感节奏。郭沫若认为，诗之精神在其内在韵律，内在韵律诉诸心而不诉诸耳。❷ "内在韵律"即情感运动的节奏，《小雨》里诗人欣喜于稀稀疏疏的小雨，可是想要观望远处的山却看不清，因为小雨就像珠帘一样模糊了诗人的视线，不能清清楚楚观望远山实在有点遗憾，情感状态由欣喜转变为遗憾。节奏鲜明的儿童诗，读起来琅琅上口，抑扬顿挫，韵味无穷，仿佛在唱一首优美的抒情歌曲。

（二）自然和谐的绘画美

杨万里儿童诗的绘画美，主要指其诗的空灵与意境。这里所说的"空灵"并不是空旷无物，而是以有限的艺术形象表现无穷的景、无穷的意，景、意辉映，形成一种"透明的含蓄"。是一种既不过多沉溺于事实，而又含蓄无尽的剔透玲珑的美，使意境独具魅力而分外赏心悦目。杨万里儿童诗融入大量渗透诚挚情感的自然景物，利用静景的描绘、动景的勾勒、色彩的点染、线条的流动，向读者展

---

❶ 朱东润. 中国文学作品选（上卷）［M］. 上海：上海古籍出版社，1978：409.
❷ 李萍，于永顺. 实用美学［M］. 大连：东北财经大学出版社，2006：304－305.

示了一个自然和谐的意境，这个意境里的自然景物是有限的，但是意蕴无穷，体现出了"诗中有画，画中有诗"的绘画美。

选入小学语文教材里的经典儿童诗《小池》，就是杨万里儿童诗中"绘画美"特征较为显著的一首诗。"泉眼无声惜细流，树阴照水爱晴柔。小荷才露尖尖角，早有蜻蜓立上头。"诗人通过对小池中的泉水、树阴、小荷、蜻蜓的描写，描绘出一种具有无限生命力的朴素、自然，而又充满生命情趣的生动画面。泉眼、树荫被诗人拟人化，给人以新奇亲切之感。更让人惊叹的是精妙绝伦的瞬间之趣也被诗人捕捉到了：天真妩媚，小巧玲珑的小荷一出水，就被蜻蜓察觉并飞于其上。小荷、蜻蜓这两个小小生命一低一高，一静一动，相映成趣的精彩组合，让人领悟到这样一个道理："小荷象征着被发现者，只要他具有真美的价值，他定能早早被人发现、承认；蜻蜓象征着发现者，他应该具有敏锐的眼光，应该对美有一种本能的追求，当美的东西还在孕育时就能去捕捉它，当它显露出时就应该去占有它。"❶ 在美妙的自然景物所形成的意境中，潜藏着这样深刻的道理，正是诗歌的绘画美之所在。

（三）严密紧凑的结构美

杨万里的儿童诗在内容上由浅入深，环环相扣，使全诗结构严谨，条理清晰。比如，《农家六言》这样写道："插秧已盖田面，疏苗犹逗水光。白鸥飞处极浦，黄犊归时夕阳。"这是一首描写农村景物的诗，生趣盎然，首联写了农民在水田里插秧、疏苗，一派繁忙景象，随着时间的缓慢流逝，白鸥飞回远处的水边的家，农民们牵着黄牛回家时太阳已经西下了。表现内容上层层深入，结构上步步

---

❶ 柴剑虹，赵仁圭. 胡适选《每天一首诗》［M］. 北京：语文出版社，1997：182–189.

推进，凸显了农民们早出晚归的劳作生活，通首至尾都用对仗，炼句遣词，颇见精工。

（四）活泼自然的语言美

深刻的思想、鲜明的形象，不仅要用凝练、形象、具有表现力的语言来表达，还要适当地选择和熔炼俗语、谚语、口语，让诗歌语言显得平易自然，清新活泼。杨万里的儿童诗语言简洁、活泼，通俗易懂，吟诵一两遍就可以揣摩出诗歌所要表达的意思，轻而易举就能感受到儿童天真、调皮、聪慧的个性。如《舟过安仁》："一叶渔船两小童，收篙停棹坐船中。怪生无雨都张伞，不是遮头是使风。"诗人从直白的口语入手，描写了两个顽皮可爱亦聪慧的儿童。一艘小渔船上坐着两个小渔童，他们收起划船的竹篙，撑着伞坐在船上。为什么天没下雨他们还要打伞呢？原来他们是想把伞当作帆，借助风来让船行驶。这首诗浅白如画，充满情趣，读者一读便可根据诗意联想到两个无忧无虑的小渔童充满童稚的行为中透出的只有儿童才有的奇思妙想、聪明活泼。

（五）童趣丰盈的想象美

儿童诗必须蕴含儿童般的想象，抒发儿童般的童真童趣，让儿童在奇妙多姿的世界里，展开想象的翅膀，感悟诗的题旨。杨万里儿童诗中运用了拟人、比喻的修辞方法，把日常生活中常见的现象，用生花的妙笔变成一种儿童般的神奇和余味无穷的美丽，想象丰富，充满童趣。比如，炎热的夏天，让许多动植物失去了生气，池中的荷花则显示出避暑的奇妙办法。"荷花入暮犹愁热，低面深藏碧伞中。"（《暮热游荷池上》）进入夏季，荷花也对热发愁，就低头藏在碧绿的荷叶之下躲避酷暑，享受清凉。在这里，荷花遇热发蔫而低垂的样子被诗人想象成了打伞遮阳的娇羞之女，真是生动形象，不得不说诗人的想象力丰富。再如《稚子弄冰》："稚子金盆脱晓冰，彩丝穿取当银铮。敲成玉磬穿林响，忽作玻璃碎地声。"短短四句，诗人生动形象地描述了"稚子"从铜盆中将冰块弄出，然后用彩丝穿上当作锣，又将冰锣敲打出清脆的声音，最后冰锣忽然碎裂的整个过程。诗歌写得清新明快，孩子的得意与嬉笑、愕然与懊丧，令人恍如亲见。"脱""穿""敲""碎"等词，将"稚子"弄冰的情态刻画得惟妙惟肖，给读者以无尽的想象。

（六）新颖奇特的形象美

杨万里是南宋理学家，但更是情感丰富的诗人，他以诗人特有的形象思维来塑造儿童，侧重表现自己对儿童纯真、淳朴的个性的追求和向往。❶ 杨万里认真观察生活，记下生活中儿童的一举一动，对儿童的所作所为进行新颖奇特的构思，塑造了鲜明的、栩栩如生的儿童形象，刺激着读者的听觉和视觉，引导着读者更自由地去联想、想象，从而产生深刻的审美体验。

比如，"前儿牵牛渡溪水，后儿骑牛回问事。一儿吹笛笠簪花，一牛载儿行引子。春溪嫩水清无滓，春洲细草碧无瑕。五牛远去莫管它，隔溪便是群儿家。忽然头上数点雨，三笠四蓑赶将去。"（《安乐坊牧童》）诗人生动地刻画了四个神态各异、淳朴天真、伶俐活泼的牧童：一个牵牛过河，一个骑牛回头向同伴问事，一个信口吹笛，一个骑在牛上，身后还有个小牛犊。春天的溪水很平静，清澈见底，河州上的草细嫩鲜美，牛儿自顾自地吃草，不用担心它们会走远。忽然空中飘来几丝雨星，牧童们便急忙披蓑戴笠，去赶

---

❶ 柴剑虹，赵仁圭. 胡适选《每天一首诗》[M]. 北京：语文出版社，1997：182-189.

寻远去的牛儿。多么逗人喜爱的四个儿童！多么有趣的一幅"春溪野牧"图！多么令人向往的童心童趣！这里不但雨趣迷人、风景优美，而且童趣无限，让人浮想联翩。

（七）理趣与童趣并用的融合美

所谓理趣，是指诗歌在抒情写景中以意境、象征或情思体验等方式而不是以理念的方式呈现出的关于宇宙人生的某些智慧性思考。钱钟书在《谈艺录》中也作过诠释，"若夫理趣，则理寓物中，物包理内，物秉理成，理因物显。""理之在诗，如水中盐、花中蜜，体匿性存，无痕有味，现相无相，立说无说，所谓冥合圆显者也。"❶ 杨万里儿童诗将说理与童趣完美地结合在一起，既展现了童趣，又揭示出朴素的哲理，体现出了理趣与童趣相得益彰的融合之美。

在多数人看来，下山容易，上山难，因为在上山途中所遇到的艰难险阻都被我们克服了，下山也就理所当然地容易，而事实并非如此，杨万里儿童诗《过松源晨炊漆公店六首》之五就告诉我们下山并不如我们预想的那样顺利。"莫言下岭便无难，赚得行人错喜欢。正入万山圈子里，一山放出一山拦。"诗人借下山之事，讲述了人在顺境之中可能会忽视顺境中潜在的困难的朴素哲理。因此，并非只有寓言带有说理性，儿童诗也可以将说理与童趣结合在一起，实现二者的融合美。

著名诗人杨万里以一颗纯真的童心，创作了大量优秀的儿童诗，不仅丰富了儿童的精神世界，为我国古代诗歌创作增添了新的亮点，还给今天的作家创作儿童诗提供了重要的启示。在当下创作儿童诗，

---

❶ 钱钟书. 谈艺录 [M]. 北京：中华书局，1984：118-119.

我们可以从描摹自然景物的形态、增强诗歌鲜明的节奏、追求诗歌严密紧凑的结构以及熔炼活泼自然的诗歌语言等方面入手，用一颗激情四射的童心，去贴近儿童的生活，去观察儿童的行为，去发现和抒发儿童的童真童趣，努力塑造多姿多彩的儿童形象，努力构建现代儿童诗特有的意象和意境，不断创造儿童诗创作的新的美学高峰。

综上所述，杨万里作为我国南宋文学史上一位高产的儿童诗创作大家，以不朽的童心和喷涌的才华，创作了数以百篇的儿童诗，塑造了很多生气勃勃的儿童形象，一方面保存了南宋儿童许多率真活泼的生活气息，另一方面为我国古代诗歌画廊增添了新的景观。杨万里的儿童诗让我们从一个侧面看到了我国古代儿童生活的多彩存在，也让我们从一个侧面领略到了我国古代诗歌的丰富内涵。

杨万里的儿童诗题材广泛，形象鲜明，内容丰富，涉及儿童游戏、儿童放牧、儿童农事劳作、儿童学习言志、儿童与成人关系等方方面面的内容，若细致探究，还可再分为更多的类别。我们只是在前辈研究者的基础上，立足于现有的资料，阐释了杨万里儿童诗的某些分类，并以此为支撑，进一步从节奏鲜明的音乐美、自然和谐的绘画美、严密紧凑的结构美等七个方面挖掘了杨万里儿童诗的审美特征。可以说，杨万里儿童诗是我们研究我国古代儿童诗的宝贵资料，是证明中国古代儿童诗不但存在而且富有特色的最好论据，更是我国古代诗歌殿堂丰富多彩、成就辉煌的一个侧影。今天我们欣赏、阐释杨万里的儿童诗，能感受到诗人的童真之心，能体验到诗歌艺术的美学魅力。面对如此丰厚而宝贵的文学遗产，我们充满了文化自信！我们希望跨越近千年的时空，用和儿童诗一样的幻想方式，去追求那种童真童趣无处不在的美好生活。

我国现代经典儿童诗阐释

诗歌是以抒情为主要表现手段的艺术形式之一。一般而言，在诗歌的创作过程中，作家都要发散形象思维，都要以抒发情感为宗旨和追求。❶ 诗歌语言所标示的感性形象，也都要以情感的抒发来赋予其诗性的灵魂或审美的意境。诗歌作者在作品中主要展示的是自我的内心世界，侧重表现的是主体对自然和社会中一切事物的感受和体悟；有差异的是，不同的诗人，不同的抒情主体，其对客体的感悟及其选择的表现方式往往呈现出不同的特征。

当代著名学者、北大文学院教授钱理群先生在其专门讨论小学语文教育的文章——《呼唤"诗教传统"归来》一文中曾指出："儿童天生地与诗有一种最亲密的联系。"也就是说，诗歌包含的自由创造精神及其无所不在的想象力与童年生活及精神的需求高度契合，少年儿童是诗歌尤其是儿童诗的阅读和消费主体之一，诗歌需要儿童去阅读和鉴赏，童年也需要诗歌的滋养和熏陶，这样才能更好地保护儿童的诗性情怀，开启与培育儿童的艺术想象力。

---

❶ 朱自强. 儿童文学概论［M］. 北京：高等教育出版社，2009.

一、儿童诗的特点阐释

简单地讲，儿童诗就是指专为儿童创作、符合儿童审美心理特点的诗歌类作品。从儿童诗的创作主体的角度看，它主要包括两种存在形态：一种是成人为儿童创作的儿童诗（成人视角的儿童诗），另一种是儿童为抒发自己的感情而创作的诗歌（儿童本位的儿童诗）。

具体地讲，儿童诗其实是一个外延十分宽泛的概念，既包括传统的童谣、儿歌、民谣等，也包括现代作家甚或是儿童创作的歌谣以及儿童诗、少年诗等。如果把儿童诗和成人诗做一个比较，我们清楚二者有明显的区别，但又很难说清二者之间的某种绝对界限。下面，笔者从四个方面对儿童诗的特点作一个粗浅的阐释。

（一）情感健康阳光，内容向善向上

儿童诗中所蕴含的观点应明朗清晰，抒发的感情应健康高洁，向善向上，因为它面对的是人生观、世界观、价值观等尚未完全确立的广大儿童和少年读者。

1. 高洁的感情、鲜明的观点，首先意味着儿童诗的主旨意象健康明朗。优秀的儿童诗歌往往包含明确的主旨，表现或颂扬某种美好的事物或行为和思想，描写或批评某一谬误或丑恶现象、行为。例如，意大利儿童文学作家罗大里的《一行有一行的颜色》，就歌颂了普通的劳动者，鞭挞了不劳而获的统治者。具体地讲，在经典儿童诗《一行有一行的颜色》这篇作品中，罗大里首先这样歌颂劳动者："不管哪一行，/颜色不一样；/面包房师傅，/浑身白晃晃。//头发眼眉毛，/好比蒙白霜。/早上鸟儿还没醒，/面包师傅起了

床。//司炉的工人，/黑得亮堂堂；/油漆的工人，/蓝、白、黑、红、黄。//厂里的工人，/一身工人装，/深蓝的颜色，/青天一个样。"然后采用强烈的对比手法，鞭挞了不劳而获的统治者："富人一双手，/白的没话讲，/指头软绵绵，/指甲闪闪亮。//随便啥油腻，/从来不沾上。/哼，他们皮肤非常白。//做的可真是黑得慌。"也就是说，这首儿童诗中饱含着深刻的思想、高洁的感情、鲜明的观点，整首作品的主旨意象健康明朗，表现的主旨和观点明朗清晰，给人形象生动、意在言外的深刻感受。

2. 儿童诗高洁的情感也体现在形象和格调上。诗中借以传达感情的形象，无论是景、物、人或是具象化的意念、思想，都应该明白清晰，能被小读者接受理解，并能引发其心灵的回应。比如，我国现当代著名儿童文学作家冰心创作的儿童诗《雨后》就是这方面的经典作品。《雨后》是作为儿童诗选入当下的小学语文教材的一篇优秀作品，诗歌形象地写出了小哥哥关心小妹妹的情形，也写出了小妹妹听话而又羡慕小哥哥的玩乐方式的纯洁无瑕的童心，诗歌主题明白清晰，内容包含着丰富的正能量，能最大限度地引发少年儿童的情感共鸣，是深受少年儿童喜爱的经典儿童诗。

3. 儿童诗的格调应是昂扬向上的，给人以前进的力量，引发他们心中美好的情思，启发他们思考，指引他们认真对待生活，宣泄他们的感情，给他们愉悦的美感，成为激励他们健康成长的号角和鼓点，鼓起他们想象的翅膀，激励他们飞向美好的未来。即使是带有某些辣味的儿童诗，也要能唤起有些小毛病的孩子自爱、自信和改正缺点的决心和勇气。例如，柯岩的《小弟和小猫》就是一首有些劝诫意味的儿童诗。在这首作品中，柯岩写了"我家有个小弟弟"，他"聪明又淘气，每天爬高又爬低，满头满脸都是泥"。更淘气的是："妈妈叫他来洗澡，装没听见跑掉了；爸爸拿镜子把他照,他闭上眼睛格格地笑。"让"我"家的小弟弟醒悟的事情是:姐姐抱来个小花猫,它拍拍爪子舔舔毛,谁跟我玩,谁把我抱?弟弟伸出小黑手,小猫连忙往后跳,太脏太脏我不要!最后出现了这样的情景:小弟弟听了害了臊,大声喊道"妈!妈!快给我洗个澡!"整首诗歌趣味横生,向善向上,激励孩子追求文明健康的生活方式。在此,需要说明的是,强调儿童诗情感要高洁,观点要鲜明,并不意味着儿童诗不用追求意蕴和含蓄。反之,意蕴醇厚、内涵丰富的儿童诗,更能引导孩子们以自己的体验去体会、去补充、去发展作品的表现空间,使他们获得更多的审美愉悦。

(二) 想象丰富神奇,富有创意

想象是儿童诗创作的重要技巧和手法之一,优秀的儿童诗一般都要凭借丰富的想象创造优美的意境,抒发难以抑制的感情。❶ 例如,我国著名儿童文学作家任溶溶创作的《一个怪物和一个小学生》,就是一首想象大胆的儿童诗。诗人把儿童生活中可能面对的各种"困难",想象为具有某种思想感情的具体物象("怪物"),它专找缺乏毅力、性格怯懦的孩子的麻烦,以制伏这类孩子为乐事。但是这一次,它却遇到一个顽强坚毅、爱好学习、能克服各种困难的小学生;怪物("困难")的所有伎俩都失去了作用,于是它怒气冲冲,七窍生烟,从窗口飞了出去,这个孩子的生活中从此没有了这个令人讨厌的"怪物"。诗歌的字里行间,满满地蕴含着诗人希望儿童成长为不怕困难的、充满自信的小主人的深情。

---

❶　方卫平,王昆建. 儿童文学教程 [M]. 北京:高等教育出版社,2004.

（三）格调天真无邪，童心欢跃

儿童诗应努力表现少年儿童特有的纯洁、天真和童趣。儿童情趣是儿童诗区别于成人诗的重要标志之一。优秀的儿童诗不仅能使少年儿童从中获得审美愉悦，也能让成人在精神上回归到那童心欢跃的儿时情景之中，重温童年的情怀和梦想。例如，著名儿童文学作家柯岩的《弟弟惹出了什么事情》一诗，写爸爸上班前突然找不到眼镜，忙坏了全家，以至哥哥累得直喘，姐姐累得散了小辫，妈妈满脸流汗，最后发现，小弟弟戴着爸爸的眼镜伏在桌子上睡着了。这看似淘气的行为背后，隐藏着儿童幼小心灵的秘密，希望像爸爸一样有学问，能回答一切问题。全诗写得活泼新鲜，情趣盎然，有很强的吸引力，天真幼稚又包含着对美的追求的行为，闪烁着诱人的灵性色彩。再如，儿童诗中"风是个胖子，钻进了对面的树林，挤得小树摇摇晃晃，树缝冒出它气喘喘的声音……"这类写法，格调欢快，童心欢跃，童趣盎然。

（四）语言规范精美，美轮美奂

儿童诗与一般诗歌一样，应该是精美的语言艺术的结晶，需要通过最精湛活泼、最有概括力和表现力的语言表达丰富的内涵。儿童诗一方面要给小读者以思想的启迪，引发他们的审美感情，使之获得愉悦，提高他们的艺术鉴赏能力，另一方面要帮助他们扩大和丰富词汇，培养提高他们驾驭语言的能力，引导他们学会用规范精美的语言恰当地表达自己的情感。例如，著名儿童文学作家金波创作的《第一行诗》共16句，抒发了春天到来的快乐，倾诉了热爱大自然的深厚感情。整首诗用语规范，诗句优美，表达精彩，末句"雁阵——春天的第一行诗，写在祖国明丽的春天！"生动形象地把大雁北飞比作春天的信息，少年儿童既能理解其表达的意义，又能从诗歌精美的语言中获得美感。实际上，优秀的儿童诗往往是优美的语言、优美的意境与精当的表达方式高度融合的统一体，如果脱离内容或意境去雕琢语言句子或堆砌辞藻，只会损害诗的意境，破坏诗情。

儿童诗的语言美，不仅表现在准确精当的遣词用句上，还应表现在声音节律的优美和谐上面。要用语言的"音"（节奏）组合成一首优美的"乐曲"（作品），通过声音（节奏）抒发感情，塑造形象。朱光潜先生的美学理论认为，情感的最直接的表现是声音节奏，而文字意义反在其次。文字意义所不能表现的情调可以用声音节奏表现出来。❶ 我们在阅读教学中发现，儿童的心理特点和审美需求，决定了儿童诗比成人诗更富于音乐性，在一定程度上儿童诗的声调、韵律的表现力超过了内容本身。也就是说，儿童诗往往最先以悦耳的节律、声调吸引阅读它的少年儿童，尽管他们暂时还不理解或不完全理解诗歌的情趣和意义，但一定会喜欢诗歌优美的节奏和韵律。比如，唐代天才诗人骆宾王创作的千古名篇《鹅》的音乐性美感，儿童就十分喜欢。"鹅，鹅，鹅，/曲项向天歌，/白毛浮绿水，/红掌拨清波。"读起来节奏感十分强烈，一、二、四句押韵，和谐悦耳，琅琅上口。这样的诗歌，小读者即使暂时不理解其主旨和意境，也会乐于接受。

二、儿童诗的作用及类别

（一）儿童诗的作用

一首优秀的儿童诗，应该是一曲从心底冲出的歌谣，是震撼心

---

❶ 王泉根. 儿童文学教程［M］. 北京：首都师范大学出版社，2008.

灵的乐章。

首先，儿童诗所具有的浓烈的抒情特征，决定了它在塑造和培养少年儿童审美情趣方面的巨大作用。❶ 其次，阅读儿童诗有利于培养少年儿童良好的思想情操和审美趣味，也有利于诱发少年儿童丰富神奇的想象力，尤其是在培养和发展儿童健康的审美鉴赏能力方面，儿童诗具有独特的意义和作用。最后，儿童诗是塑造少年儿童美好心灵的艺术形式之一，它通过审美熏陶这一纽带连接儿童的心灵，具有比其他文学样式更为丰富的感情因素，可以说它是少年儿童不可缺少的精神营养品。

（二）儿童诗的类别

儿童诗的类别基本上与成人诗歌的类别相似，主要分为抒情诗和叙事诗两大类，❷ 其具体形态主要有以下几种。

一是童话诗。从文体学的角度看，童话诗属于叙事诗中的一个种类，在儿童诗中占有不可或缺的重要地位。大多数人认为，童话诗是童话和诗融合发展的产物，是以诗的形式叙说富于幻想色彩的童话或神话传说的故事类作品。古今中外的很多童话诗都取材于民间童话或民间传说，通过或优美或壮美的故事传达和抒发诗人的感受和感情。比如，俄罗斯伟大的文学家普希金的童话诗《渔夫和金鱼的故事》就是典型代表。

二是儿童叙事诗。叙事诗是用诗歌的语言来叙述故事、抒发感情的文学样式。它大多依靠情节或人物串缀展开故事，有时情节结构上的跳动幅度较大，语言精练，感情色彩浓烈，叙事性特征明显。例如，我国著名儿童文学作家洪讯涛的经典儿童叙事诗《愿你也有

---

❶ 黄云生. 儿童文学教程 ［M］. 杭州：浙江大学出版社，1996.
❷ 陈子典. 新编儿童文学教程 ［M］. 广州：广东高等教育出版社，2003.

支神笔》就是这方面的代表性作品。也就是说,《愿你也有支神笔》这首儿童叙事诗,不但构思巧妙、结构严谨,而且具有童话性儿童叙事诗的浓烈色彩。在某种程度上可以这样讲,《愿你也有支神笔》是一首以童话故事起兴的儿童叙事诗,作者巧妙地把小读者引入童话的境界,但读完整首诗歌,读者突然明白了事情的原委,领会了诗歌中寄托的美好祝愿。全诗既有神秘的童话色彩,又反映了实实在在的现实生活,童话和现实得到了自然巧妙的结合,很适合小读者的口味,令人回味无穷。在诗歌的最后一节,洪讯涛祝愿读者"也得到一支马良的神笔",并用它去书写出自己"最好的成绩"。

三是儿童讽刺诗。这类诗歌是以讽刺、幽默的手法写就的作品。儿童讽刺诗带有明显的诙谐调侃意味,是温和的讽喻,更是善意的劝诫,能让小读者在苦笑之后警觉、沉思,不由自主地审视自我,从而得到某些启示。作为一种带有某种辣味的文体,如果运用得恰当适度,能收到比正面训诫更好的教育效果。

著名儿童文学作家金近创作的《小队长的苦恼》就是一首很有特点的儿童讽刺诗。诗歌委婉又形象地"讽刺"了那位遇事不和小队队员们商量,喜欢包揽一切的小队长。他虽然认真负责,但也有些"独断专行",不善于团结大家一起做事,因此得不到少先队员们的理解。显然,这首儿童讽刺诗中的讽刺手法与成人文学作品中讽刺手法不尽相同,这里的所谓讽刺充满善意、委婉温和,蕴含着向上的力量,既不会伤害少年儿童的自尊心,又能及时提醒少年儿童改掉自己身上的小毛病。

四是儿童抒情诗。这类诗歌往往直接抒发作者浓烈的感情,甚至可以将其看成诗人内心世界的直接显现,抒发的虽是作者的真情实感,但又不能完全不加限制地随意抒发胸臆,一般都要依托某些人物的行动或故事来恰到好处地抒发感情或刻画人物形象。有些主要供少年儿童阅读的抒情诗，作者特别注重更多更强烈地引发阅读主体内心的美好情感，使其与诗歌表现的内容产生共鸣和回应，甚至带领他们进入诗歌所创设的情感天地之中，在一定程度上参与作者的想象和创作。例如，1945 年诺贝尔文学奖的获得者，智利著名的女诗人加夫列拉·米斯特拉尔创作的《爱抚》一诗，就情真意切地表现了浓烈、真诚、圣洁、感人的爱母及母爱之情。

五是儿童散文诗。它是介于儿童诗与儿童散文之间的、既有诗歌之美又有散文之美的文学样式。儿童散文诗形式上是散文，实质上是诗歌。具体地讲，儿童散文诗虽然不像诗歌那样精细地分行排列，韵律使用上也不十分严格，但它又比一般散文整齐，有节奏，充满诗歌特有的灵性和意境。优秀的儿童散文诗不仅追求意境的深远，也注重诗味特色的打造，有的作品还包含着一定的哲理，给小读者以深刻的启迪。大家不妨抽空读读《我听见小提琴的声音……》这篇作品，它是我国著名儿童文学作家郭风创作的经典性的儿童散文诗作品。在具体的文本之中，作家把诗意色彩和童话意味巧妙地结合起来，用诗歌化的语言演绎成篇，从而使作品具有很强的艺术感染力。

儿童诗除了上述几种主要样式和类别之外，还有一些其他很有特点的种类，例如寓言诗。法国儿童文学作家拉·封丹的寓言诗，还有 19 世纪的俄罗斯儿童文学大家克雷洛夫的寓言诗等，都是比较有代表性的作品。再如科学诗，我国著名科学家、文学家高士其创作的《时间伯伯》《我们的土壤妈妈》等都很有代表性。又如谜语诗、题画诗（也叫诗配画）等，这些独特的儿童诗样式，也因为具有生动活泼、优美凝练等审美特点而深受少年儿童的欢迎。

三、经典儿童诗透析

在文学史上，优秀的儿童诗浩如烟海，不可胜数，但能选编进我国小学语文教材之中的儿童诗，是精品中的精品，是高山之上的山峰，尤其值得反复阅读和阐释。高帆的《我看见了风》和方素珍的《收获》这两首儿童诗，就是这类不可多得的经典作品。

《我看见了风》这首儿童诗，因为被选入多种版本的小学语文教科书或者是与教材配套的课外阅读作品而得到了广泛的传播。

在这首精美的儿童诗之中，作者以儿童的思维方式或者说儿童的眼光来观察最普通的自然现象——风，用儿童化的形象思维形式，把我们肉眼看不见的"风"进行具象化的处理，像变魔术一样，把无形的自然现象变形为可以描写的具体物象，构思十分巧妙。诗人从捕捉到的最直观的形象入手，把我们常见的"风吹草地"和"风摇树林"等自然现象，创造性地写成了会走路、会打滚的"胖子"，新奇别致，令人难忘。把无形的事物形象化是整首诗最核心的表现手法，也是诗歌最大的亮点。

读完作品，我们不难发现，诗人其实是站在旁观者的立场上观察风，感知风，当他的视角由远及近，似乎要"找到"风时，风又跑得不知去向。作者这样写道："可是当我下楼去找，/却不见了它的踪影，/草地平平，树林静静，/不知风在哪里藏身……"

查阅资料发现，我国著名儿童文学作家金波也写过一首把风作为主要表现对象的优秀儿童诗。这首题为《风在流动》的儿童诗这样写道："于是，在草叶中间，/在树枝中间，/在旗子中间，/风在流动。//它在水面上画着涟漪，/它在树叶上跳着舞蹈，/它在秋林里燃烧，/风在流动。//它托起鸟的翅膀，/它洒下花香，/它扬起歌声，/风在流动。"金波的这首儿童诗无疑十分优美，令人难忘。但是，如果把高帆的《我看见了风》和金波的《风在流动》做一个对比，我们或许会感到，高帆的《我看见了风》更有儿童情趣，更切合儿童的思维特点，这或许就是它被选入小学语文教材的原因之一。

事实上，在中国多彩瑰丽的古代文学长河中，描述风的作品并不少见，早在唐代，把无形的"风"形象化的写作手法就有诗人运用得很娴熟了。唐朝诗人李峤的《风》就可以看作一首写风的儿童诗。诗人是这样写风的："解落三秋叶，能开二月花。过江千尺浪，入竹万竿斜。"在诗人笔下，"风"仿佛具有神奇的超自然的魔力，它能把深秋的树叶扫落，能使二月的花朵开放，走过江面时能卷起千尺浪花，进入竹林时能使万竿倾斜。这是化无形的东西为有形的事物的写作手法。如果把这首具有千年古韵的诗歌与高帆的《我看见了风》做一个比较，我们只能说二者各得其妙，同样精彩绝伦。

用现代的审美观念看，高帆的《我看见了风》是一首趣味盎然的儿童诗。在诗歌中，诗人以孩子那种对一切事物都永远新鲜、永远充满兴趣的独特感受，细致地触摸"风"，感受"风"。作者以儿童为本位，巧妙地捕捉到了孩子那种细腻温润的感觉以及对风的奇异体悟。自然界中似乎无影无踪而又无处不在的风，居然也能被像孩子一样敏感调皮的诗人捕捉到，这实在是一个奇迹！

诗人发现了风留在草地上的足迹，看见了风挤进小树林的身影，听到了风这个"胖子"的喘息，仿佛可以实实在在地抓住风这个顽皮的家伙了，可是一转眼，它又跑得无影无踪。在孩子们的眼里，无影无形的风，就是一个和他们一样淘气的顽皮鬼。我们的肉眼本来看不见风，但诗人采用上述的艺术手法描写风，使它似乎又变成了处处可见的东西，难怪作者要说"我看见了风"！

接下来，我们再看另一首优美的儿童诗《收获》。

这是一首方素珍创作的经典儿童诗，同样写得富有儿童情趣。

诗歌以父子俩一起钓鱼这一趣事为表现中心，用成人的睿智观察生活，用未泯的童心思考生活，把小读者当成诗歌的主体，积极与孩子们进行情感和思想的交流，引导小读者走进正确的生活，体会正常的情感世界。诗中表达了父子之爱，也抒发了家庭之爱，还进一步启发孩子要学会付出爱。

从文学创作的角度讲，儿童诗的情感表达具有共融性，不论其作者是儿童还是成年人，他的作品所表达的情感，都能被广大儿童读者所理解和接受。但作为儿童诗的《收获》与成人化的诗作完全不同，诗中表现的"自我"是以儿童为中心的自我，诗中抒发的情感是能使广大儿童受到感染和产生共鸣的儿童化的情感。

我们知道，儿童诗的想象具有共通性，主要以拟人、夸张等手法构筑诗歌的优美意境。从儿童写作的审美角度看，想象和联想是孩子们把已有的知识重新组合起来的一种形式，是孩子们对尚未了解的事物进行形象化处理的渴求，也是儿童发现生活中蕴藏的诗意的重要途径。儿童诗的想象是儿童化的想象，是缪斯式的想象，具有天真浪漫的色彩，也是大多数孩子能认同和理解的。在具体的创作实践中，为了使这些想象形象化、合法化，能被儿童艺术化地接受、诗意化地理解，诗人一般都要采用拟人、夸张的表现手法构筑意境。在《我看见了风》这首儿童诗中，诗人把无形的风比作了一个活灵活现而又活泼好动的人，而且是一个跑得像闪电一样快的胖子，诗人看见了风在草地上走过时留下的脚印，更为绝妙的是，当风钻进对面的树林时，诗人还听见了这个胖子喘气的声音。整首诗想象大胆，构思奇特，既有浓浓的生活气息，又充满了儿童诗特有的活泼。在《收获》这首儿童诗中，诗人把鱼比作鱼小弟、鱼爸爸和鱼妈妈，以三次放鱼的有趣经历，形象地让孩子们学会了付出爱，体会到了付出之后的满足和幸福。整首诗虽然情节简单，故事单纯，却波澜起伏，意蕴深刻，令人回味。

从这两篇儿童诗之中我们还会发现，儿童诗的抒写对象和读者对象比较特殊，往往具有构思新奇有趣的审美特征。儿童的性格天真活泼，喜欢听故事，爱好做游戏。在《我看见了风》一诗中，诗人这样构筑内容："我"看见了风，看见它在草地上玩耍，看见它在奔跑，听见了他喘气的声音，当我下楼寻找时，它却溜掉了。实际上，诗人把风想象成了一个淘气的小男孩，形象地描写了风的特性，这种充满灵气的表现方式，既新奇有趣又符合事物特性，让儿童倍感亲切。在方素珍的《收获》一诗中，诗人的构思更是新奇别致。这首儿童叙事诗，采用情节连缀的构思方法，把思想和情感编织在情节的叙述之中。第一节，写父子俩钓上了一尾小鱼，爸爸说放了他吧，鱼小弟年纪太小；第二节，写父子俩钓上了一条大鱼，儿子说放了他吧，鱼爸爸年纪大了；第三节，写父子俩又钓上了一条鱼，还是把她放了，因为她是鱼妈妈，要回家照顾鱼爸爸和鱼小弟；结果，父子俩忙了一天，虽然两手空空，却又满载而归。在诗歌之中，抒情主体的感情随着情节的发展而逐渐加深，父子间感情的真诚交流，父亲对儿子巧妙的教育，既真实可信，又感人至深。诗人以鱼小弟、鱼爸爸、鱼妈妈为叙事形象，塑造了一个充满浓浓爱意的家庭，抒发了一种博爱的胸怀，让儿童容易理解，能激活儿童的联想，易于让儿童在不知不觉中产生情感的共鸣。

上述两首经典儿童诗还从另一个侧面告诉我们，儿童诗的语言精粹生动，表现的都是真、善、美的主旨。儿童诗作家往往以精粹的语言建构诗歌，让孩子们在享受美的同时，能学习到语言的精髓，能领会遣词用句的匠心。高帆的《我看见了风》中，用了许多生动形象的词句：风在草地上走过，踩出一溜清晰的脚印；钻进了树林挤得小树摇摇晃晃，富有动感，生动有趣。方素珍的《收获》一诗中，有"动了，动了"的重复词再加上"哈""哇""哇哈哈"等语气词，把一个小孩看见鱼上钩时的兴奋激动表现得淋漓尽致。

如果说高帆的《我看见了风》表达了儿童对生活、对自然的细腻感触和喜爱之情，能让孩子们初步学会通过捕捉大自然中最普通东西去表现美，那么《收获》中不合情理的故事变化也并非故弄玄虚，而是隐含着要把鱼儿的感受当成自己的喜怒哀乐的博爱之心，或许这样才能收获真正的快乐。我们相信，爱的温暖会引导更多的孩子懂得爱，学会爱，付出爱。

乘着诗情的火焰还在燃烧，我们接下来再读两首经典的诗歌《雨后》和《夜》。

很显然，童趣欢跃的《雨后》是典型的儿童诗，压抑沉闷的《夜》是晦涩的成人诗。《雨后》是我国著名儿童文学作家冰心创作的一首欢快的富有儿童情趣的诗歌。或许因为这首儿童诗写得活泼生动、趣味盎然，特别适合儿童阅读和欣赏，因此被选入了多种版本的小学语文教材。

概括起来讲，这是一首很有审美魅力和儿童趣味的经典儿童诗，它具体而又生动地描绘了一幅夏天雨后的儿童狂欢图。"嫩绿的树梢闪着金光，/广场上成了一片海洋！/水里一群赤脚的孩子，/快乐得好像神仙一样。"读完这几句诗，儿童戏水的鲜活画面立即活生生地展现在了我们的眼前，我们仿佛又回到了童年那个因为玩得太快乐而忘记回家的夏日雨后的情景。

儿童文学往往从儿童的感受出发，以生命和情感熔铸形象，把作家对生活的认识和感受传达给小读者。《雨后》的这一节这样写道："他拍拍水淋淋的裤子，/嘴里说："糟糕——糟糕！"/而他通红欢喜的脸上，/却发射出兴奋和骄傲。/小妹妹撅着两条短粗的小辫，/……/心里却希望自己也摔这么痛快的一跤！"诗中塑造了小男孩和小女孩的天真与快乐的形象，表现了兄妹之间真挚与纯真的情感，充满了对生活的赞美和热爱。

相比较而言，成人诗歌中的形象就不那么具体、纯真、欢快了，它所塑造的形象往往复杂而又令人难以理解。我国著名诗人牛汉的诗作《夜》就具有这样的鲜明特点。

具体讲，《夜》是现代抒情诗，它以作者自身为抒情对象。诗歌的表现对象"夜"是一种晦涩的意象，是作者当时所处的某种生活环境和生存状态的象征和隐喻。借助诗歌，作者隐晦地表达了自己深藏于内心的思想感情——"关死门窗/觉得黑暗不会再进来/我点起了灯/但黑暗是一群狼/还伏在我的门口"。这与儿童诗《雨后》活泼、生动的写法形成了鲜明的对比，诗歌中的"夜""黑暗""狼"等也与纯真的儿童形象形成了巨大的反差。诗人以《夜》为题，用简短、刚硬的语句，精练、隐晦地写出了现实的无奈，诗人的内心充满了恐惧。在诗人的笔下，"灯在颤抖"，诗人对抗"颤抖"的方式是在灯下写诗，因为"诗不颤抖"！

如果说成人诗和儿童诗都是语言艺术、情感艺术的结晶，是一种带有意识形态色彩的审美表现方式；那么其阅读对象的不同、艺术表现手法的差异，就决定着成人诗和儿童诗审美本质的不同内涵。很明显，作为成人诗的《夜》与作为儿童诗的《雨后》在表现主题、表现内容、表现手法等方面，充分体现了两种诗歌类型之间的差别。

在牛汉的诗歌《夜》中，"夜"不仅仅是自然现象，而是黑暗的象征，是"狼"的代名词；而冰心的儿童诗《雨后》中的"雨后"就是指夏天大雨过后的情景，没有隐晦的象征意味；"雨后"是对自然现象的客观再现，而"夜"则是超越现实的书写。

从形象思维的角度看，为了让儿童更感兴趣，为了最大限度地吸引儿童阅读，儿童诗一般都具有很强的图画感。换句话说，儿童诗书写的情景和形象更具体可感，儿童诗的创作主体更善于用图画般的表达方式来传递某些思想、哲理和情感。比如，《雨后》一诗中的句子："嫩绿的树梢闪着金光，/广场上成了一片海洋/水里一群赤脚的孩子，/快乐得好像神仙一样/……"诗中的形象和情趣画面感很强，很容易用儿童喜欢的图画方式画出来。相比较而言，《夜》这首成人诗书写的内容则不容易用明快的画面来描绘。例如，"关死门窗/觉得黑暗不会进来/我点起了灯/但黑暗是一群狼/还伏在我的门口/……/灯在颤抖/在不安的灯光下我写诗/诗不颤抖！"诗中的抒情主人公的感情是含蓄的，诗歌表现的主题十分抽象，具有浓烈的理性色彩，最重要的是它不具有鲜明的画面感，不具有儿童的"泛灵论"思维，"颤抖的灯"等内容不易转化成轻松的画面，"黑暗"的模样也不太容易用图画的方式呈现给儿童，即使将其勉强入画，呈现的画面也难以全面表达诗的意蕴、精神和力量。而且，成人诗歌的内涵和外延都具有多面性特征，读者往往是仁者见仁，智者见智，生硬地用直观画面来描绘诗句所写的内容，只会局限和压抑诗歌的美学魅力，往往吃力不讨好。

从语言运用的角度看，儿童诗的语言具有自然、亲切、口语化、感性化等特征，适宜儿童学习、领悟和模仿，除了节奏感、韵律感较强之外，还给人以轻松、明快的审美感受。阅读这样的儿童诗，孩子们不但能在不经意间接受和积累精美的词句，而且能不知不觉地学会遣词用句的方法。成人读者阅读儿童诗，则很容易从中感受或体验到自然欢乐的游戏场景、淳朴天真的感情和童心荡漾的乐趣，努力去寻找那些逐渐远去的纯真与欢欣。成人诗的语言则比较委婉含蓄，如"灯在颤抖/在不安的灯光下我写诗/"这样的诗句，给人以凝重的感觉，让人紧张，神经紧绷，禁不住去反思我们的生存现状。有些诗句象征意味极为浓烈，往往言在此而意在彼，如"听见有千万只爪子/不停地撕裂着我的窗户"这样的诗句，"爪子"指什么，"撕裂"意味着什么，这些都需要读者去仔细揣摩，如果我们的阅读仅停留在字里行间的表面，就无法领会诗歌的主旨和意境。理性的思维、理性的言语在诗歌中占据着主体地位，"黑暗""伏在我的门口""灯在颤抖"，可"诗不颤抖"，这些语言的使用都跟儿童诗语言自然、亲切、明快的特征完全不同，需要我们用心去领会诗人的言外之意。❶

从诗歌主题的建构方式上看，儿童诗的主题或主旨往往很容易发现，诗人不会有意把它隐藏起来让读者去揣摩，有时儿童诗那种欢愉的气氛，明朗的节奏，向上的追求，就是其主题的最好呈现。儿童诗往往传递着一种触手可及的美，甚至跳跃着明显的游戏精神，娱乐性和趣味性十足，令人难忘。比如，《雨后》一诗中所表现的童年戏水的欢乐、兄妹之间互相关心的感情，就表现了孩子们要快快乐乐地在同伴中成长的主题。它向善向上，鲜明直接，读者只要去读这样的儿童诗就能体会到这样的主题，就能接收到这样的思想熏陶，就能获得正面的、积极的教育或引导。用比较的眼光看，成人诗的主题建构则十分复杂，它往往抽象而不明朗，复杂而又晦涩，读者需要有一定的文学审美能力，甚至要有一定的阅历，才能体会、感悟或追寻到诗歌的内在主旨。比如，牛汉的名作《夜》，传递的是一种面对黑暗的大无畏的抗争精神，宣扬的是一种要用强大的精神力量召唤同路人并肩战斗的斗志和勇气。换个角度看，儿童诗的主题建构通常是直接的、鲜明的，而成人诗的主题建构则大多是间接

---

❶ 周均东. 儿童文学教程［M］. 北京：中国人民大学出版社，2016.

的、隐晦的。儿童诗不需要太多的曲折和隐晦，成人诗则要给读者留下极大的感悟空间，它们的共同追求或许都是要引导读者去发现或追寻生命存在的真正意义，给读者带来精神上的某种熏陶或某些震撼。

总之，儿童是儿童诗的主要阅读者、鉴赏者和消费者，儿童诗的表现形式、审美内涵、游戏精神与少年儿童的生理和心理成长需求高度契合，我们要引导少年儿童这个儿童诗的主要阅读和消费群体，主动地大量阅读和鉴赏儿童诗，让其快乐的童年生活源源不断地得到诗歌精髓的滋养，让儿童的成长充满诗性的情怀和诗意的阳光。

我国现代经典儿童散文细读

　　儿童散文的读者对象主要是少年儿童。凡是适合少年儿童阅读、欣赏的散文作品，都可统称为儿童散文。儿童散文的体裁包括记人散文、叙事散文、写景散文、抒情散文等类别，但又不仅仅局限于这些体裁。有时，只要是非诗歌、非戏剧类的短小作品，只要适合少年儿童阅读，只要少年儿童读者喜欢，都可将其视为儿童散文。甚至新媒体时代流行的"微网评、微感悟、微故事"等新的文体形式和作品样式，只要适合少年儿童阅读和欣赏，同时又具有散文的普遍性特征，都可称之为儿童散文。在此，我们更多地按照聚焦主题、突出重点的原则，以经典作品为例，侧重讨论儿童散文的审美特征，集中笔墨介绍孩子们更有亲近感的现代儿童散文。

一、儿童散文的个性特征和审美内涵

　　从本质上讲，儿童散文和成人散文没有根本性的区别。不论是儿童散文还是成人散文，都必须以真实地反映现实生活、揭示内心世界、抒发主体情思为审美使命；它们的主要内容都指向人类对美好生活的追求和向往，它们的表现题材都十分广泛，甚至不设禁区；它们的构思和立意一般都比较新颖独特，同时都应具有结构形式灵活多样、情感真挚自然、意境优美精粹等特征。如果非要阐述儿童散文和成人散文的区别，我们可以用一种很模糊的表述来搪塞读者：特别适合儿童和少年阅读、欣赏的所有散文作品都可称为儿童散文；那些不太适合少年儿童阅读欣赏的散文作品则是某种意义上的成人散文。当然，区分儿童散文和成人散文不是为了闹着玩，其重要意义在于，我们可以在遵循一般散文的审美特征的前提下，依据读者对象的特殊性来探讨儿童散文的个性特征和审美内涵。

（一）书写内容和抒情方式能引起儿童情感上的认同和共鸣

从艺术审美的角度看，散文的灵魂是真实自然，而儿童散文在这方面的要求更高更纯。在具体作品的阅读中，如果作者所抒发的情感既真切自然，又总是能与儿童的情感相互沟通，能使少年儿童在阅读作品的过程中产生情感上的某种认同和共鸣，那么，这样的儿童散文作品无论是写景状物、直抒胸臆，还是记人叙事、感悟议论、想象幻想，都能贴近少年儿童，都能在少年儿童的心中留下些东西，也都是"书写内容和抒情方式能引起儿童情感上的认同和共鸣"的优秀儿童文学作品。比如，散文大师冰心在歌颂母爱时，在其儿童散文代表作《寄小读者·通讯十》中这样写道："小朋友！当你寻见了世界上有一个人认识你、知道你、爱你，都千百倍地胜过你自己的时候，你怎么不感激、不流泪、不死心塌地爱她，而且死心塌地容她爱你？"从表层上看，这是一段议论文字；从实质上分析，它更多的是一种感恩情怀的抒发，是对母爱的赞颂。在这段文字的前文里，冰心深情地追述了自己依偎在母亲身旁、听母亲讲述自己幼年往事的温馨故事。母亲轻柔的叙述，母女相伴的难忘时光，形成浓郁的情感氛围，作者自己身陷其中，情不自禁。而这种依恋母亲，又能被母亲宠爱的情感对许许多多的小读者来说并不陌生，生活中没有明确意识到这种情感的少年儿童，会伴随着作家情感的抒发而领悟到深深的母爱，而懂得这种情感的少年儿童，则会自然而然地与作者的情感产生某种心灵上的深刻认同和共鸣。

（二）在审美格调上诗意盎然，富于儿童情趣

有人说散文就是美文。以此类推，儿童散文就应该是美文中的美文。也就是说，儿童散文的另外一个显著特征是，它在审美格调上应同时具备两个元素：具有诗的特质，富有儿童情趣。具体讲，一方面是指儿童散文要具有诗的特质，要像诗歌一样，讲求意境美、情调美、韵味美、语言美、韵律美等。另一方面是指儿童散文要在独特的诗意美之中，散发着浓郁的儿童情趣。这样强调的主要目的是，让少年儿童喜欢阅读具有这些审美特征的散文作品，从而在这类作品的滋养下培养健康向上的审美情趣。

比如，乔传藻的儿童散文名篇《醉麂》（获中国作家协会首届全国优秀儿童文学奖），开篇就这样写道："它太淘气了，离开妈妈，离开岩洞，远远地跑出了山林。"作者独辟蹊径，用长辈式的略带责备的语气说小黄麂"太淘气了"，从而使这篇儿童散文一开始就充满了诗意，富有儿童情趣，显得既亲昵又温馨，爱意中饱含诗意，诗意中融合着童趣，童趣中跳动着诗意。

接下来，作者继续用这样的表现方式，极力描写这只迷了路的小麂子的种种诗意化的"童趣"。当小黄麂穿过怒江大峡谷时，眼前的景象是："坡坡箐箐……花朵连成花簇，花簇排成花云；花的彩云盖满了坡岭。风一吹，一阵阵花雨从花云里飘落下来，山野铺上了一床彩色的大棉被。"读到这样的文字，生活在拥挤嘈杂的城市的人群，只要闭上眼睛想一想，眼前就会飘过很难见到的蓝天白云，就会呈现出朴素和绚烂融为一体的色彩，就会闪过多姿多彩的各种野

花的影子，就会勾起儿时的某些令人难忘的回忆。这种明丽欢快的色彩构成了某种令人心醉的诗意，这种静谧温馨、仿佛远在天边的意境又与作者笔下的动物形象和诗歌般纯美的语言，构成了深受孩子们欢迎的儿童情趣。作者以儿童特有的想象来写景抒情，使作品自然而然地显现出儿童情趣；而儿童情趣的丰满和充盈，又进一步提升了作品的审美意境。孩子们读着这样的文字，或许能真切地体会到具有"美文"特质的儿童散文的真正魅力。

（三）在叙述结构上美轮美奂，具有一定的故事性

没有故事就没有文学。偏爱故事是少年儿童的天性。因此，孩子们在阅读实践中，更喜欢那些带有浓厚的故事性的儿童散文作品。在某种意义上讲，"故事元素"能有效调动孩子们的阅读兴趣，使其更好地去阅读儿童散文。这样的儿童散文作品很多，冰心的散文作品、吴然的散文作品都具有丰富的故事性。我们再看乔传藻散文名篇《细角牛》："细角牛很懂事的，它甩起尾巴赶开自家的孩子，主动接近小马鹿，小马鹿高兴异常，它仰起脑袋，嗞儿嗞儿咂着大黄牛的乳汁。小牛犊也不小器，它站在一旁，就像对待小表弟那么客气，亲热地看着妈妈给小鹿喂奶。"这里，作者别出新意，把大黄牛给小马鹿喂奶的美妙情景想象和叙述得既美轮美奂，又很有故事性，小读者阅读后，肯定会留下特别深刻的印象。

（四）儿童报告文学和传记文学是儿童散文的独特样式

儿童报告文学和儿童传记文学都是儿童散文这个大家庭中的重要成员。儿童报告文学是以文学的手法"报告"儿童生活中具有典型意义的真人真事的一种新兴的特殊文体，它随着我国现代报告文学的出现而诞生，20 世纪 80 年代之后，我国的儿童报告文学获得了

较快的发展，产生了一批以其为主要创作对象的优秀作家，出现了一些堪称优秀的代表性作品。儿童报告文学除了具有儿童散文的普遍性特征外，还具有新闻性、真实性、文学性等属于报告文学的共性审美特征。

儿童传记文学是文学表现手法和历史性的人物或事件相结合的产物。它一般从基本的史实出发，以文学的形式，记叙某一历史时期某一人物的一生经历，或某一人物的一段生活历程。儿童传记文学兼有历史的真实性和文学的审美性等艺术特征；真实性是儿童传记文学的本质和生命，而文学性则是其文学魅力和审美要素的重要体现。

儿童传记文学和儿童报告文学同属纪实文学的范畴，两者都必须具有艺术真实性，这是其灵魂，是其存在价值的重要体现。相对而言，二者比较明显的不同在于：儿童报告文学可记人，也可记事，时效性更强；而儿童传记文学一般以人物为中心，主要记叙某人的一生或相对完整的一段经历，不太强调其时效性。儿童报告文学大多直接表现当下的儿童及其生活，基本上属于现在时，带有"当下看"的特点；儿童传记文学大多描写和表现"作家的童年""科学家的童年""艺术家的童年""冠军的童年""将军的童年""领袖人物的童年"等，基本上属于过去时，带有"回头看"性质。

儿童报告文学区别于一般报告文学的特征主要表现在题材内容的选择和表现方法的运用等方面。从题材内容的选择上看，儿童报告文学多表现现实生活中富有新闻性的少年人物或与少年儿童有关的事件。例如，著名报告文学作家陈祖芬的《只不过是一刹那》，深刻地抒写了小杂技演员余月江的拼搏、奋斗经历及其成功的喜悦；实力雄厚的儿童报告文学作家孙云晓的《"邪门大队长"的冤屈》，则通过描写一个普通小学生的"苦恼"，揭示出了一个如何摆脱某些保守的教育观念、尊重甚至鼓励少年儿童个性发展的重要问题。从艺术表现方法的运用上看，儿童报告文学的写作更强调适应少年儿童的阅读欣赏水平，要求作家运用多种艺术手段去塑造能够打动读者的人物形象。比如，刘保法创作的《我多想唱》中的吴越菲这个形象，她梦想当歌唱演员，但受到妈妈的百般劝阻，于是她在自己十分隐秘的空间中（日记本）写下了很多要"打倒"妈妈的小纸片，表达了对妈妈的不满和"仇恨"，从而十分真实地刻画出了这一人物形象幼稚含蓄的性格特点，使整个人物形象显得既真实可爱又幼稚可笑。

另外，《人民文摘》杂志 2013 年第 1 期署名为沈晨的作者发表的《诺奖盛宴的"中国印记"》这篇儿童散文性质的报告文学，也是一篇很适合少年儿童阅读的作品。它能让当下的孩子们共同记住中国作家莫言领取"诺贝尔文学奖"这一历史性事件。或者说这篇报告文学性质的随笔，记录了中国作家首次领取诺贝尔文学奖的盛况，显示了中国文学"走出去"的强大气场，让少年儿童们读一读、想一想，或许会有一些触动心灵的收获。

换个视角看，儿童传记文学具有与一般传记文学完全相同的艺术特征，即特别强调历史的真实性与文学的审美性；不同的是，儿童传记文学与一般传记文学的真实性与审美性的内涵略有区别，或者说某些方面的独特性更多一些。具体地讲，儿童传记文学的创作更强调要具有某些特别的教育功能原则，这种指向鲜明的特点决定了儿童传记文学所描写或刻画的对象应更具有代表性，更能传递积极向上的力量；一般都应是对人类发展、对社会进步产生过积极影响的知名人物，而且其人其事务必真实可信，作家的描写或刻画务必客观具体而又恰到好处，既不能随意拔高，把人写成神，更不能戏说历史，任意贬低历史人物。孙钢创作的《伟人之初：周恩来》

可视为这方面的代表性作品，作者以周恩来风雨漂泊的少年儿童时代为表现对象，真实生动地书写了周恩来由一个勤学上进、忧国忧民的爱国少年儿童，一步一步成长为一个年轻的共产主义者的曲折历程。少年周恩来的成长道路，是当时的革命少年不断求索、不断进取的一个历史缩影：从少年时代的"为中华之崛起而读书"，到青年时代东渡日本求学的磨难；从参加风起云涌的"五四运动"，到欧洲留学时对真理的不懈追求；从黄埔军校时期的艰苦奋斗，到南昌起义的坚定豪迈。作者用真实生动的文学表现手法，形象地再现了周恩来青少年时代为追求民族独立解放而上下求索的高大形象，对新时代的青少年产生了不可估量的激励作用。我们呼唤我国的儿童传记文学作家多写中国各民族的优秀儿女，多讲中国故事，多传递中国的声音。

另外，适合少年儿童欣赏的散文类作品还有回忆录、游记等。一般而言，回忆录主要是通过具体的描述，追叙自己或他人的一段生活经历或一生事迹。写作时必须以作者所掌握的第一手材料为素材，重点叙述作者的亲身经历及其亲身感受，使读者如闻其声、如见其人，仿佛亲身经历了作品中叙述的事情，仿佛回到当时的场景，真切地在与作品中的人物同悲同乐、同生同死，从而使读者在阅读作品时产生心灵上的交流和情感上的愉悦。

游记则是一种记叙或描写作者的见闻、观感的散文样式。它可以描写山水风光、名胜古迹，也可以记叙社会情态、风土人情，还可以对某地某处进行文化、经济、政治、地理等方面的考察，如《徐霞客游记》等。一般而言，游记既要真实地描述客观景物，又要善于将作者的主观感受与自然景物融为一体；同时，为给少年儿童阅读而创作的游记既要注重知识性，又要强调趣味性。著名散文作家秦牧的儿童游记《逛香港海洋公园》就具有这两个显著的特点，是这方面的代表性作品。作者一面描述海鱼身体颜色变化的趣事，一面向小读者介绍生物生存的知识；一边趣味十足地描写海洋剧场内那些动物表演的精彩情形，一边自然而然地引出"海豚智力之谜"的问题。从总体上看，作品中独特、新鲜、海量的知识性内容，不但没有使作品显得枯燥乏味、呆板僵硬，反而使作品因内容丰富而趣味横生、多姿多彩，使其增添了某种不一样的魅力。阅读这样的作品，对培养儿童的观察能力、语言表达能力，对丰富儿童的知识结构，开阔儿童的视野，提升其文学修养，都有着积极的作用。

二、儿童散文阅读的意义

下面，我们轻松一下，先读一读两篇优秀的儿童散文作品——《春天的小雨滴滴滴》与《10 颗黄豆》。

读罢这两篇儿童散文，不知道你的感觉如何。我们认为，陈木城的《春天的小雨滴滴滴》和秋思的《10 颗黄豆》，是两篇很有特点的儿童散文。认真读完这两篇作品，读者会联想到自我生活中的很多事件，甚至会联想到很多人以及与这些人紧密相连的很多故事，这就是儿童散文的魅力。

那么，从阅读的角度来讲，这类儿童散文到底该怎么读，读的过程中究竟要注意些什么，要重点把握哪些内容呢？

我们认为，对少年儿童来说，散文或者说儿童散文的阅读，不仅是语文学习和文学教育的问题，还是学习做人做事和人格养成的问题，也就是立人教育的问题。实质上，这是现行的中小学语文课程标准传递出的重要信息。

《九年义务教育语文课程标准》颁布实施后，教育部统编的九年义务教育语文教材及各种版本的中小学语文读物的编写者们，秉承批判继承的原则和做法，立足于中小学语文教学的实际，紧扣语文教育的核心目标和任务，融入文学教育的最新理念，对中小学语文的课文篇目进行了大胆的、开创性的建构，摒弃了过去那种记叙和说教文体一统天下的局面，大大扩展了中小学语文教材的选文范围，有效提升了中小学语文教材的内涵。

以小学语文教材为例，不论它属于哪种版本，不管它的适用范围如何，我们只要打开教材就会发现，它包含的文体丰富多样、新颖明快，而且大多数课文都是各种经典文学名篇的节选，既有纯粹的文学文本，也有各种实用文体和非连续性文本等。几乎所有版本的小学语文教材都突破了记叙文、说明文等文体的编写模式，甚至突破了诗歌、小说、散文、戏剧四大文体的条条框框，创造性地将教材课文的文体划分为儿童故事、儿童诗歌、儿童散文、儿童小说、童话、寓言、古代诗词等类别，其中古代诗词类课文又包含儿歌、儿童诗、古典诗词和外国诗歌等类别。这些重大变革，使我们不得不重新审视散文和儿童散文的阅读意义等重要问题。

我们粗略统计后发现，一方面，散文或者说儿童散文在小学语文教材的课文中占有重要位置，人教版、苏教版等大多数小学语文教材的课文之中，儿童散文的占比都在 45% 以上，都扮演着"台柱"的角色。另一方面，被编者选为课文的儿童散文，大多是历经岁月淘洗后流传下来的优秀作品。更为难能可贵的是，被编入教材的大多数儿童散文，几乎都蕴含着一股童心的暖流，都飞扬着欢快的童真童趣。如果说中小学语文教育的主要目标之一是培养能较好地学习和使用汉语表情达意的合格公民，那么通过教材的编写，让儿童尽可能多地阅读这些体现人性美、人情美、自然美的优秀散文，对帮助儿童认识自然、认识社会、认识自我，塑造健全的人格，建构积极健康的价值观，无疑具有重要的意义和作用。

散文是一种很温馨的文体。具有童真童趣的优秀散文最接近儿童的生活，儿童最容易理解和接受，特别适合儿童学习。在具体的阅读实践过程中，教师和家长要特别注意引导儿童关注那些体现真善美、字里行间闪烁着人性光辉且符合儿童情趣的作品，将其作为精读篇目，引导学生多读多背，指导学生学通、学深、学透，实实在在地培养少年儿童对儿童散文的接受和感悟能力。

对叙事、写人物儿童散文及写景抒情类儿童散文、哲理类儿童散文等不同的文体类别，要区别对待，采取不同的方式指导少年儿童阅读；要从童心出发，运用儿童的视角、儿童的语言、儿童的表达方式，仔细认真地引导少年儿童去领会和把握作品的深刻意蕴；不能眉毛胡子一把抓，不看文体对象，不考虑学生的实际，更不能每篇课文的阅读都去分析所谓的中心思想和段落大意，否则就会丢了西瓜，捡了芝麻。

尤其要引起重视的是，儿童散文的阅读和文学教育的目标一样，都是为了促进少年儿童的健康成长，都是为了塑造少年儿童的健全人格，因此要给儿童提供"真"的散文，引导儿童"真"读散文，使其学会"真表达"，从而培养儿童的"真性情"，培育"真"的人，激励少年儿童努力去创造真实、美好、和谐的未来。

三、冰心儿童散文阐释

我国现代著名作家冰心及其文学创作，是 20 世纪中国文坛的璀璨明珠，光芒万丈，温馨迷人，魅力永存。冰心以其几乎无所不能的文学才华和勤奋耕耘，在小说、诗歌、散文等创作领域，都留下了具有开拓性的优秀作品。

尤其值得关注的是，冰心的儿童散文作品，特色鲜明，自成高格，像一曲历久不衰的成长颂歌，对我国现代儿童文学的发展做出了重要贡献，对现当代儿童散文的创作和传播产生了深远的影响。直到今天，冰心儿童散文的独特魅力，都还在影响和熏陶着一代又一代少年儿童读者。

（一）冰心的成长经历及其爱心的形成

冰心（1900—1999 年）出生在福建长乐一个幸福和谐的海军军官家庭。她的父亲谢葆璋是一位有爱国情怀的海军军官，这位参加过甲午海战的父亲热爱祖国，热爱生活，热爱社会，热爱家庭，对妻子和儿女倍加疼爱，他对冰心那种带有强烈的担当色彩和父爱情怀的大爱之心的形成产生了重要的影响。冰心的母亲是受过良好教育的家庭妇女，性格温婉，贤惠爱家，教女有方，她对冰心那种无所不在的爱心的形成无疑产生了不可替代的影响。儿童和少女时期的冰心在海浪、舰船及军营中度过，大海、浪花、蓝天、白云、沙滩都是她的玩伴；她还像当时家庭小康的男孩子一样，从小就接受了较好的教育，先后进入福州女子师范学校预科（1911 年）、北京教会学校（1914 年）学习，五四时期进入协和女子大学预科就读，后转入文学系学习，曾被选为学生会文书，积极投身学生爱国运动。这些在苦难的旧中国可谓幸福多彩的成长经历，是冰心形成博爱之心的主要前提和重要条件。上述三种爱的情怀的养成及其对冰心爱的心灵的雕塑，则是其儿童散文破空而出、光照四射的思想基础，也是我们阐释冰心儿童散文的关键性钥匙。

（二）对爱的歌颂和赞美

冰心 1919 年发表了她的第一篇小说《两个家庭》，随后相继发表了《斯人独憔悴》《去国》等探索人生问题的小说。同时，受到印度文学大师泰戈尔《飞鸟集》的影响，冰心尝试写作无标题的自由体小诗，后来她把这些小诗结集为两个诗集出版，即著名的《繁星》《春水》，后来文学界将冰心创作的自由体小诗称为"春水体"诗歌。1921年冰心的小说集《超人》等出版，1923年她从燕京大学文科毕业，赴美国威尔斯利女子大学学习英国文学。在旅途和留美期间，她创作了儿童散文集《寄小读者》，显示出了婉约典雅、轻灵隽秀、平易流畅的鲜明特色，深受读者赞誉和欢迎，当时的人们把这种风格独特、别致温馨的文学作品称为"冰心体"散文。

如果把目光聚焦到冰心的散文创作上看，儿童散文集《寄小读者》中收录的冰心散文，有一个鲜明独特、令人难忘的审美主旨，即对爱的歌颂和赞美。

冰心这一时期的散文作品，歌颂和赞美得最多的是爱。她爱祖国、爱父母、爱亲人、爱儿童，尽情地歌颂祖国、赞美母爱、赞美父爱、赞美童真、赞美大自然，这方面的儿童散文作品显示了冰心作品独特的审美情趣，成为一颗独放异彩、童趣十足的星星。读了这些作品，文学大师茅盾甚至给出了在所有五四时期的作家中"只有冰心女士最最属于她自己"的高度评价。可以说，冰心散文的创作个性和艺术特色，集中体现在其儿童散文上，她笔下流出的那些丰饶多彩的儿童散文作品，显得格外绚烂多彩，令人难忘。

作为儿童散文园地里的一朵奇葩，《寄小读者》无疑确立了冰心在我国儿童文学尤其是儿童散文史上的崇高地位。她用丰富的知识，纯洁的感情，新颖的形式，清丽的语言，为天真活泼的孩子们打开了一扇启迪心灵的窗户。

冰心从赴美前夕的1923年7月开始打开儿童散文创作的闸门，一直持续到学成归国后的1927年，她通过深情、优雅的文学化表述，把自己的激情和才华，源源不断地倾诉在对祖国、母爱、童真和自然的描写和抒情上，成就了对爱的歌颂和赞美的杰作。❶ 换句话说，虔诚地讴歌祖国、母爱、童心和自然是冰心早期儿童散文的主要特色。这一创作特色的构建和冰心童年和少年时代的成长经历密不可分，在某种程度上可以说它就是冰心爱的思想和情怀的文学结晶。

冰心歌颂的母爱、父爱、自然之爱和童真童心，既是爱的乐章，爱的大合唱，也表现了一种高洁的情怀，或者说这种歌唱本身就是对现实生活中一切虚伪、欺瞒和奸诈的批判，就是对纯真无瑕、无忧无虑的人生感情的渴求。❷ 冰心的儿童散文得到读者高度认可之后，母爱这一表现主题引起了现代文学作家的普遍关注，很多作家以不同的方式参与到了这一主题的书写之中，加快了我国现代儿童文学的发展进程。

如果把《寄小读者》看成我国现代儿童文学的奠基之作，我们会发现，冰心在以"寄儿童世界小读者"的形式创作这些精美的儿童散文时，以最炽热的语言把对母爱的讴歌推上了某种难以企及的极致，她甚至把母爱宣扬为至诚至大、至高无上的伟力，把母亲宣扬为孕育一切的"万有之源"；在她笔下，母亲的爱博大深厚、忘我无私、具体可感，几乎到了无所不能的程度。在儿童散文《往事（一）之七》中，她怀着无限的深情这样歌唱母爱："母亲啊！你是荷叶，我是红莲，心中的雨点来了，除了你，谁是我在无遮拦天空下的荫蔽？"荷叶在狂风暴雨中覆盖在红莲之上，不顾一切地为红莲承受风雨，这原本是很普通的自然景象，但它却深深地触动了冰心作为女性的某种温柔的情怀，于是她从这种自然景象出发，联想到柔弱的自己，联想到了慈爱的母亲，联想到了母亲对自己的呵护，

❶ 陈恕. 冰心佳作选［M］. 杭州：浙江少年儿童出版社，2005：12.
❷ 王欣. 冰心创作"五期论"［M］. 福州：海峡文艺出版社，2000：195.

于是发自内心地对崇高的母爱抒发了赞叹之情。

在某些儿童散文篇章之中，冰心对母亲的赞美往往又和对祖国的歌颂融合在一起，歌颂母爱就是倾诉对祖国的赤诚之爱，把母爱升华到了一种更崇高的境界。她在《寄小读者·通讯二十》中这样写道："故国纵是一无所有，然已有了我的爱，便是有了一切！……飞扬的尘土呵，何时容我再嗅着我故乡的香气……"在《寄小读者·通讯二十八》中，她对祖国的歌颂甚至有些疯狂："亲爱的母亲，我的脚已踏着了祖国的田野……母亲，你是大海，我只是刹那间溅跃的浪花……祖国的海波，一声声地洗淡了我心中个个的梦中人影。"在她笔下，祖国是"海棠形的"，那样可爱温馨，那样令人深切眷念。可以说，游子的思绪和爱国的情怀，是冰心儿童散文的灵魂，它像一根不可替换的红线，赋予她所有的作品崇高的主旨，使其达到了某种令人敬仰的高度。如果说对父母之爱的书写，对小弟兄小朋友之爱的眷念，使冰心的儿童散文充满了爱的柔情，那么对祖国之爱的抒发，使她的儿童散文充满了恳切的情意和赤子的情怀，强化了赞美爱、歌颂爱的色彩。

（三）对童心童趣的歌颂和赞美

对纯真童心及童趣的赞美及歌颂是冰心儿童散文的另一个显著特征。冰心把童心、童真、童趣看得格外纯洁，格外珍贵，她认为这个世界上"最可爱的只有孩子"，她把儿童看成自己最纯真、最可爱的朋友，她浓墨重彩地书写童真、童心、童趣，用象征纯真的儿童去塑造美好的人生境界。在《往事·十四》里，她用儿童对海的想象来书写童心童趣，用奇特美丽的想象来表现童年、童心的纯洁无瑕。冰心的儿童散文，一方面特别注重描写儿童的特点，另一方面遵循儿童特有的审美逻辑，以趣悦人，以情感人。在《寄小读者》

中，冰心就是另一个在大洋彼岸与祖国的儿童平等对话或交流的"儿童"，她像一位无所不知的大姐姐，与孩子们一起游戏，一起交谈，她使用的是"孩子的口气"的表达方式，写的是"天真的话"，牵挂的是在祖国生活的苦难的儿童，字里行间流动的是眷念祖国和家乡的淡淡的乡愁。她利用精美的文字，在孩子们的心灵里播下真善美的种子，她用说悄悄话的叙述方式，给小朋友们讲述大洋彼岸的故事。她努力保持孩子似的自信和天真，毫无保留地将自己的整个内心世界袒露在儿童读者面前，让自己的心灵与读者的心灵平等相撞，希望不时爆出爱意融融的情感火花。

1949 年中华人民共和国成立之后，冰心焕发出了新的创作激情，她的儿童散文的题材领域有了进一步的扩展。《陶奇的暑期日记》就是冰心献给新中国小读者的美好的精神礼物。这篇儿童散文用灵动的文字和优雅的表达方式，描写了一个小孩子一个半月中的生活趣事。与《寄小读者》中的儿童散文有所区别的是，作者歌颂、赞美的虽然还是童心童趣，但立意更高，主题更鲜明，作者一方面尽可能细腻地描写某些童心童趣，另一方面又注重通过对儿童生活的描写，展示新中国广阔、火热的新生活。作品中，小伙伴们丰富多彩的暑假活动，充分显示了新中国儿童的幸福，表现了新中国的儿童在党的抚育下健康成长的多彩情形。换句话说，冰心这一时期创作的以《陶奇的暑期日记》为代表的儿童散文，不但具有浓厚的生活气息，而且富于时代气息，其思想境界更加广阔，其爱心显得更加大气，艺术格调更加明快，语言更加清丽，与劳动人民贴得更近，也更有亲和力。当然，也有人认为，冰心这一时期的儿童散文多了一些时代的印记和应景的抒情，其时代性和政治性在一定程度上遮蔽了其应有的艺术性。

《再寄小读者》则是冰心给孩子们展现的一幅幅我国人民与世界

各国人民友好往来的动人画卷。她用生花的妙笔描绘出了意大利西海岸绮丽的风光，描绘出了英国格拉斯哥城的苏格兰民歌晚会的欢乐情景，描绘出了亚非作家大会的盛况，向小读者叙述了意大利农民和工人的苦难生活，叙述了黑人的不幸命运和他们的斗争生活，对少年儿童产生了深远的影响。

改革开放之后或者说进入新时期后，冰心年事已高，但创作激情不减，她创作的《三寄小读者》，紧跟时代步伐，循循善诱地把爱心用优美的艺术形式传递给儿童，努力用她大爱无疆、童心不老的情怀，吹响时代的号角。她这一时期的儿童散文作品，尽情描绘儿童的幸福生活和改革开放的巨大变化，跳动着迎接新的时代风气的无穷喜悦，闪耀着新的思想光芒。少年儿童读者在妙趣横生的阅读情境中，不断扩展知识，增添智慧，博爱之心日益宽广，进取之心不断延伸。这些儿童散文的主题超越了母爱的狭窄圈子，超越了个人的情感层面，不再"模仿小孩子的口气"，不再只"说天真的话"，作者像变魔术一样，变成了一位慈眉善目、爱心永驻的长者。也有读者认为，冰心的《三寄小读者》中的儿童散文，缺少了儿童的视角，缺少了童心童趣，不论是儿童的味道还是文学的意味，都被所谓的思想和成熟冲淡了。相比较而言，还是《寄小读者》中的篇章更有儿童文学的美感，更能彰显和体现儿童散文的独特魅力。

（四）风格优雅细腻，语言清新明丽

冰心作为我国现代儿童文学的开创者之一，其儿童散文具有独特的艺术风格。除了主题思想的高雅、纯洁外，她以大师般的笔调和作品，不容置疑地把其儿童散文的艺术风格雕塑得优雅纯真、温柔细腻，用含蓄委婉的艺术手法，赋予了她早期散文语言清新明丽的色彩。这一切的一切，都那么富有个性，那么受读者的欢迎。冰心始终认为，她更适合写散文，诗歌创作不是她的强项。除了散文比较自由灵活之外，她的性格也更接近无拘无束的散文；创作儿童散文能使她更自由地即兴抒写流淌在心中的真情实感，更自由地描绘人生的变幻多姿，更自由地书写无边的爱心和无处不在的童心童趣。冰心认为，儿童散文要写出独特的风格，作者必须对自己所描述的人物、事物及情景具有浓厚真挚的情感；创作的灵感一旦被激发，优美的作品及优雅的表达便会抑制不住地喷薄而出，优秀作品的不断积累最终会使自己形成巍然屹立的风格。她的作品及其艺术风格的形成就是对上述理论认识的最好实践。

冰心是遣词用句的高手，是现代文学史上的语言艺术大师。她的儿童散文感觉细腻，想象舒展，下笔生香，清新明丽，优美感人。她善于用平易的白话文娓娓讲述故事、抒发情感，"不断激起一朵又一朵优雅柔美的情感浪花"❶。她创作的儿童散文作品，用语朴素，节奏欢快，音韵铿锵，感情舒缓，富有音乐美和图画美。在她的作品中，清词丽句随处可摘，诗情画意随处可见，她善于描写抽象的不可言状的情感，这些情感在她笔下具体生动，不但能抓住少年儿童的心，而且能使孩子们得到美的熏陶。这种魅力无限的语言的使用，是作者深厚艺术功力的体现。她继承了我国散文传统中善于叙事、善于抒情的特点；她笔下的叙事语言张弛有度，清新秀丽，含蓄委婉；她笔下的抒情语言千锤百炼，清新典雅，温柔多情，美得让人心醉。一句话，丰厚的文学传统的滋养及独特的成长经历的磨练，使冰心的儿童散文语言形成清新明丽、委婉多情的独特风格。

（五）善于书写情感，善于以情感人

冰心是书写情感的高手，情感丰沛、以情感人是她的儿童散文

---

❶ 吴宏聪，范伯群. 中国现代文学史［M］. 武汉：武汉大学出版杜，1991：481.

的迷人特点之一。她善于把自己心中的情感波涛和自己独特的情感体验，融入生活的精彩细节之中，娓娓道来，清风扑面，让读者如沐春风，忘我陶醉，不知不觉就进入了诗一般美妙的艺术境界。冰心从小在大海边玩乐、生活、成长，她因此对大海、浪花等有刻骨铭心的感情。如果说大海陶冶了她的性情，开阔了她的心胸，打开了她的视野，那么在她创作儿童散文的时候，纷繁复杂的世界便会变成"一望无际的湛蓝湛蓝的大海"。她从小与大海一起玩乐，与海浪一起游戏，有时像大海那样波澜不惊，优雅文静，有时像浪花那样欢快活泼，无忧无虑。在合适的环境之中，这些情感都会变幻为强大的抒情力量，形成强烈的艺术旋律。或许可以这样说，客居大洋彼岸的美国留学这一多少有些孤独的特殊经历，触发了冰心倾诉情感的强烈欲望，于是便出现了《寄小读者》这样经典的儿童散文。冰心在《通讯·十六》中说，"去国以前，文字多于情绪。去国以后，情绪多于文字"。这是很真实的自白，正是这种特殊的境遇，触发了她思念祖国、思念家乡及思亲恋母的情感，她那些经典的儿童散文就是这种情感的流露，就是这种情绪的结晶。冰心在作品中这样写道，当客船一离开黄浦江岸，她便想起了"海水直下万里深，谁人不言此离苦"的诗句。在《通讯·十六》中，她这样描写在威尔斯利求学期间的怀乡情感："只要湖水不枯，湖石不烂，我的一片寄托此中的乡心，也永古不能磨灭的！"这种对"乡愁"的独特体验和书写，可以说达到了淋漓尽致、感人肺腑的境界。在《往事（二）·六》中，冰心还有对乡愁更独到的抒发："乡愁麻痹到全身，我掠着头发，发上掠到了乡愁；我捏着指尖，指上捏着了乡愁。"把乡愁写得如此形象，如此真切，需要多么的刻骨铭心啊！事实上，这不仅仅是狭隘的思乡愁绪，读者应更进一步，把这种无所不在的乡愁看成爱国的情感，看成对祖国的深深眷念。正因为她对祖国爱得那样深切，那样纯真，那样无私，她才在儿童散文《通讯·二十》中这样对小读者反复倾诉："小朋友，我不是一个乐而忘返的人，此间纵是地上的乐园，我却仍是'在客'。"旧中国虽然山河破碎、贫穷落后，但依然让留学海外的游子魂牵梦萦。这种淡淡的乡愁，这种爱国的情怀，像一种强大的内在旋律，贯穿于冰心那些令人难忘的儿童散文之中，使其艺术魅力增添了永不磨灭的灵魂。

冰心的一生有一个显著的特点，即始终充满爱心，始终歌唱童心，始终赞美童趣。她的儿童散文创作始终坚守儿童的思维和儿童的视角，"只拣儿童多处行"是其写作内容的真实反映，正因为这样一辈子坚持和追寻，她才创造性地写出了那么多优秀的儿童散文。不论是早期的《寄小读者》，还是后来创作的《再寄小读者》和《三寄小读者》，始终洋溢着"冰心体"的迷人风采。

（六）始终保持童心并履行对孩子们的承诺

冰心的一生都充满了爱心和童心，她一生的写作都是爱心和童心的体现和结晶，都是有意识的艺术行为。冰心研究会会长王炳根先生在《冰心文选·儿童文学卷》的"前言"部分说，冰心于1919年12月27日发表的《庄鸿的姊姊》和1921年3月12日发表的《国旗》，可能开创了我国现代儿童文学的先河。新文化运动的重要阵地北京《晨报》副刊，开辟了"儿童世界"专栏，发表适合儿童阅读的各类文章，"冰心就是在这个时候，有意识地进入了为孩子们写作儿童文学的新领域"❶。

这里所说的冰心"有意识地进入"儿童文学的创作领域，主要是指，冰心的《寄小读者》《再寄小读者》以及《三寄小读者》中

---

❶ 冰心. 冰心文选·儿童文学卷［M］. 福州：福建教育出版社，2007：13.

的儿童散文的创作，或许并非源于现代儿童文学理念的推动，也不是源于政治化的"奉命写作"，而是源于讴歌童心童趣的冲动，源于作者对孩子们的承诺。海峡文艺出版社 1994 年 12 月出版的《冰心全集》第七卷中，有一篇《我和小读者》的创作随笔，在这篇文章里，冰心曾这样披露写作心迹："一九二三年，我大学毕业时，得到美国威尔斯利大学的奖学金到美国去留学。那时有很多小孩要求我给他们写信。我在家中的地位也很特别，我是长女，还有三个弟弟，最大的弟弟比我小六岁。所以，在我家从早晨到晚上有很多兄弟们的小朋友来玩。我给他们讲故事，也帮助他们学习……当时我曾在北京《晨报》上刊载过一些小说、散文。在他们开设了'儿童世界'专栏之后，《晨报》的编辑在访问时对我说：'你给小孩们写的信，能否先给我们发表？'那些已经发表的信就是现在的那本《寄小读者》。"❶ 由此可见，冰心当时的儿童散文创作，一定程度上是在履行对孩子们的承诺。反过来看，冰心把对小孩子的承诺看得如此重要，始终用心用情去履行这种承诺，也充分显示了她灵魂深处隐藏着的博大爱心和温柔童心。

实际上，冰心 1949 年之后创作的收录于《再寄小读者》的儿童散文，也是有意识的写作，也是在履行她对新中国孩子们的承诺。这个阶段，她的这种意识和承诺，甚至上升到了培养革命接班人和坚强的新一代儿童的自觉层面。

冰心进入耄耋之年后创作出版的《三寄小读者》，更是自觉地以新的思想来教育引导小读者健康成长的有意识的写作，她重燃青春激情，浓墨重彩地描绘社会主义祖国的新气象、新面貌，字里行间闪耀着、跳动着永不泯灭的童心和爱心。可以说，冰心终其一生都

---

❶　冰心. 冰心全集（第七卷）［M］. 福州：海峡文艺出版社，1994：245.

在为孩子们写作，都在歌唱和赞美童心，都在自觉履行她心中认定的那个对孩子们的庄严承诺。

纵观冰心半个多世纪的创作历程，我们可以看到，她以毕生的激情和喷涌的才华，构建了一个丰赡多姿的儿童散文世界。在这个壮观的儿童散文世界中，爱心和童心这一鲜明独特的主旋律，像优美和谐的多重奏一样，始终在她的作品中回响。虽然时代和社会在不断变化，虽然她的创作很少正面表现时代和社会的风云变幻，但是她与时代和社会贴得依然很紧密，她的儿童散文就是真爱的宏大颂歌，就是童心的华美乐章，她试图用这种优雅的写作来改造纷繁的社会，净化人们的心灵，陶冶儿童的情操。她相信爱的力量，相信美的力量，她的儿童散文作品将葆有永不凋萎的艺术青春，赢得一代又一代少年儿童读者的喜爱！

第四章

叙事体儿童文学经典细读

《天瓢》的神秘与狂欢

一、曹文轩及其长篇小说《天瓢》

曹文轩是北京大学教授，博士生导师，著名学者，我国当代著名的儿童文学作家，是我国第一位获得"国际安徒生奖"的作家。他创作的作品一般被称为儿童小说或成长小说，❶ 他"自称"是我国第一个提出"成长小说"这一概念的作家，并被公认在这个领域里取得了极高的成就。❷ 他的那些获奖小说，如《草房子》《山羊不吃天堂草》《红瓦》《根鸟》《细米》等，几乎遮蔽了他在中国当代文学教学与研究领域的独特贡献。

在小说（主要是儿童小说）创作上一路走红的同时，曹文轩对小说理论也进行了深入的研究，但多年来人们似乎觉得他在"说一套做一套"，因为他一直没有将自己《小说门》《第二世界——对文学艺术的哲理阐释》的理论，演绎成生动具体的作品。有人猜测，他是故意在等待时机，厚积薄发，预备着有朝一日在成人文学领域

❶ 芮渝萍. 美国成长小说研究［M］. 中国社会科学出版社，2004：2 - 7.
❷ 曹文轩. 论"成长小说"∥朱自强主编. 儿童文学新视野［C］. 青岛：中国海洋大学出版社，2004：200 - 208.

炸响自己的一束惊雷。2005 年 4 月，随着曹文轩近 30 万字的长篇小说《天瓢》的问世，人们的猜测似乎在一夜之间变成了现实。这部作品出版之后引起强烈反响，评论界和文学界对这部作品的热捧，似乎证明曹文轩全面实践了自己的美学主张。情况真的是这样吗？我们不敢轻率地做出肯定或否定的回答。还是让我们先看看"各路神仙"对作品的评价吧！

据《中华读书报》《文艺报》等强势媒体报道，《天瓢》出版后，长江文艺出版社北京图书中心为该书举办了研讨会。刘震云、张抗抗、徐坤、雷达、李敬泽、张颐武、王干、郭敬明等人参加了这次研讨会。在两个多小时的推销式研讨中，参会的作家和评论家们对《天瓢》给予了充分的肯定。

郭敬明说："我在刚接触《天瓢》时有抗拒感，但投入地看下去后，我认为这部作品是可以超越年龄和身份的。现在很多年轻写手在创作中过分地追求时尚、颓废，把很多丑恶的东西小资化，而《天瓢》中宣扬的美让人感觉清澈，似乎是被雨水洗刷过一样，这样的美文确实可以成为年轻写手的范本。"

北京大学教授张颐武认为，《天瓢》堪比沈从文的《长河》。他认为，中国小说中的唯美传统一直没有得到弘扬，而在《天瓢》中却得到了很好的展示。

著名作家雷达认为，作品打磨得过于精致，生活的原生状态受到了影响，作者主体显得过于强大。也就是说，小说精雕细刻创造的美感既是优点也是缺点。

文学理论的常识表明，每一种文本都不是独立存在的客体。不同的阐释模式出自阐释者与文本不同的对话角度。面对同一个文本，阐释的目标和维度不同，得出的结论也会各具特色，甚至千差万别。云南大学王卫东教授还认为，文学具有审美意识形态性和超审美意识形态性的二重性，文本的多重解读空间，使文学的审美特质和意识形态性质曲折地显露出来。❶ 为了不让上述名家大腕们的宏论遮蔽住我们思考的光亮，下面，我们试着用文化学和生命学的阐释视野，对曹文轩的《天瓢》进行一些或粗浅或深入的解读。

二、文化学阐释视野中的《天瓢》

文化学认为，"每一个原始意象中都有着人类精神和人类命运的一块碎片，都有着在我们祖先的历史中无数次重复的悲欢残余，而且总体上始终循着同样的路径发展。它犹如心理上的一道深掘的河床，生命之流在其中突然奔涌成一条大江"❷。同时，文化也活在现实之中，人们在文学中与文化相遇。文化是一条流动不息的精神长河，跟人的生命状态有密切的联系。最能表现一个民族文化本质的不是那些外在形态，而是内在的心理素质和情感素质，它们通过长期的种族记忆渗透到民族生活的一切最隐微又最活跃的方面。文化学的阐释注重从中国文化的深层结构入手，寻找中国文学的源头活水，又注重从不同文学形态发生转化的历史脉络入手，把握文学的生命精神。文化学甚至上溯到原始神话和宗教，力求挖掘出人类精神生活的原型。文化学阐释特别注重把文本所呈现的精神事实和历史文化状况联系起来，极力探讨文本所表现的文化精神。

文化学阐释还注重人的生命本质，追求通过解释历史文化精神达成重建新的文化理想的价值取向。文化学因为把文学和历史文化紧密联系的阐释方法，增加了文本的思想厚度，丰富了人物性格的

---

❶ 李志宏. 文艺意识形态学说论文集//王卫东. 文学的二重性——简论文学的审美意识形态和超审美意识形态论 [C]. 长春：吉林大学出版社，2006：209 – 211.

❷ ［瑞士］荣格. 荣格文集（第15卷）. 北京：改革出版社，1997：198.

文化内涵。文化学阐释的目标是实现文学的"精神还乡"，探索人类精神的发源地。当人们从具有"积淀性"和"记忆性"的文化中获得了感性的体验时，它的精神生命才能被激活。文化学的阐释在于通过文本跟传统文化的对话，追溯、反思传统文化与民族性格命运的深层关系，达成对生存真相的了解，进而整理和重建人类生存的精神环境。或者说是通过与文化广泛深入的对话，从价值理想和价值取向方面切入，对文本隐秘的内容进行解蔽，铸造一种支撑人类精神大厦的价值观念。

《天瓢》以江苏盐城为背景，描写了主人公杜元潮、邱子东以及采琴这三个人物从童年到成年的欢乐与争斗。❶ 不管别人怎样评价这部小说，《天瓢》都是一个有点突兀的名字，这个书名只要瞅一眼便不会忘记。这说明曹文轩在小说的命名上抓住了我们的"要害"。但切中读者神经的并不是这两个字的奇怪搭配和音节，而是其中包含的某种带有神秘性的文化气息。

小说用十几场不同的雨建构全篇。翻开目录，"香蒲雨、狗牙雨、金丝雨、枫雨、鬼雨、梨花雨……"从头到尾全是雨，雨铺天盖地，无所不在。可以说，这是一个完全被雨淋湿了的故事，是一个完全浸泡在雨水中的故事。然而，读完小说，我们也许会感到奇怪的是，故事中草香扑鼻、万物有灵，似乎找不到因被雨水包裹而带来的悲伤。

在我们的文化传统中，雨水，是这个世界上最清洁、最美好的物质。它现于空中，湿润日光；它行于土地，丰美草木。一个人的一生能淋过多少雨水，听过多少雨声？又有多少人能够见水而知水，临水而近水？这是很深奥的哲学问题，似乎从古至今都没有谁能

---

❶　笔者所依据的《天瓢》文本是发表于 2005 年《当代·长篇小说选刊》第 3 期的长篇小说，文中提到的关于《天瓢》的内容都出自此文本。

讲清。

《天瓢》起笔于洪水，又收笔于洪水，仿佛天地间的一番大轮回，叙述与故事同构。开卷大水汤汤，天涯处漂来的那口棺木落入人们的眼帘。漆黑的棺木上栖落白鸽数只，忽而群鸟惊飞，盘旋环绕；忽而又落鸟无声，静默莫名……

5岁的杜元潮伏在棺盖上，在洪灾中随父亲杜少岩顺水漂流，既没有多一分，也没有少一分，那命运之水拿捏得住轻重缓急，刚好把他送到油麻地，好像就是要帮助他与程家小女采芹相遇相知，就是要把他送到与邱家少爷邱子东相争相较的浪尖风口。这似乎使主人公的"来"和"去"都显得深不可测。当着灵秀的采芹的面，杜元潮满是聪慧和活泼；但面对霸道的邱子东，却唯余沉默和顺从。正值青梅竹马，多少儿女兴味。可叹命运弄人，几番福祸颠转，长工的儿子杜元潮竟一日主宰了油麻地。儿时的游戏还在继续，杜元潮赢得了权力，采芹的嫁船却于河湾处远走，一种落尽繁华的空无，少年毛毛躁躁的心境全在顷刻间化作无言的伤痛。人生总要面临选择，可选择的代价又常常是伤人伤己，最终只能沉默独行于风雨……

杜元潮随水而来，又追水而去，他的性情也如水一般难执一端：他对艾绒有疼爱、有伤害、有怠慢；对邱子东有容忍、有压制、有谅解；唯独对采芹却有着终其一生的爱恋。幼时，杜元潮为采芹折荷挡雨；少时，杜元潮为留住并送回采芹读书用的长案而费尽心机；采芹新婚，杜元潮在村边守望；采芹新寡，杜元潮难掩情深——于是天大地大，大不过苇荡中的一只木船；水静山青，青不过两颗酸涩已久的心……

故事发生在油麻地——那个落雨不断的村庄，在这个草肥水美的地方，有两家比肩大户，大地主程家和木排坊邱家。这里的民间政治一度因地主程瑶田的宽厚开明和坊主邱半村的灵活勤谨而透出

淡淡的暖意。程瑶田是作者惜墨如金却又下笔千钧的人物。当他要
被抓去"坐飞机"时，只是转身对小女说，"笔要握直，纸要放
正"，那份乡绅的傲骨和悲悯从这短短八个字中凛凛而出，正有所谓
大哀不言的酸楚和苍凉，亦越发显出乡民盲目近利的一面。关于程
瑶田的每一个片段都似有一种隐痛，仿佛是奏着人性尊严与教养的
挽歌。

　　王蒙认为曹文轩的《天瓢》有一种迷人的气息，有一种如诗如
画的体贴，有一种从生命的粗暴艰难中透露出来的细腻的美丽，是
挑战当代文学粗鄙化的新的长篇小说。北京大学中文系教授张颐武
认为，曹文轩以往以儿童的视角写作，关注纯粹的唯美事物，而在
《天瓢》的写作中，将人性的欲望、斗争、事物的丑恶都通过奇异的
手法，转化为审美的对象，超越了中国唯美主义写作的传统方式。
刘震云认为，虽然《天瓢》是曹文轩完全不同以往的一部作品，但
故事、人物都不是特别新鲜。它的价值在于曹文轩为老故事加入了
新的意境、新的意象。文学评论家雷达认为，小说借助大自然一场
场不同节奏、规模、形式、意蕴的雨，作为整个小说的幕布、见证，
作为意象化的无言的存在，取代了传统的社会政治背景，陪伴了主
人公的一生，注入他们的灵魂，是小说最成功的地方。但他也指出，
作者的理念过于强大，有时候像导演、乐队指挥，有时候像评论家，
让每一个小说中的角色都为作者的理念服务，有时候他们的生命仿
佛不是自己的，不太符合人物一贯的性格和逻辑。❶

　　在湖北长江出版集团举办的新书推介会上，曹文轩对长江文艺
出版社称他的新作《天瓢》是成长小说、称他为"青春文学之父"
表示异议。曹文轩在随后的发言中说："《天瓢》不是成长小说，我

----

❶　以上观点都是在 2005 年 4 月在北京举行的《天瓢》研讨会上各位作家的发言。

认为它是一部充满神秘主义的小说，虽然'成长小说'的概念是我提出的，但并不说明我写的每部作品都是'成长小说'。"

我们认为，曹文轩教授在急切的表白中说出了他的写作追求，即他是想把《天瓢》写成一部神秘小说，写成一部具有深厚文化内涵的专门演绎生命的文化神秘色彩的小说。显然，他非常出色地实现了自己的文化理想，只是过分浓厚的文人气息让这种理想蒙上了精雕细刻的书卷气，少了一些作者所羡慕的那种浪气、野气。

三、生命学阐释视野中的《天瓢》

生命哲学认为，人类生活是人类生命真实生动的表现，无数个体的生命构成人类社会生活的历史和现实。人的生命既包括精神价值，也包括内在的情感体验。人的生命力量构成了推动历史进步的真正动力。

生命哲学的核心就是对人的尊严的思考，它力图唤醒人的智慧、激情和创造力，极力张扬一种积极、理性、灿烂和充满力量的生命。它的目的是拯救那些消极的、非理性的、阴暗的以及羸弱的生命，从而鼓励生命在不断的创造过程中实现自身的意义。

文学是人类生命活动的结晶，特别是人的内心体验物化的结果。文学必须对生命存在、生命价值怀有深切的关怀，必须寻求人类精神发展的自由道路，尽力拓展人类生命的可能性，发展人类生命的合理性。因此，文学阐释也同样是一种生命活动，它的任务就是通过文学文本来体验生命、理解生命，通过解释和说明文本中语言文字所蕴含的意义，来把握充溢于一切历史内容中的主体精神。

生命学的阐释就是要回到文学的本源，它的意义在于深刻地理解生命本身，从而对个体形成一种生命启示。它极为重视对人类的生命和精神处境予以关怀、探索和思考，在阐释中维护人类的基本价值，给人类的心灵以慰藉和照耀。

生命学的阐释首先是对文本感性生活的体验，其次则是在这个基础之上的理性的反思判断。它既要切入又要超越个体的生命体验，达到一种对人类的现实境遇、人类生存的压抑与变异以及人类生存本身的苦难与意志的理解、同情和超拔。

生命学阐释既有对文本的本原把握，又有独异的个人生命体验和深切感悟；既有个体的人文理性反思，又有人类思想语境的自由交流和自由转换，在多层次的对话中实现对人的精神生命的关切、构思和追求。这是在人的现实和理想、存在和想象之间的对话，是人性内部主体性、反主体性以及自然属性之间的对话。生命学阐释的目标是探讨如何活出意义等普遍性的精神难题，是追索人之为人的价值和光辉。在本质上它是人们内在的生命冲动与创造，是人与人的平等对话与自由实践，是由多元的个体展现走向普遍的理性和谐。这种阐释犹如阳光，照彻人的内心和灵魂，一切猥琐肮脏的生命都将现出原形，一切高贵的灵魂都将闪现出人性的光辉。

《天瓢》既是一个关于美、关于爱的故事，又是一个关于生命存在意义、关于人类精神处境的故事。这个故事能将我们浮在世间的凌乱心情一一收起，碰触到内心最深处的柔软，抚慰到精神上最深刻的狂欢。小说不追问、不张扬、不尖利，仿佛艾草燃在记忆中最潮湿的角落，传达那些来自田间水路上的问候。小说通篇都不离水，天上的雨和地下的河，总有淡淡的忧郁，在其间流淌；也常有巫气，激滟于波光；或者天地从来都充满神秘，或者水永远注定了漂流。其实，水代表的是人类个体生命的真实流动；神秘和不可把握是我们对生命的一种无奈的理解模式，像雨水一样狂欢而滋润则是我们对生命过程的一种企求。

从生命意识形态的角度看，《天瓢》书写的是一部浩大的历史之中个体生命充满尊严的挣扎和追求，是命运轮回的神秘和坚韧，其间虽然呈现出一幅幅阴谋与爱情、政治与宿命激烈倾轧的图景。但谁也否认不了的是，无论个体的生命如何流动，生命的光辉都无所不在地浸润其中，显得庄严而崇高。

在淫雨霏霏的古瓢城也就是今天的盐城地带，小说的男主角杜元潮，跌宕在油麻地的沉沦奋斗中，飘摇在两个同样美貌绝伦的女人怀抱里。他的命运从汤汤大水之中"漂来的一块棺材板"开始，到60年后大水汤汤"漂去的是一口棺材"结束。终点即是起点。一切都有如天意或者神谕。

作者没有像20世纪80年代的主流文学史推崇和激赏的乡土小说那样，公式化地把60年来的山乡巨变写成农村苦难现实和阶级斗争的类型化历史。如果那样做，人们对曹文轩的崇拜就要大打折扣。曹文轩式的机智与敏锐以及曹文轩式的审美趣味，都决定了他另辟蹊径时的煞费苦心与惨淡经营，也决定了他必须以自己高屋建瓴的学术研究为参照系，找到一种更恰切的立足点以满足他对历史的俯瞰式书写与体贴入微的文学关照欲望。用作者的话说，他是要追求思想、美感与情感的深刻，因为他认为"美感与思想具有同等的力量，甚至大于思想的力量""伟大的思想总要变成常识，只有美是永恒的"❶。

跟《狼图腾》单纯的硬朗和阳刚相比，《天瓢》表层上是俊秀的、甜糯的，也是妖娆的、浪漫的，满篇皆水，尽得风流，但骨子里却是刚劲和阴柔的完美结合，浪气与野气被作者糅合得美轮美奂。男主角杜元潮显得不同凡响，结尾他不是站着，而是躺在棺材里，

---

❶ 曹文轩.《天瓢》的美学背景［J］. 当代·长篇小说选刊，2005（3）：89-90.

通过旁人的转述而出现："杜元潮杜书记，他还是那个样儿，穿得干干净净的，面容客客气气的，他上身穿的是一件白褂子，那白褂子才叫白褂子呢……"他优雅洁净，内心炽热如火，表面波澜不惊，干什么像什么，处处争强好胜。他"是一个很坏的人，但他干的那些事情又是一些很漂亮的事情"。这是当代文学史中鲜见的知识分子式乡村干部形象，他不同于以往人们看惯的举止粗俗、形容粗鄙的农村基层干部类型。在杜元潮身上，寄托着作者的生命理想，跳跃着作者对知识分子乡村干部的虚拟化想象。

爱欲吟咏，既是构成小说美学特质的重要方面，又是表现生命活力的重要元素。小说中不避讳性爱场面的描写，并以野地葳蕤的植物、动物生命活体做依托，美妙超拔，恣意纵横。每到关键之处，作者都会及时将聚焦镜头摇将开去，将焦距对准那些正在交媾播粉的南瓜花蕊、田间母牛、地垄硕鼠、天空交尾飘飞的萤火虫……用作者自己的话说，"通过大量动物和植物的描写烘托男女之间的性是一种转换的美学艺术创作手法"。

如果说，采芹与杜元潮的相遇是天缘巧合、青梅竹马、爱恨空流；那么苏州来的插队女孩艾绒与杜元潮的姻缘，则是三月烟花，十月暖冬，不过是生命中激情一闪而逝的火花。艾绒的美是缺乏温度的，这个处处让人呵护的女孩只是偶尔飞过油麻地的绒花，她的琵琶，她的素美，她不识人间烟火的气息都在昭示，她的家永远只在她泪眼朦胧的深处，她的生命，她的身体都不属于油麻地这个独特的世界。杜元潮的书卷气、杜元潮的"流氓气"、杜元潮的刚与柔成了艾绒心头难以解开、也疏于体味的谜，她倦怠于生活，耽溺于幻想，她跟他是隔了千里万里的雁，一时的擦肩，永远的错过。与此相反，采芹是油麻地灵气的结晶，是生命和身体都属于油麻地的女人，她在与外来的生命（杜元潮）的精神和肉体狂欢中，演绎着生命的多姿多彩与坚韧灿烂。

在《天瓢》的"情色"世界里，对美的玩味，对美的器物与女人身体的把玩，通常是一唱三叹，复沓吟咏，处处透露出作者对生命和身体的赞叹和激赏。小说中，那个既有"文性子"又有"荡性子"的杜元潮，每每喜欢偷偷"深夜入宅"与女人做爱，贪慕女人似睡非睡大地般安静而温暖的身体；同时他也喜爱跟"新寡之美"的女人在坟地里疯狂野合，让女人头上戴孝的白布条，成为他生命激情和占有冲动的经幡。

另外，《天瓢》里的每一种道具都包含着生命的意义：黄花梨木透雕靠背圈椅，红木夹头榫长案，黄梨木六柱式架子床……都体现了对美的描摹的精致和精心以及器物与生命的密切联系。在透露出个人趣味的同时，这些器物反复出现，在更大的场景中暗示了人的命运的转换更迭。

概括起来讲，曹文轩的长篇小说《天瓢》全面实践了他的美学主张，他用一种似乎不太能说清的叙述方式，深入表现了人类个体生命轮回的壮美，描绘了生命存在的神秘和狂欢。小说中那种显得似乎有些过分的唯美倾向，也在一定程度上对当代文学的粗鄙化现象提出了新的挑战。用文化学和生命学的阐释视野进行解读，我们认为《天瓢》既不是传统意义上的成长小说，也不是所谓新浪漫主义小说和唯美小说，它更多的是一种神秘小说，是一种演绎生命的神秘与狂欢的儿童文化小说。它在一个浩大的历史背景中，抒写了个体生命充满尊严的挣扎和欢乐，生命和身体的光辉在小说中显得灿烂而崇高。我们似乎可以夸张地说，《天瓢》是一部可以满足人们多种想象并供人们从多重意义上去破解的天书。我不知道我的所谓解读对《天瓢》而言有什么价值，但我始终深信不疑的是，我喜欢这部小说，这部小说很有嚼头。

儿童小说《青铜葵花》的美学魅力

简单地说，儿童小说就是为少年儿童创作的小说作品。如果说"儿童"是一个广义的概念，包括幼年时期、童年时期、少年时期三个发展阶段，那么为处于不同年龄阶段的儿童创作的小说作品，可以分别称为幼儿小说、童年小说、少年小说。这类小说的主要读者对象是小学阶段和初中阶段的孩子。一般认为，根据这一特定读者群的生理、心理和审美特点创作适合他们欣赏阅读并能引发其审美趣味的小说都可以统称为儿童小说。

儿童小说与一般小说一样，同是文学作品的一个类别，具有小说这一文体所共有的普遍特征。其特殊性主要表现在读者对象的不同，儿童小说的主要读者是少年儿童，而一般小说的主要读者则是成人。当然，读者对象的不同也带来了儿童小说与成人小说的审美差异，对这些差异，我们不进行专门的探讨，指出这种差异的目的是要把更接近儿童特点、更有儿童趣味的"成长小说""动物小说"等纳入儿童小说这一范畴并加以讨论。

一、儿童小说的特点

（一）主题明确向上，意义内蕴丰富

时代的要求和社会主义文艺的特点，在相当程度上决定了儿童文学的方向性和内在规定性。作为儿童文学重要组成部分的儿童小说，自然要受到这些因素的影响和制约。同时，儿童的特殊性和成长性也对儿童小说的内蕴提出了很高的要求。基于这些原因，儿童小说的主题思想一般都比较明朗，都能使读者从中获得某种启迪。这里所说的明朗性，并非主张或提倡"一个故事含一个教育意向"的模式。它主要意味着作家通过具体概括，把自己对生活的理解、认识明确地传递给小读者，而不是模棱两可，似是而非。需要说明的是，儿童小说主题的明确性，并不代表主题的单一性和说教性，相反，在主题明确的同时，儿童小说的主题也表现得十分丰富。换句话说就是，儿童小说的主题就像生活本身一样丰富。儿童小说在反映和表现生活的复杂丰富性上并没有任何限制，引导和帮助少年儿童认识、理解迎面而来的各种复杂事物，也是儿童小说的一个重要使命。如马克·吐温的《汤姆·索亚历险记》等就绝不是单向一元的作品，其深刻丰富的内涵对成年人而言都具有独特的美学价值。

（二）书写题材多样，表现内容独特

儿童小说可以深入许多领域，表现和描绘丰富多彩的社会生活，反映和揭示多元共处的人情世态。如反映革命年代跟随父兄参加战争的少年儿童生活的《小英雄雨来》，表现下层儿童痛苦生活的《万卡》；叙写儿童成长过程和他们之间友情的《绿色钱包》《来自

异国的孩子》；描摹儿童心理活动的《三色圆珠笔》；表现当代少年儿童的自主意识、非凡胆略和渴望理解的《蓝军越过防线》《走向审判庭》等。

由于儿童文学的读者毕竟不同于思想成熟、有生活阅历和较强分辨能力的成年人，因此儿童文学的题材也具有一定的独特性。即作家要对题材进行更有针对性的选择，不能把对一般小说适用的题材原封不动地移进儿童小说中。比如，复杂的感情裂变，变异的心态，阴暗的心理，以及某些作家热衷的身体写作和恐怖渲染等，可能就不宜纳入儿童小说的表现及书写范畴。

（三）人物形象多姿多彩，故事情节奇特有趣

儿童小说都以塑造少年儿童形象为主。这有两方面的原因，其一是儿童文学的主要表现对象是儿童及与儿童紧密联系的人物和事件，其二是儿童小说的读者主要是少年儿童。他们能直接从小说人物身上获得审美享受，能较快地"进入作品"，产生联想和感情的交流。但儿童小说也不排斥成人形象，主人公是儿童的作品中，常出现成人形象，甚至有的叙写和反映成人生活，以成人为主要角色的作品，一样受小读者欢迎，其中的主人公也是小读者喜爱并乐于仿效的。儿童小说的人物形象都较为鲜明，都能在一定程度上表现生活的浓度和广度。儿童文学研究专家吴其南等学者对儿童小说中的少年形象进行了系统深入的研究，他们认为儿童小说中的人物形象具有独特的内涵特征，表现形式十分丰富，并可用归纳法，概括提炼出少年儿童形象的几种主要类型，很有借鉴价值。

另外，故事是构成儿童小说的基本元素之一。编一个好故事是提高儿童小说可读性的主要创作手段。儿童小说一般都讲求故事的曲折起伏、引人入胜，故事经过作者的个性化构思，融化为精彩的

情节，常常给读者带来一种出人意料、新颖奇特的艺术效果。如《表》这个中篇，小主人公彼得是一位失去父母亲的流浪儿，艰辛的生活使他沾染了许多不良习气。一次，他因偷面包被送进警察局，在禁闭室他骗取了一个醉汉库德雅尔的金表，于是围绕金表的得失故事不断展开。他被送往教养院时借机逃跑，却因寻找丢落的金表"撞"上警察，只得老老实实去教养院。随后他藏匿金表，患肺炎住院，当班里总务长……终于变成一个爱劳动、诚实的少年，最后把金表还给了库德雅尔的女儿娜塔莎。

与成人小说相比，儿童小说的故事情节的发展显得十分迅速，它的主干部分大多按照事件发展顺序逐层展开，一般不过分强调故事情节的曲折和迂回。例如，短篇小说大师契诃夫的《万卡》，通过万卡发自内心的倾诉这一中心事件，深刻地揭示了当时俄国的黑暗统治对穷苦儿童身心的摧残。这种摧残丧尽天良，令人难忘。

进入新时期以来，有一些儿童小说有意不注重故事情节的建构，而是应用意识流等写作手法，或表现儿童的内心世界，或抒发作家某种独特的感受，也能产生震撼人心的艺术效果。如《走向审判庭》，通过主人公刘英的思绪和情感活动表现题旨，显现了当代少年的胆略和气概，以及对社会弊端的强烈憎恨和与其拼斗的精神。小说通篇书写和表现了刘英为父亲诉讼而走向法庭时的内心世界，故事虽然平平，人物却充实丰满，一样具有感染力。

（四）语言规范、准确、形象

无疑，作为儿童小说，语言必须规范、准确、形象，因为儿童小说负有培养训练儿童语言能力的任务和使命。首先，儿童小说的语言必须规范、具体、形象。其次，还要生动活泼，富于情趣，色彩鲜明。也就是说，儿童小说怎样使用语言显得十分重要，不管它的创作基调是明快活泼还是沉郁悲哀，是冷峻幽默还是平板拘谨，也不论作家的思想取向怎样、感情倾向如何，儿童小说的语言都应规范、准确、简洁、具体、形象、生动。再次，儿童小说无论是塑造人物还是描物状景，都要力求使读者获得具体的感受，产生想象和联想，从而得到形象的图景，获得审美愉悦。要达成这一创作目标，作家必须高度重视语言的运用和表达方式的选择问题。优秀的儿童小说作家都十分擅长体察少年儿童的心理特点，准确运用符合他们生活实际的语言铺陈故事；并力求使语言充满个性，符合人物的性格特点及其在特定情景下的活动语境，从而最大限度地把语言的表现力呈现在少年儿童读者面前。

二、儿童小说的功能及种类

儿童小说属于叙事文学，注重人物形象的塑造，把人物形象的塑造放在作品的主要位置，不仅要写出人物做了什么事，更要努力写出他怎样去做。人物性格决定和支配故事情节的发展，故事情节既为人物提供活动的场所，又服务于人物性格的刻画和人物形象的塑造。儿童小说主要适宜小学低中高年级学生和初中生阅读欣赏，这一读者定位在某种程度上决定儿童小说的功能。首先，儿童小说是社会生活的真实反映，它通过作品在少年儿童面前展示多彩的生活，帮助他们认识生活，认识人生，获得无限的丰富知识，启迪他们思考并把握生活真谛，逐步树立正确的人生观，因此，儿童小说和其他类型的儿童文学作品一样，具有认识作用、教育作用和美感作用；其次，儿童小说以具体形象的图景，影响小读者的情感，激发他们进击人生、追求美好未来的勇气，使小读者的思想灵魂得到净化，变得崇高纯洁；最后，儿童小说生动形象的故事情节，给小读者以情绪的激动和振奋，使其感到舒适快活，从而获得审美的满足和愉悦，缺乏审美魅力的儿童小说，其认识、教育等功能都会大打折扣。

就儿童小说的类别而言，我们一般根据其反映生活的深度、广度及其容量的大小，把儿童小说分为三类：①长篇小说：容量大、篇幅长，能完整地描绘广阔复杂的社会生活，情节丰富，人物众多，时空跨度大，有可能展示人物性格及其发展，如《汤姆·索亚历险记》等。②短篇小说：大多截取生活的片断反映和再现生活，容量不大，篇幅短小，人物较少，情节和场景相对集中，线索简单，如《谁是未来的中队长》，通过初中一个班级选举中队长的事件，向社会提出了如何选择干部、怎样培养后代的普遍性问题，具有很强的现实性。③中篇小说：介于长篇和短篇之间的小说，它不似长篇小说那样人物众多，情节复杂，时空跨度大，也不像短篇小说那样高度凝练，以斑窥豹，适于少年儿童在较短的时间内读完，符合他们急于了解故事底细的心理，在儿童小说中所占的比重较大，如《中学生三部曲》等就是富有特色的中篇儿童小说。

另外，从年龄阶段来划分，可以把儿童小说分为幼儿小说、童年小说、少年小说、成长小说等类型。从题材和内容上来划分，又可以把儿童小说分为历史小说、讽刺小说、动物小说、科幻小说等类型。

三、曹文轩及其儿童小说《青铜葵花》扫描

曹文轩从20世纪80年代初在文坛崭露头角，他一直坚持儿童小说的写作。他的第一部长篇儿童小说《草房子》出版后，获得"冰心儿童文学奖"、中国作协第四届全国优秀儿童文学奖、第四届

国家图书奖等重要奖励，入选了"百年百部中国儿童文学经典书系"，确立了他在我国儿童小说创作领域不可替代的地位。

进入 21 世纪，他的创作激情"井喷式"爆发，先后创作发表了一批优秀的儿童小说。其中，他在第十五届全国书市上精心推出的儿童长篇小说《青铜葵花》，就是一部不可多得的优秀长篇儿童小说。如果说曹文轩的每一部儿童小说都在实践着他的美学主张，每一部作品都达到了审美的某种高度，那么《青铜葵花》就在他之前创作的优秀儿童小说的基础上，又往前迈进了一大步。它以精美的故事、精致的结构、精彩的语言及强大的审美力量深深地打动广大读者，使读者的灵魂再一次受到了强烈的震撼。

《青铜葵花》讲述了一个苦涩而优美的故事，唤起了读者心底最真实的感动。小说以某种不太深刻的苦难为背景，以纯美的文字描绘了某些儿童和成人在困境中从容笃定、顺其自然的乐观心态，在一定程度上宣扬了作者的人生哲思，也体现了作者一贯提倡和追求的诗意美的鲜明特征，达到了某种不易达到的高度。

四、《青铜葵花》的审美追求

儿童文学凝聚着人类文明的成果，缘起于人类对儿童和童年的认同和理解。儿童文学以对真善美的表现、描写、歌颂和传播滋养着人类的繁衍与发展，它在一定程度上担负着培育良知、教化儿童的重任。儿童文学是美的文学，它能充分满足儿童的审美需要，引导儿童努力去创造美好的生活。[1]

优秀的儿童小说要毫无保留地以美的情感、美的故事、美的结

---

[1]　于虹. 儿童文学［M］. 北京：人民教育出版社，2004：2.

构等一切美的元素去滋养少年儿童。儿童小说作品的字里行间要到处洋溢着审美的强大力量，能让读者在不知不觉中接受美的熏陶，认同或获得某些与审美紧密相关的价值观念。也就是说，优秀的儿童小说能在一定程度上实现了儿童文学的审美功能与教育功能的高度统一。王泉根教授也说过，学校教育、家庭教育能使儿童的知识技能、人生经验尽快地丰富发展起来，儿童文学则能使儿童特有的纯洁、真诚和旺盛的生命力，尽量多地保留到成年。● 这种看法，实际上强调了儿童文学的审美功能与教育功能统一的重要性和必要性。

我们认为，曹文轩创作的儿童长篇小说《青铜葵花》，包含和体现了上文陈述的所有审美追求。我们可以用感动、纯美、乐观三个词来概括这部儿童小说的审美特征，这其中蕴含着作者苦心传递的爱和美的教育理念，甚至可以看成作为北京大学教授的曹文轩用儿童小说这种方式推行的教育实践。

《青铜葵花》写苦难，写美，也写爱，延续作者那种温情唯美的风格，字里行间流露着淡淡的永不绝望的哀愁，充满了诗意美的张力。小说讲述了一个孤女和一个哑巴男孩的情感和命运以及他们之间发生的纯真、感人的故事。男孩叫青铜，女孩叫葵花。在某种造化的作弄之下，原本毫不相干的两个特殊儿童，成了以兄妹相称的好朋友。他们一起生活，一起成长，一起迎接命运的挑战。可是，某种他们无法把握的东西，毫不留情地将他们分开。整部小说之中，舒缓优雅地流淌着某种原本不应由儿童承担和面对的苦难之美、人性之美及生命之美；小说叙述的少年成长故事伤感、悲情，但很有节制，不悲天悯人，也不怨天怨地，字里行间闪耀着忧郁、温婉和充满诗性的光芒。这种光芒就是青铜在阳光下反射出的某种光辉，

● 王泉根. 现代中国儿童文学主潮 [M]. 重庆：重庆出版社，2000：11.

就是葵花在风中迎着阳光摇曳的优美身姿。

《青铜葵花》具有很强的现实性，既扎根我国的现实大地，同时又拓展了广阔的想象空间，富于理想主义和浪漫主义，试图引导少年儿童用精神生命去触摸高远的天空。曹文轩认为，儿童作品分为两种，第一种的读者以小孩为主，但是成人也爱看；第二种只有小孩喜欢看。他认为，只有小孩喜欢看的作品，不会是好书。他推崇的优秀作品既要适合小孩看，成人也要喜欢看。他觉得，好作品应该保持一些文学的基本面，应该具有审美价值及悲悯情怀，必须具有很强的文学性；只有具备这些基本面，写出来的东西才有感动人的力量。他在不同的场合说过，是否让人感动，是检验作者对一篇文章或一部作品投入的情感浓度多或少的标准；是否让人发笑，则是检验一篇文章或一部作品幽默程度的标准。❶

认真读三遍《青铜葵花》之后，我们会发现，这是一部能让我们真正感动的作品，也是一部既适合少年儿童阅读、也适合成人阅读的优秀小说。作者笔下那种弥漫在字里行间的至纯至真的人性温暖，往往能让我们心灵最柔软的地方感动和震撼。只要我们用心去阅读这部优秀小说，它就会在不知不觉之间把我们带进一个甘苦交织融合的场域，带入一个清冷和温馨到处飘荡的审美境界。这种境界沁人心脾，贴近现实，令人难忘。

曹文轩的美学主张与其对生活的看法是息息相关的，用他的话来概括他对两者关系的阐释，可以这样表述：你要坚持用你的眼睛观察你的生活，用你的感觉体验你的生活，用你的思想审视你的生活。他细致地观察，用心地描写，我们在阅读他的作品的时候，就能看到他执着的目光，似乎一切的景物和人物都在他的凝视之中；

---

❶　曹文轩. 安武林评. 曹文轩小说阅读与鉴赏——《青铜葵花》［M］. 北京出版集团，北京少年儿童出版社，2004：80.

我们在他的作品中所读到的一切、所体验到的一切，或许就是他在现实生活中所看到的一切。

在那个命运多舛的年代，青铜那十分简陋的家，像一个又宽大又暖心的亲情小屋，充满温情地接纳了小小的葵花。葵花的感觉是，好像"在她跨进青铜家门槛的那一刻，她已经是奶奶的孙女，爸爸妈妈的女儿，青铜的妹妹"。她像雨天的窗玻璃上某颗透亮的小水珠，在某种力量的推动下，自然而然地迎向另一颗小水珠。在这个充满善良和人情味的幸福人家，青铜像一个大哥哥那样，百般呵护这个新来的小妹妹。他让葵花一个人安心地去上学；在熙攘的人群里，青铜一直把葵花驮在自己的肩上，这样葵花妹妹就能看见灯火通明的台上好玩的马戏了；还有暗夜里等着葵花归来的温暖的纸灯笼，还有奶奶那些永远也唱不完的歌谣……一切的一切，都那样让人感动。纸灯笼的感动，就在于夜晚青铜哥哥对葵花妹妹的静静等待，浓浓的亲情，让人心醉。还有奶奶不让别人动小木盒里的几块钱，那是奶奶给葵花准备的学费；老人对"孙女"的呵护之情，也是那样让人感动。聪慧、懂事的葵花，为了减轻家里的经济负担，一个人去江南捡银杏果，她的善良和纯真，又怎能不让人感动？每一个故事都牵动着读者的心，每一个细节都洋溢着人间的温情。有很多文章或小说，我们之所以不愿意去读它，是因为它写得太假，太缺乏感情。试想，一个作家如果连自己都感动不了，又如何能用自己的作品去感动读者呢？

也许，我们看过很多关于苦难的小说，那些苦难让我们同情，让我们悲痛，却不能让我们感动，更不能让我们产生审美的快感。曹文轩用对苦难的描写感动我们，或许就是要让我们懂得感动也是一种美德。当代最出色的儿童文学作家之一秦文君也曾提出，"要用作品感动今天的少儿"❶。可见，是否能"感动"少年儿童读者，已经成为检验当今儿童文学作品是否优秀的一个重要审美元素。很多成人看了《青铜葵花》之后，也觉得非常感动。有些家长甚至说，现在的孩子都喜欢看热闹的东西或低头玩智能手机，真应该让他们在《青铜葵花》这样的作品里浸润一下。也有人质疑说，《青铜葵花》写的是过去的故事，现在的孩子要理解都有障碍，怎么会感动呢？实际上，这是成人设计出来的一个伪命题，我们或许不知道现在的孩子已经变得有多么时尚和现代，但我们知道那些人性中最基本的感情永远不会变。儿童小说要感动当下的我们，一定程度上不在于它写的是哪个时代的故事，关键是作家用什么方式、什么表现手法去写故事。从某种意义上讲，今天的少年儿童更需要感动其心灵的作品，如果真正获得了作品中的感动，孩子们的情感一定会得到升华。

　　《青铜葵花》用优美的语言、唯美的意境，构造了一个纯美的世界。首先，《青铜葵花》给我们最直观的美感在于其语言美的无限魅力。儿童小说的语言应该是最美的文字，它的美感首先来自语言的色彩。少年儿童的色彩感觉特别强烈，年龄越小，越要求作品的语言富有奇幻优美的色彩。❷《青铜葵花》描写的大麦地、金草垛、葵花田无疑都是色彩斑斓的。其中这样写道："雨过天晴时，青铜牵着牛，一瘸一拐地走出了芦苇荡。牛背上，坐着葵花。她挎着篮子，那里面的芦根，早已被雨水洗得干干净净，一根根，像象牙一般的白。"这种美似乎有浓重的乡土气息，但正是因为这样，读者在阅读时才会产生一种独特的审美效果。它似乎在提示我们，无论处于什

---

❶　秦文君. 感动今天的孩子［J］. 作家通讯，2004（5）.

❷　曹文轩. 青铜葵花·美丽的痛苦（代后记）［M］. 北京：人民出版社，天天出版社，2010.

么样的困境中，人并非像自己想象和哀叹的那么狼狈，希望依然顽强地跟随着我们。小说延续了作者一贯的温情唯美风格，很有味道。

"少年时就有一种对痛苦的风度，长大时才可能是一个强者。""青铜家只有天，只有地，只有清清的河水，只有一番从心到肉的干净。"在曹文轩笔下，穷而弥坚，穷而干净，贫穷甚至使人变得更加坚强，更加充满向上的韧劲。这种纯美的意境，这种不屈的向上之心，对今天那些物质生活丰富得有些过头的少年儿童而言，具有另一种富有感召性的独特魅力。《青铜葵花》是直面现实的隽永歌唱，它在指向苦难的同时，始终高扬纯美的旗帜。这个动人心弦的故事，删繁就简，仿佛不是由曲折的情节构筑，而是以纯美的意象串联而成，它们和小说章节的标题一样美丽。"葵花田""纸灯笼""冰项链""大草垛"……曹文轩把所有的苦难都镀上了美而忧伤的光泽，像安徒生的童话那样，字里行间浮现出含泪的微笑，却总有感人肺腑的力量。阅读这样的作品，那些闪闪发光的诗情，如同七月的流萤，在心里飞舞，渐渐连成线，连成片，连成温暖明亮的天地，让读者流连忘返。曹文轩的文字就是有一种巨大的魔力，能让阅读变成一种心灵的畅游，让你不由自主地沿着书中蜿蜒的小径，走向大麦地的河流和村庄，走向寂静的月夜和雪天，走向青铜和葵花的世界，不知不觉地，变成和他们一起欢笑一起悲伤的同路人。

作品给人的感动和震撼，也许来自小说中那些人物形象面对苦难时处变不惊的优雅风度和乐观积极的心态。面对突如其来的大水，面对天光地净的蝗灾，他们每个人，始终像勇敢的水手，坚定地迎向永恒的风雨，始终乐观地生活着，始终对未来充满希望。漫无边际的清贫，如同一根回避不开的鞭子，悬挂在一家人的头上，可他们却平心静气地忙碌着，他们出河入海、割茅草、卖芦花鞋，不慌不忙地等待春暖花开的时节。

此时，所有的苦难，都成了映衬他们风度的庄严背景。没有灯火，青铜把夏夜里的萤火虫放进南瓜花，做成大麦地最美、最明亮的灯，葵花就能"亮堂堂地"做功课了；没有银项链，青铜用冬天的冰凌，吹成晶莹的串珠，舞台上的葵花就有了晶莹剔透的"冰项链"，它闪耀着纯洁而清澈的光芒，映照着希望的灯火中那永远不灭的火焰。青铜和葵花从容乐观地面对苦难、迎接苦难，他们天真而坦荡，如同站在幽暗的大森林里，却镇定地捕捉着偶尔照射进来的一丝又一丝的阳光。那些明亮温暖的光线，奇迹般地在他们心中酝酿成巨大的希望之光。曹文轩说，"少年时，就有一种对痛苦的风度，长大时才可能是一个强者。"或许，这不仅仅是作者的人生感悟，不仅仅是作者的某种观念，而是《青铜葵花》这部小说要传递给少年儿童读者的某种强劲的信念。

五、《青铜葵花》的教育意义及价值

每个少年儿童都有一个能感知生活的美好心灵，都有一颗能敏锐地发现生活中某些东西的活跃的心脏。他们喜欢用自己的眼睛去看，用自己的耳朵去听，用自己的心灵去感悟。阅读就是少年儿童与文本对话的一个过程，在这个过程中，他们或多或少都会受到作品的影响，要么是作品的情感，要么是作品的主题思想，要么是作品的审美方式，都会在他们的头脑和心灵中产生某种教育效应。就《青铜葵花》而言，它重在为儿童个性的发展拓展空间，重在使儿童通过阅读作品，涵养生活的智慧，增强应对苦难的能力，从而让心灵自由自在地生长。

《青铜葵花》是一个爱的故事，是一曲爱的颂歌。在作品中，生存不易，生活艰难，但爱弥足珍贵，成为支撑人们战胜苦难的强大力量。在粗茶淡饭的生活中，一家人为葵花的健康成长用尽了心力，青铜更是在沉默中无微不至地呵护葵花，几乎为她奉献出了自己的一切：为了让葵花上学，青铜放弃了自己的上学梦想，变戏法地让葵花抓到那颗红银杏果；为了让葵花照一张相，青铜在寒冷的冬天站在风雪中卖芦花鞋，甚至卖掉了自己脚上的芦花鞋；为了能让葵花晚上写作业，聪明的青铜捉来一只一只萤火虫，做了十盏南瓜花灯，用来照亮葵花的"书桌"；为了让葵花看到马戏表演，青铜宁愿自己不看，顶着葵花默默地站了一个晚上；为了避免葵花挨骂，青铜勇敢地代妹妹受过；为了葵花报幕时的美丽，青铜心灵手巧地做了一串闪亮的"冰项链"……

在《青铜葵花》中，奶奶是无私的慈祥之爱的化身。为了两个孩子的成长，奶奶卖掉了她唯一的金戒指。她终身操劳，力竭而逝，燃尽了生命的最后一点火星。她留下了亲手摘的棉花，也就是留下了生命的温暖；留下戴了一辈子的手镯给葵花，也就是留下了对未来的念想和希望。为了给奶奶治病，葵花去拾银杏果卖钱；虽然她只得到些面值很小的票子，却以为"挣了很多很多的钱"——她还不懂得金钱的价值，她只是在用心去体验那种爱的责任和分量。

在充满了天灾人祸的艰难岁月里，青铜一家老小相濡以沫，同心协力，艰辛却又快乐地生活着，从容坚韧地应对洪水、蝗灾等一切苦难。小说的故事至爱至真，生动传神。面对这样的故事，有谁不为之动情呢？这些爱都是对孩子最好的教育，作家用精心塑造的爱的典型和爱的化身，呼唤着读者，启迪着读者，激励着读者。这本身就是一种言传和身教，就是一种很好的教育方式。

怎样对今天的少年儿童进行情感教育？这是一个不好回答的时代难题。曹文轩用在儿童小说中塑造榜样的方式，对这个问题做出了精妙的解答。❶ 他知道，儿童文学中那些榜样化的人物形象，是可供儿童学习和模仿的最好对象。比如青铜和葵花这两个艺术形象，不但具有形象性、可感性，而且还能唤起少年儿童的情感体验，激发出他们内心那种向上向善的情绪力量。

儿童具有喜爱模仿的心理特征，心理学关于模仿问题的研究表明，人们总是趋向于模仿爱他和他爱的人或是他崇敬的人，而不愿意模仿他所厌恶的人。文学创作尤其是儿童文学创作往往充分利用儿童的这种心理特征，用文学和审美的方式，为少年儿童塑造学习的榜样。曹文轩的《青铜葵花》等作品的出版和传播，就是用自己的实际行动为广大儿童读者建构了他们应该模仿的生活榜样。在作品中，榜样人物的成长是一个艰辛的过程，是对生活的真实反映，更是高于生活的艺术创造。只有这样，这些榜样化的人物形象才能被少年儿童理解和接受，才能内化为促使少年儿童成长的巨大动力。

事实上，在我国的现当代儿童文学作品中，从来不缺榜样化的典型艺术形象。比如，张天翼的《罗文应的故事》以及袁静的《小黑马的故事》，都很注重对少年儿童成长过程的描写，都塑造出了值得儿童崇拜和学习的人物形象。从这个意义上讲，曹文轩的《青铜葵花》既是对上述写作传统的继承，更是对传统的创新和发展。这也许就是他的作品能够博得广大少年儿童喜爱，并且能够真正影响孩子们思想感情的重要原因吧。

儿童文学与成人文学一样，都是通过艺术形象的塑造反映社会生活，而且它作用于社会生活时，总是首先诉诸读者的情感。不能激发读者感情或者说不能引起读者共鸣的作品，就不能引起读者的思考，也不可能推动读者走向实践。《青铜葵花》用爱渲染感情，引

---

❶ 曹文轩. 青铜葵花·美丽的痛苦（代后记）［M］. 北京：人民出版社，天天出版社，2010.

起读者的共鸣，从而引发读者的思考，引导读者用心去发现爱，用心去创造生活中的美。如果说成人文学作品应该做到以情动人的话，那么情感之于儿童文学作品就显得更重要。只有用最纯真、最美好的情感去写作，才能保证一颗颗童心不被污染。爱，是人类最美好、最纯真的情感。《青铜葵花》写爱别出心裁，把爱写得淋漓尽致，充满生机与情意。作品对苦难、对真情、对美好人性的细腻描写和咏叹，宛如一股温暖清澈的春水，滋润着每一个读者的眼睛和心灵，牵引着我们去追寻生命中真善美的永恒。

如果说我国当下的教育需要像陶行知先生那样将自己的理论推行到实践中去的先行者，需要在实践中不断地为自己的理论"淬火"的实践行动，那么曹文轩就是这样的人，他在儿童文学创作中默默地推行着美的教育，追求着美的教育的崇高境界，令人敬佩！

笔者曾在北大的课堂上听曹文轩教授说过，美的力量绝不亚于思想的力量，美的教育具有重要意义。但是，反观当下的中小学教育，基本上都在忙着抓考试成绩，搞应试教育，考什么就教什么，美育在学校往往只是一种摆设和点缀，有的甚至连摆设和点缀都没有。美育资源并不缺乏，师资水平却难以一下子提升；老师和学生都不太看好美育，都不太注重"美的力量"；校园中最深入人心的依然是培根那句"知识就是力量"的名言。很少有人去思考，知识为什么会有力量，什么样的知识才会真正具有力量。曹文轩教授把美和审美看成比思想和知识更有力量的东西，是因为思想会过时，知识会老化，只有美和审美永远保持着鲜活的生命，永远不会衰老。当年的北京大学校长蔡元培先生就特别注重学生的世界观教育和审美教育，在蔡元培先生看来，审美教育应当贯彻在整个教育过程之中。各科教师都应该在他所教的学科中渗透审美教育的思想，不论是讲物理的、讲数学的，还是讲化学的，乃至教体育的，都应在他的学科中体现审美教育的理念。遗憾的是，近百年过去了，美、审美、审美教育并没有真正在我国的教育系统中发挥应有的作用。审美教育在各级各类学校教育中依然比较薄弱，"美的力量"依然十分弱小。那么，面对这个问题，应该如何弥补呢？我们认为引导少年儿童读书，尤其是引导少年儿童通过阅读儿童文学经典弥补学校审美教育的不足，或许是一种比较好的选择。事实上，儿童文学自出生以来就一直具有这样的强大功能；它的存在和传播，不但使我们成为有思想、知识的人，而且还成为有情调的人。在某种意义上讲，文学艺术似乎比其他任何东西都更有助于培养人或人类的某些情调。它能用最简练的文字，在春风化雨之间，就把审美情调输入人的灵魂与血液。

总而言之，《青铜葵花》一方面通过对两个孩子及他们之间的某些关系的描写，营造出了一个温暖优美的境界；另一方面作者不惜笔力，用很实在的精神内涵去填充这个优美的故事，从而使作品具有了丰富的、超强的审美力量。

可以说，作者不是在描写和宣扬"苦难"对儿童成长的重要意义，而是在强调美或审美在儿童成长历程中的重要价值。曹文轩教授试图把一切精神性的东西通过审美体验的方式传达给少年儿童。小说获得的巨大成功再一次证明，美的力量比思想或知识的力量更强大、更有魅力。作为优秀的儿童小说作家，他希望人生体验、知识体验和情感体验，都能与美或审美体验达到和谐共振的高度，这就是他的文学创作主张，也是他的审美教育实践。《青铜葵花》则是这种理念和实践在作者笔下完美结合的产物。

《火印》的形象美与《细米》的单纯美

　　曹文轩的小说大多以少年儿童为主要刻画和表现对象，以江南水乡为写作背景。可是，在《火印》的写作中，作者将视角转移到了北方的大草原，塑造了一个从小在北方大草原中长大的名叫"坡娃"的儿童形象，书写了一段他和被他救下来的马（雪儿）之间发生的故事。如果说成长是曹文轩小说的永恒母题，那么《火印》这部作品中的主人公跟他早期的作品如《草房子》《山羊不吃天堂草》《根鸟》《细米》中的主人公一样，都是经历了苦难和磨练而获得成长的典型形象。他习惯于将少年儿童置于巨大的挫折和磨练之中，最终体现出他们身上那种纯真、善良、勇敢等美好的品质，向读者展现人性中最美好的亲情、友情等人世间最珍贵的东西。

　　长篇儿童小说《火印》以如火如荼的抗日战争为创作背景，这一特定的写作背景影响和决定着小说中少年儿童形象的气质、性格和特点，也构成了这部作品与作者过去那些表现和平时代的江南水乡的作品的显著区别。具体讲，在《火印》中，作者塑造了一个重情重义、孝敬父母、成熟冷静的儿童形象——坡娃。在作者的另一部小说《细米》中，由于写作及成长的背景不同，作者则塑造出了一个与坡娃形象完全不一样的少年艺术形象。下面，我们结合文本，对《火印》和《细米》这两部作品进行一些粗浅的解读和阐释，侧重分析《火印》在人物塑造上所体现出来的形象美，以及《细米》在字里行间所体现出来的单纯美。

一、《火印》的形象美

（一）《火印》及其研究现状扫描

《火印》是著名儿童文学作家曹文轩在 2015 年 5 月发表的一部长篇小说。小说以抗日战争时期的北方草原"野狐峪"为背景，以在草原上长大的坡娃为主人公，以主人公坡娃和一匹叫雪儿的马之间发生的故事为主要线索，谱写了一篇关于成长、关于人性的美丽乐章。在《火印》的"序言"中，作者这样写道："你会发现一个好的故事，对人物的刻画是多么的重要。在以七零八落的细节刻画人物和以完美的故事刻画人物两者之间，我更倾向于后者。"❶ 阅读完整部小说的故事后，我们看不到作者对故事情节的故意刻画或雕琢，可是小说却充满着强烈的故事性，人物形象在故事情节的发展过程中跃然纸上，坡娃这个主人公的形象也深深地留在了少年儿童读者的心里。

在解读和研究《火印》这部长篇小说时，大多数研究者将重点放在了其人性化的主题和另外一个主人公雪儿身上，并没有对主人公坡娃这一形象进行过多的分析。然而，在儿童文学作品中，儿童形象常常因为他们生命的趣味而成为文学中的永恒定格❷。在这部小说中，坡娃这一儿童形象的塑造是成功的。在描写和刻画这一形象

---

❶ 曹文轩. 火印 ［M］. 北京：人民文学出版社；北京：天天出版社，2015：4.
❷ 梅子涵，方卫平，朱自强，彭懿，曹文轩. 儿童文学五人谈 ［M］. 天津：新蕾出版社，2001：117.

时，作家曹文轩一如既往地用细腻的笔锋，精细、用心地塑造坡娃这个少年形象，他善于将现实世界中许多孩子的特点融为一体，从而使坡娃的形象显得更加生动具体。

稍微回顾一下儿童文学创作史就会发现，上述创作方法不管是在理论上还是现实中都是十分成功的。20世纪以来，随着儿童文学的不断发展，越来越多的儿童文学作家塑造了一批又一批很有特点的儿童形象，比如以"顽童"为母题书写孩子的童真童趣，像大家比较熟悉的长袜子皮皮或是淘气包马小跳等形象，都集中了众多儿童的特点。尤其擅长写江南水乡故事的曹文轩，能够将抗日战争作为儿童文学的创作背景，这是一个很大的突破。

那么，如何才能在获得儿童喜欢的同时又突出抗日战争的主题思想呢？这里成功的关键在于，在充分体现丰富的故事性的同时，巧妙地把主题思想融化于人物形象的塑造之中。从理论上讲，文学形象主要是指作品中塑造的艺术形象，其中人物形象在儿童文学作品的创作和分析中起着至关重要的作用。基于此，许多学者探讨、研究过儿童文学作品中人物形象的塑造问题。比如，著名儿童文学理论家王泉根教授在他2010年发表的《儿童文学中的类型形象和典型形象》一文中，先是讨论了儿童的身心发展需要现在的儿童文学作品大量塑造类型形象的问题，这样更利于儿童的阅读和理解。然后，进一步分析指出，随着儿童的身心发展，必须考虑儿童将来学习的需要，在儿童文学的创作中多塑造一些典型形象。也就是说，当下的儿童文学作品塑造的儿童形象应更加多元化。我们认为，《火印》和《细米》在人物塑造上都做了有益的探索。

坡娃是曹文轩长篇儿童小说《火印》中塑造的主要儿童形象。为使研究更深入一些，我们搜集了近年发表的研究《火印》和"坡娃"形象的主要期刊论文，对这些论文中提出的观点做了一些梳理。

例如，武文杰的《论曹文轩〈火印〉的内涵与意蕴》（2015 年）一文，对坡娃的形象做了很好的阐述，将坡娃定义为亲情与友情的执着坚守者，将坡娃形象的塑造上升为作者创作《火印》这部小说的主题和追求。还有，李德南在《战争中求证存在的意义》（2015 年）一文中认为，小说中故事场景的构建和主要人物形象的塑造，将战争中的爱、善、美表现得淋漓尽致，小说中坡娃、雪儿、瓜灯这些人物形象的塑造，是通过爱与被爱和对恶的战胜而实现的。相对于过去已经出版的作品而言，《火印》是曹文轩的新作，自出版以来就引起了巨大的轰动。王文献在《一枚深刻的〈火印〉》（2015 年）一文中，首先对《火印》这部小说给予了高度评价，认为这是一部具有浓郁的人性色彩的作品，还特别强调，《火印》这部小说不只有战争的主题，更向读者们展示了亲情、友情及人与动物之间的钟爱、怜惜之情。其次认为曹文轩以严谨认真的态度对待这部小说的创作，正是这部小说获得广大读者喜爱的重要原因之一。

由上面的引述可见，目前对曹文轩《火印》这部小说的研究大多将视角放在其主题分析上，对小说中坡娃形象的分析有所忽视。我们认为，围绕《火印》的主人公坡娃形象，仔细解读和研究这部作品，是深入其内部世界的一种途径。

（二）坡娃形象的独特价值

《火印》这部小说是曹文轩的最新力作，被安武林先生誉为中华人民共和国成立以来儿童战争小说的巅峰之作。在阅读小说时，我们不难发现，这部小说表面上是一本儿童战争题材的作品，实际上与曹文轩的江南水乡题材小说有着一脉相承的特点。也就是说，《火印》也是以少年儿童成长为主题的小说，小说的主人公也是在经历苦难和磨练之后，获得了爱与美的成长，这些都是曹文轩儿童小说创作的共性特征。

在小说中，作者编写了一个人和马之间发生的生动曲折的精美故事。首先是"黑狗的死"，这是苦难的开始。日本军来到野狐峪"征兵"，用刺刀威逼着坡娃将那匹叫雪儿的马交出来。雪儿趁乱逃跑，在雪儿逃跑的过程中，黑狗为了救雪儿，用自己的身体挡住了鬼子的子弹。这是坡娃这一形象真正成长的开始。其次是"雪儿的离开"。为了不让凶残的日本兵再次找到他们，坡娃和雪儿躲进了后山。可是，河野还是当着他的面抢走了雪儿。雪儿的离开让坡娃面临着从未有过的困难，为了夺回雪儿，坡娃不管不顾地"发动革命"。可是，雪儿却没有被成功夺回，自己的爸爸反而被鬼子抓去做苦役，雪儿身上也被烙上了标志为日本马的火印。紧接着，河野试图把雪儿训练为他的坐骑，为了不成为河野的坐骑，雪儿拼命反抗，最后被抓去做苦役。这些苦难和挫折，既不断激发和鼓舞着坡娃勇敢地向往和追求革命的热情，又促使坡娃在这些苦难中不断锤炼，不断成长。当雪儿再次回到野狐峪之后，却因为曾做过日本兵的苦役而受到了世人的唾弃。为了帮助雪儿，坡娃努力让自己成长为机智勇敢的革命小英雄，最后既让雪儿有了复仇的机会，同时也让自己获得了最终的成长。

人物塑造是小说创作的中心环节，也就是小说创作"三要素"的第一要素，因为没有人物，小说就不可能成为小说❶。《火印》之所以成功，正是因为坡娃的形象是精彩的、有特点的、能够给读者留下深刻的印象的。在阅读曹文轩的《火印》这部作品时，我们不难发现，坡娃这一人物形象正是支撑这部小说故事发展的重要艺术形象。在少年主人公坡娃的成长过程中，作者将各种各样的苦难摆

---

❶ 方卫平. 儿童文学教程 [M]. 北京：高等教育出版社，2004：163.

在坡娃的面前，反复让他在苦难的浸润中获得成长。小说的最开始描写的是，坡娃从狼群中把雪儿救出来，并且将这样一匹有灵性的马作为自己的好朋友。接着，从日军（河野）侵入野狐峪开始，雪儿被抢、坡娃夺回雪儿未成功、雪儿受尽屈辱、坡娃帮助雪儿复仇、最终获得成长这一系列故事情节，表面上看起来似乎是在写关于雪儿这匹战马的曲折故事，但作者在故事的开头就已经暗示，坡娃是雪儿生命中最为重要的一部分，这决定了小说中的坡娃会随着雪儿的曲折经历进而不断获得成长。因此，解读坡娃这一儿童形象，对深入认识和理解《火印》这部小说有很重要的价值。

（三）坡娃形象的典型特征

小说是以人物形象塑造为主的艺术样式，它一般通过典型形象的塑造建构故事情节，揭示主题思想。在塑造典型形象时，要充分体现现实性、真实性，注意塑造典型环境中的典型人物。在儿童文学作品的形象塑造中，一方面要书写童真童趣，另一方面要运用典型的细节描写和塑造典型的人物形象❶。在《火印》中，作家就是通过故事情节的建构和生动的细节描写，将坡娃这个栩栩如生的典型形象一步一步塑造出来的。坡娃这一形象的成长是一个螺旋式上升的过程，显得很真实。北方的大草原是坡娃成长的地域背景，抗日战争是坡娃成长的历史背景。这两个特定的成长背景为坡娃的大胆、果敢、心细等性格特征的形成夯实了基础。小说故事情节的精心建构和发展，细节描写的真实、生动及传神，则为坡娃形象的成长提供了既源源不断又合乎情理的现实动力。

比如，在描写坡娃解救小马驹的过程中，他既能够勇敢地冲上

❶　王晓翌. 试论儿童文学作品中的形象塑造［J］. 陕西师范大学学报（哲学社会科学版），2006（3）：168－169.

前去，与此同时又能够意识到某种危险，呼唤黑狗把羊赶回家并且去村子里搬救兵。这样的细节描写，不但刻画了坡娃的勇敢，同时又显示出了他的冷静和细心。当然，对童心童趣的描写始终贯穿在人物形象塑造的每一个环节之中。在雪儿刚到坡娃身边之时，他能够一整天带着雪儿在草地上游走，并且像所有的孩子一样在草地上大声唱歌；在解救小马驹的时候坡娃可以随地撒出尿来，在跟稻田对峙希望能够解救出小马驹的时候，他也能够想出办法对付凶恶的日本兵。在坡娃决定去马场中解救雪儿时，他反复叮嘱瓜灯要带好草灵，因为他知道这样做的危险。进入马场之后，他觉得他是老大，是一个非常有主见的男孩，要小心再小心，不能出半点差错；他甚至鼓励自己"要做一个沉着冷静，并且十分智慧的男孩"。当他抢到雪儿却被日本兵包围时，他知道没有逃生的可能，于是"没有莽撞地策马奔跑"。这些问题解决式的情节推动描写，无不体现出坡娃作为一个孩子的特性及善于用孩子的方式去解决难题的特点。这不是那种矫揉造作的天真描写或所谓的童趣打造，而是一种对儿童世界的深刻把握和真实表现，是一种既传统又新颖的塑造风格。恩格斯在《致明娜·考茨基》的信中对典型个性下过一个定义："每个人都是典型，但同时又是一定的单个人，正如老黑格尔所说的，是一个'这个'，而且应当是如此。"❶ 可以说，曹文轩用典型化的艺术表现手法，塑造了一个既有童真童趣又具有"小大人"特点的典型儿童形象。读者对《火印》的好评说明，作者对坡娃这一人物形象的塑造下足了功夫，也获得了巨大的成功。

1. 特别重情重义。在小说中，村里人对坡娃的评价就是"那娃，打小就心重、情重"。因为雪儿被侵入村子的日本士兵抢走，坡

---

❶ 马克思恩格斯选集第四卷［M］. 北京：人民出版社，2012：578.

娃忧思成疾而卧床不起，当他喝了汤药，病情一有好转，就想着如何去救自己的雪儿。他于是带上自己的小伙伴瓜灯、草灵一起冒险来到县城，在县城他们人生地不熟，而且身无分文，但坡娃在寻找雪儿的过程中始终保持着自己带头人的小大人身份。小说的第七章《追踪》中这样描写：他从一家小饭馆里讨到了两个还剩大半的包子，正当他准备跑回去的途中，他想到"草灵是妹妹，是不能让女孩子吃剩下的"，于是他拿出自己的褂子又换了一个大包子。在县城找雪儿的日子里，他用自己讨饭要来的钱给草灵买吃的，自己却吃着讨来的饭菜。在小说的第九章中，当坡娃决定自己要独自救出雪儿时，他能够自己担当起重任，让瓜灯和草灵先回家。在他的心里，他就是瓜灯和草灵的哥哥，他知道不论干什么都要保证他们的安全，最后他果断地做出决定，让瓜灯和草灵先在城外的小树林等着他，他自己则一个人去救雪儿。这是一个重情重义的儿童形象，很符合北方草原孩子的性格特点。实际上，重情重义的儿童形象在曹文轩的其他作品中也出现过，比如在《草房子》中桑桑知道杜小康放鸭失败后，把自己的鸽子卖掉，将钱全部用来帮杜小康渡过难关。也就是说，描写和塑造重情重义的人物形象，是曹文轩小说创作的一贯手法，或许这也是其小说创作赢得"纯美"声誉的原因之一。

2. 特别孝敬父母。在《火印》这部小说中除了孩子们之间的纯真友谊，我们也不能忘记坡娃对父母、对长辈的那份浓浓的孝敬之情。在小说的第十章《苦役》中，坡娃试图解救雪儿没有成功，反而让自己的父亲被日本兵抓去做苦役。没有人性的日本兵百般惩罚坡娃的父亲，坡娃只能够从废旧的岗亭中，看着父亲被逼做苦役，甚至无端被日本兵折磨。在坡娃能够吃到大大的馒头，还有新鲜的苹果的时候，却只能远远看着自己的父亲吃硬邦邦的窝窝头，父亲连水都喝不上。就这样，坡娃爸爸的身体很快就支撑不下去了，有一天，一块儿大石头从他的背上滑落，父亲扑倒在地。坡娃努力挣扎，可是却没有办法帮助父亲："坡娃大声喊，拼命挣扎，无奈被两个日本兵死死控制而动弹不得。"后来，坡娃在简陋的工棚中见到了父亲，父子俩相依为命，无论伤痛多么难以忍受，都互相给予安慰和支持，没有半句埋怨的话儿。父亲被逼为日本人做苦役累垮身体后，坡娃用车拉着父亲回到野狐峪，由于苦役的折磨和日本兵的毒打，父亲的身体已经被摧残得不成样子了。这时候，坡娃意识到了没有力量的反抗是什么样子和结果；为了不让父母担心，他主动承担起了家中的事务。然而，日本侵略者的残暴行径让不幸再次落到坡娃的身上，坡娃在战争中失去了父母，失去了自己的左脚。但是，坡娃依然可以从草灵的父母那里感受到一样的亲情（尽管是非血缘的亲情）。他没有灰心，无边无际的苦难反而更加激发出了坡娃热爱生活、热爱生命的强大信心。可以说，坡娃这一形象不但重情重义，而且特别孝敬父母和长辈。由于从小得到了父母无私无畏的爱，因此成长过程中的坡娃始终把对父母和长辈的敬重放在首位。曹文轩将亲情的描写渗入到主人公形象的塑造之中，让读者在阅读的过程中感受到人性和生命的美好，感受到中华传统文化的强大力量。

3. 特别成熟冷静。在《火印》的第一章中，坡娃勇敢地与狼群对决，希望解救出被包围的小马驹。他清楚地意识到要先将羊群撤回，并且催促黑狗跑回去喊救兵。他非常地想救小马驹，他甚至能够时不时地想到他是一个大人了。再者，在《火印》的第八章中，坡娃决定夺回雪儿时，他决定孤身一人进入马场并潜伏在马场内部。他提前告诉瓜灯和草灵，在草棚中耐心地等着他，他一定会回来。当他探清楚自己没有机会夺回雪儿时，他知道必须沉着冷静，不能轻举妄动。在《火印》的第九章中，坡娃为了能够从日本兵手中夺回雪儿，他装作找猫的小男孩，准确地抓住时机，机灵地将日本兵推进河里;当雪儿就站在他面前时,他不慌不忙,冷静地做出决定。这样的举动和行为,不是一般小孩能够做到的,有的人可能会觉得有些不够真实。但是,只要把坡娃的这些"故事"放到残酷的抗日战争这个特定的环境之中,他沉着冷静、处事不惊的性格特征就得到了合理的解释,就会显得很真实,就能给读者留下深刻的印象。至于有些人认为的,坡娃这样的形象跟儿童文学要求的儿童形象应该纯真可爱有些背道而驰的看法,实际上是对成长小说塑造儿童形象的一种误解。因为儿童形象的纯真可爱的塑造方式,永远不应该束缚和制约儿童形象塑造的多样化追求。或许,这才是儿童小说创作应该坚守的正确路径。

(四)坡娃形象的意义

成功的儿童形象都是以真实为基础的,即人物个性是与特定年龄阶段儿童的心理特征和行为特点相符合的,不是成人化的小大人,也不是思想大于形象的概念化人物。同时,成功的儿童形象还应该是精彩的有个性、有特点的人物❶。《火印》整部小说 20 余万字,一气呵成,作家曹文轩对这部小说的故事发展、人物塑造以及叙事策略胸有成竹,用笔如神。这部小说成功地描述了中国人在抗日战争中所表现出的人性美和物性美的高度统一,令人震撼。这是一种创造性的艺术突破。曹文轩用笔最多的是战争中的人和人的行为,那个在战争中成长的男孩坡娃,既不乏纯真又很有个性,闪现着人性的光辉。反之,凶残的日本侵略者,在战争中没有丝毫的人性,比狼群还野蛮。这些刻画和描写,都具有很强的现实意义。

1. 理论验证意义。仔细阅读曹文轩的小说《火印》,我们不难

---

❶ 方卫平. 儿童文学教程 [M]. 北京:高等教育出版社,2004:163.

发现，他把某种完全可以理解甚至值得同情的残缺之美融入他的小说创作之中。与其他儿童文学作品塑造人物形象的手法相比，曹文轩似乎更注重对儿童形象进行真实细致的心理描写，其描写方式既不矫揉造作，也不抽象说教，而是努力让读者感受到这个丰满的人物形象的强大审美力量。曹文轩认为："少年时就有一种对苦难的风度，长大后才可能是一个强者。"他说："儿童文学的使命在于为人类提供良好的人性基础。"❶ 基于这些认识，曹文轩的长篇小说大多采用对少年儿童经历的某些刻骨铭心的苦难的描写，来表现他们逐渐走向心灵成长和人格完善的历程。曹文轩的高明之处在于，他能够在儿童成长的背景下，将儿童成长的戏剧性叙述描写得十分生动传神。这样既能够使人物形象的悲剧多了另外一些意味，也能够用他笔下构建的故事告诉读者和世人，不管是谁的人生，其本质都是悲剧性的。苦难是伴随一个人（艺术形象）成长的宝贵财富，生命的意义在于克服苦难之后持续不断地获得成长。他在《火印》中给读者留下的是一个开放式的结局："这一年，坡娃十七岁。"这种开放式的结尾意味着人在成长过程中必须经历的苦难是无法逃避的，如果谁非要逃避开这种成长的苦难，说不定他的成长就会出现问题。这样的结局，让读者知道十七岁的坡娃虽然在某种程度上已经长大成人了，但是他依然年轻，他未来的路依然很长。这样一个为了追寻和平幸福的未来依然会努力克服苦难、不懈奋斗的儿童形象，怎么能不让读者受到某些冲击和启发呢？

曹文轩在《草房子〈追随永恒〉代跋》中写道："如何使今天的孩子感动？……在提出这一命题时，我们是带了一种历史的庄严感沉重感的……能感动他们的东西无非也还是那些东西——生死离

❶ 颉瑛琦. 在苦难中触摸成长—论曹文轩小说叙事中苦难与成长的关系［J］. 牡丹江大学学报，2013（3）：6－9.

别、游驻聚散、悲悯情怀、厄运中的相扶、困境中的相助、孤独中的理解、冷漠中的脉脉温馨和殷殷情爱。"❶问题的关键是，要在新的时代写出新的特点来。《火印》这部小说在塑造坡娃形象时，很好地遵循和坚持了这样的创作理念，从而使我们在坡娃这一人物形象的身上，看到了充满感动的人性关怀。不管是描写纯真的友情，还是刻画让人痛心的亲情，曹文轩总是会尽其所能地去构建出一个纯真而感人的世界。《习近平在文艺工作座谈会上的讲话》中指出：追求真善美是文艺的永恒价值。艺术的最高境界就是让人动心，让人们的灵魂经受洗礼，让人们发现自然的美、生活的美、心灵的美❷。曹文轩在创作儿童小说《火印》的过程中，不自觉地实践和运用了上述理论。因此，不管是描写北方大草原的壮丽景象，还是描写坡娃对草灵和瓜灯的那种无微不至的关心，甚至表现坡娃父母对坡娃的爱，作者的真情描写都能让读者感受到北方草原的壮美，都能让读者体会到浓浓的人性美。也就是说，《火印》创作的巨大成功，在一定程度上验证了作者的创作理念，具有理论与实践互相促进的重要意义。

2. 现实教育意义。我们在前文中已经分析过，《火印》中的坡娃是在一个个苦难中磨练成长起来的，这是曹文轩小说的显著特点之一。《火印》作为一部"成长小说"，作家之所以将坡娃这一形象在成长过程中经历的磨难真实地展现在读者的面前，其最终的目的就是为了让读者感悟主人公成长的艰难，从而引发读者对自我成长的思考。我们知道，随着经济社会的发展和人们生活水平的逐渐提高，越来越多的孩子像生活在温室中的花朵一样，一路顺风顺水地

---

❶ 曹文轩. 草房子《追随永恒》代跋［J］. 儿童文学研究，1998（3）：238.

❷ 新华网. 习近平在文艺工作座谈会上的讲话（全文）［OB/OL］. http：//culture. people. com. cn/n/2014/1015/c22219 - 25842812. html？_t =1444992499811.

成长，缺乏苦难的磨练，缺乏挫折的教育，承受挫折的能力和水平亟待提升，这是少年儿童教育中一个不容忽视的重要问题。

当下，挫折教育对于每个人，尤其是成长中的少年儿童，其重要性日益凸显。对于正处于心智、思想、个性发展养成关键期的少年儿童来说，如果对可能与每个人的人生相伴的某些苦难和挫折缺乏心理"预警"，缺乏正确的认识态度，缺乏积极应对的心理准备和意志品质；一旦遇到困难，就会消极、沮丧、萎缩，甚至放弃奋斗，放弃生命。❶ 这不但可怕，而且是教育的重大失败。

皮亚杰的认识发展阶段理论认为，少年儿童正处于形式运算和抽象逻辑思维发展的关键阶段。因此，教师和家长在日常的教育教学过程中，要强调知情意行的相互结合、相互统一。我们既可以创设挫折教育的情景，也可以在日常的教学及生活中有意识地渗透挫折教育。但是，如何有效地在教学和生活中实施挫折教育的渗透，则是值得认真思考的重要问题。我们认为，课外阅读既是语文教学的一个重要组成部分，也是引导少年儿童通过阅读感受主人公在应对苦难的过程中，不懈追寻幸福生活的有效途径。具体地讲，在小学教育中，教师可以引导学生阅读《火印》，可以组织学生分析坡娃这一人物形象，从而让学生感受坡娃的成长变化，促使他们增强应对苦难和挫折的信心及勇气。这或许就是《火印》及坡娃形象成功的秘密，或许就是《火印》及坡娃形象的强大而积极的现实教育意义。

从上面的阐述可见，坡娃是曹文轩塑造的一个非常成功的儿童形象。可以说，这个"小英雄"形象是曹文轩精妙细致地用心用情塑造出来的，他既洋溢着童真童趣，又具有特定环境中的"小大人"

❶ 徐方. 逆境打垮弱者造就强者——面对苦难和挫折的人文教育［J］. 教育理论与实践，2006（5）：32－34.

特点。坡娃不但重情重义、孝敬父母，而且成熟冷静、个性鲜明。在坡娃这个人物形象身上，读者不仅能感受到内蕴于孩子身上的那种人性的真善美，而且还可以从坡娃努力克服困难成长的过程中，体会到成长的不易，生命的宝贵。这些丰富的内涵和迷人的魅力，使得《火印》这部小说及其坡娃形象具有极强的理论意义和现实意义，闪耀着人性的不朽光辉。

二、《细米》的单纯美

我们知道，曹文轩是 20 世纪 90 年代以来创作风头较为强劲的著名儿童文学作家之一，著有《草房子》《山羊不吃天堂草》《根鸟》《红瓦》等多部优秀的儿童文学小说（也称为"成长小说"）。这些作品的闪亮登场和巨大成功说明，在儿童文学研究者的视野之内，或者说在成长文学的领域里，曹文轩的小说都是奇妙的不可多得的客观存在。作者在造物主的恩泽引领之下，以非凡的勤奋和才情，智慧地编织着一个个精彩好玩的故事，以魔鬼的耐心刻画、演绎甚至描绘着人类生命尤其是儿童生命的荣耀和苦痛，寻找着灵魂的理想归宿，鼓舞着人类的精神不断振动向上飞扬的翅膀。

夸张地讲，我们可以把曹文轩的小说看成叙述智慧与梦想诗学的完美结合。他躲在读者很少看得见的某个场所，面带智慧狡黠的微笑，不露声色地讲述着单纯而令人回味的故事。他笔下的人物高贵而淳朴，他表现的情感真挚而理性，其小说的整体风格既淡远从容，又充满诗情画意。从叙事美学的角度看，曹文轩的小说《细米》内涵丰富，直抵人心，飘扬着那种诗意化的美感。

（一）描写的内容充满浓浓的诗意

小说中的细米，本来是一个单纯的男孩子，和其他所有乡村里的孩子一样，他爱脸红，喜欢在田间和同伴嬉戏，与表妹红藕两小无猜，一同长大。然而，随着从城里到农村来插队的女知青的到来，细米的生活发生了新的变化。知青中那个叫梅纹的女子，似乎改变了他的生活走向。细米和梅纹初次相见，彼此就有了一种奇异的感觉，都觉得之前似乎在哪里见过对方。在后来漫长而温暖的岁月中，细米一边在梅纹的引领下走向前方，一边开始暗恋她和她的声音、她的举止以及她身上所有的一切；而梅纹在那段孤独无助的时光里，似乎也更深刻地陷入了一种对于细米的不可名状的眷恋。在小说中，某种非恋情的"恋情"，在一个到处是河流与芦苇的水乡世界中令人感动地展开着；优雅而舒缓，单纯而真切，风采飘逸，诗意流动，令人难忘。

具体地讲，《细米》不仅在故事情节的建构上充满了浪漫主义色彩，在表达方式和遣词用句上也时时流露出诗一般优美的韵味，甚至就连小说的开篇，也是用一首诗引出来的。小说中的细米似乎有一种天赋：善于发现大自然中的美，善于发现自然中美的景色、美的人物。曹文轩特别擅长用美得令人心醉的语言，来描写一切美的景物、事件和人物。比如，小说中这样细腻地写道："月亮越升越高。是个好月亮，薄薄的一片，十分纯净。天空蓝得单纯，偶尔飘过云彩，衬得它更为单纯。天空与月亮，就像一块蓝色的绸子展开了，露出了一面镜子。"这是细米和梅纹登上芦苇丛中的了望塔之后看到的美丽景色。此时此刻，他们看到的美景还有："芦荡万顷，直涌到天边。千枝万枝芦苇，都在它们的季节里开花了，一天比一天蓬勃，一天比一天白。硕大的、松软的芦花，简直是漫无边际地开放在天空下。此刻，月光所到之处，就有了'雪花'。月光越亮，'雪花'就越亮，飞起的花絮，就像是轻飘飘的落雪。""月亮越爬越高，月光如潮水一般开始漫泻向万顷芦苇。'雪地'在扩大，一个劲儿地在扩大，并且越来越亮，真的是一个'白雪皑皑'了。月光洒落到哪里，哪里就有了'雪'。'雪地'就这样在夏天的夜空下，永无止境地蔓延着。"曹文轩的描述语言如同诗歌般轻柔多情，但一点也不轻浮，让读者仿佛置身在那美景中，流连忘返，久久不愿离开。

（二）情感的表达单纯而含蓄

初读一遍觉得，《细米》故事讲述的似乎是一位正处于成长之路上的少年对一位年轻的知青女教师的懵懂恋情。细读下去才发现，这不是一个简单的恋情故事，更多的可能是少年成长的心路历程。故事的男主人公是少年细米，他在个人成长的道路上，非常偶然地遇到了故事的女主人公梅纹。在小说中，梅纹的现实身份是一位女知青、女教师。少年细米对"知青"的想象，更多地来自他对城市与乡村差异的具体化、美感化想象，而且这一想象都是借助细米那双又黑又大的眸子（儿童视角）来完成的。在他眼里，梅纹"是一位来自天国的姑娘"。她不仅有无法描述的好模样儿，喜欢用"一块红手帕结着乌黑的头发"，而且"她的肤色竟然与栀子花的颜色十分相似"。细米在第一眼看到梅纹时就感觉"似乎在哪儿见过她"。就在此时，一丝懵懂的情愫已经无声地在细米心中种下了。当梅纹在细米家望着栀子花树说"这花，真好看"时，细米就主动地为她剪栀子花，并用眼神问她喜欢哪一朵，而梅纹也用手指着深深藏在绿叶里的那一支让细米给她剪。他们彼此心照不宣，哪怕一个眼神，一句不经意的话语，他们都能心领神会。甚至他们在一起生活、学习的时候，都有那种似曾相识的感觉。

细米对梅纹的情感既懵懂又含蓄。他会小心翼翼地为梅纹送热粥，他会为了梅纹冒险偷试卷，他还会为了梅纹在冰天雪地里捕捉金色鲤鱼。细米在不经意间知道了梅纹的心事后，主动帮梅纹送信给郁容晚，不料却没有遇到那个家伙，于是细米无端高兴起来，竟至高兴得有些疯狂。这一切的一切，细米都藏在心底，没告诉任何人；他只是单纯地想着要帮助梅纹，默默地做着这一切。梅纹的情感表达也是非常含蓄的，她与郁容晚之间的恋爱是那种以古典、传统而优雅的恋爱；当梅纹听到郁容晚的琴声时，并没有急急忙忙地跑出去，而是听一会儿再慢慢地走出去；他们单独在一起时，也只是说说话，然后接着吹口琴，最后各自离开，充满古典意味。

（三）情节的构建单纯生动

《细米》与曹文轩的许多小说一样，都以单纯的形式为特色。所谓单纯的形式，在本书里被这样界定：以对小说基本要素——人物、情节、美感的尊重为前提，讲述一个相对有序的时间里发生在一个相对确定的空间里的故事。这样的界定，显然是相对于某些现代主义小说花样翻新的新奇形式而言的。❶ 也就是说，在某些现代主义小说那里，人物、情节、美感等小说的基本要素，已经不再那么重要，重要的反而是那些莫名其妙的变异。曹文轩在《细米》里依然神色不惊地坚持着他一贯的单纯，他舒缓优雅地讲述着一个生动感人的故事，讲得漂漂亮亮，讲得优美动人。曹文轩认定，"故事的永在决定了小说这种形式的不可避免"❷。即无论小说的艺术如何变化、更新，都不是故事依赖于小说，而是小说依赖于故事。当然，小说的形式可以变化万千，现代派也的确为小说形式的变化和创新进行了积极的探索。但是，当现代派小说家发现摆脱故事实属徒劳之举之后，反而出现了回归故事的倾向。需要强调的是，单纯不是简单，

---

❶ 戴卫·赫尔曼. 新叙事学［M］. 北京：北京大学出版社，2002：1.
❷ 曹文轩. 小说门［M］. 北京：作家出版社，2003：25.

单纯更不意味着小说创作的粗制滥造。这就像单纯的情感更是一种强度很大的情感一样，具有单纯美这一鲜明特色的小说也完全可能成为最优秀的小说。就《细米》而言，正因为单纯，才让它显得与众不同，才更需要进行深入的破译和解读。可以说，在《细米》单纯的形式下，其实隐蔽着复杂的情节和丰富的情感；更难能可贵的是，在小说那生动的情节和故事中，隐藏着作者熔古典主义与现代主义于一炉的双重身份。

《细米》的上述特点，可以从以下三个方面来阐述。

首先是开头充满悬念和疑问。《细米》的开头颇具匠心，它能引起读者的阅读期待。一开始，作者迟迟不让稻香渡人期待了许久的大船、白帆及苏州城里的女孩子们轻易地"降落"下来，这是曹文轩式的小说开篇，是小说写作的一种智慧，很有特点，也很有艺术性。

具体地讲，在小说的开头，作者给读者描绘的是一种虚假的记忆影像，这样的处理，使小说一开始就具有了某种艺术魅力。"稻香渡是坐落在大河边上的一个村子。今天的稻香渡有点兴奋，因为今天这里将迎来一批从苏州城里来的知青。听说，全是女孩子。"这样的开头，非常巧妙，足以吊起读者的阅读欲望。从理论上讲，作者给读者提供了一种虚记忆或者说假记忆，这种记忆既像宴席上的第一道菜，特别引人注意，又像静脉点滴那样不知不觉地暗中输入读者的大脑，以便让读者感到自己在开始读这本小说之前，就已经得知了这些信息。❶ 如果说，这个开头如河流一样自然、流畅，是自然而然的开场，作者或许有些情感倾向，但没有任何武断的定论，一切都像流水一样慢慢铺展开来；那么，"苏州城里来的知青"以及

---

❶ J·希利斯·米勒. 解读叙事［M］. 北京：北京大学出版社，2002：175.

"全是女孩子"等元素的故意设置和渲染，则让小说的故事充满了不确定的悬念。"苏州城"与乡下的农村有着巨大的差异，前者意味着繁华、时尚，后者意味着落后、保守。"全是女孩子"的写法似乎在暗示读者，这些人可能弱不禁风，可能不会干农活，可能适应不了艰苦的农村生活。可是，不管有多少疑问，稻香渡人还是对她们的到来充满了新奇、期待和兴奋。男女老少挤满在河边上，小孩子挤在大人堆里，细米和他的伙伴们早早爬到大树上，喜鹊在大河上飞过来又飞过去……直到小孩子被挤得落到水里，直到细米、红藕差点儿从大树上掉下来，直到岸边的小孩哭爹叫娘、吵成一片，那艘载着苏州城来的女知青的大船才十分清晰地慢慢驶进稻香渡人的视野。"一叶巨大的白帆正在风中颤动，将明亮的阳光发射到岸边的树上、房子上和人的脸上。"朴实的稻香渡人是第一次看到这些大船送来的苏州城的女孩儿，他们只瞄了一眼，就觉得这些女孩儿的身材、服饰、面容、肤色，甚至走路的姿态、说话的语调，与稻香渡的女孩儿都不一样。她们看上去既优雅又漂亮，是那样的文静、安恬、羞涩，是那么柔弱，那么让人怜爱。这样的开头，单纯、朦胧、优雅，给人似真似幻的感觉。或许每个人都在想，这些苏州城来的女孩儿在稻香渡住下来之后，会发生什么故事呢？这些新的悬念和疑问牵动着读者的心，刺激着读者的阅读欲望，也进一步扩展了《细米》在时间与空间上的现实感，让人感觉小说中的故事仿佛就发生在眼前。

其次是结尾留下想象的空间。我国古典小说的结构，一般比较强调首尾照应，喜欢把故事的每一个环节全部呈给读者。比如，《三国演义》《水浒传》《西游记》等名著都具有这一特点。现代小说的创作一般不再坚守传统章回体小说的上述叙事方法，作者往往会在作品中故意留下一些"空缺"，从而让读者发挥想象，努力去填补空白。在曹文轩的《细米》这部小说里，"空缺"包含两个方面的含义，一方面是指情节的空白或者留白，另一方面是指人物在情节中的缺席。就《细米》的结尾而言，作者巧妙地运用了"空缺"的艺术手法，给读者留下了巨大的想象空间，增强了作品的艺术魅力。

在小说的结尾，也就是细米与梅纹因为长期相处而情感日渐深厚之时，梅纹突然要返城了。如何写好这个无法面对的分别情景？这对作者来说是一种挑战。曹文轩别出心裁，有意让人物（细米）避开这一难以承受的情感极限，精心设计了让细米随舅舅远行的情节。即将回到城里去的梅纹期待细米回来，却终究没有见到细米，因为他随舅舅到远方去了。这种巧妙的设计，避开了对离别场景的繁琐描写，避开了对细米内心无法忍受的苦楚的刻画；梅纹没等到细米，细米也没和梅纹正式告别。空空的期待，空空的院落，空空的离去。或许，因为"空缺"的巧妙运用，反而使细米和梅纹这两个主要的人物形象显得更有情感，更有魅力。

最后是小说的中间部分具有很强的艺术张力。如果说《细米》的开头设置了让读者欲罢不能的悬念，结尾留下了足够大的想象空间，那么它的中间部分则构思巧妙，具有很吸引人的艺术张力。《细米》的主体部分犹如一条完美的线条，呈现出优雅的美感。它不是枯燥单调的直线，而是生动活泼的曲线，有漂亮的弧度，有故意的重复，有左右的摇摆，有蛇行似的痕迹。顺着这条路线阅读作品，我们会发现，那些重要的元素在小说中一而再、再而三地出现，但绝不是简单的重复，每一次出现，都会开拓出一条新的路径，都会推动着小说的故事情节合情合理地向前走。也就是说，"重复"起到了强化小说中的某些东西的作用，"蛇行"则使小说中那些或明或暗的故事线索既若隐若现，又连贯不断，它们共同发挥作用，使小说变得更加耐人寻味。

关于"重复"这种艺术手法的作用，曹文轩曾在《小说门》这部理论著作中这样论述："这种重复是有意味的。……'重复'变成了一个被我们所描写与分析的对象。我们不再从情节的角度来看待这些重复，而是从意义的角度来看它们了——它是一个主题。从形式角度来看，这种结构也是独具魅力的。……循环往复，会使我们有飘逸感与眩晕感。……这种结构还暗合了东方的神秘主义哲学：世界万物，只是一番轮回。"❶ 可以说，《细米》不但实践了曹文轩的这套理论，而且突破了这套理论的局限。正是因为这样，《细米》才体现出了古典美、旋律美、情调美、哲学美，这些元素的综合运用又使作品呈现出了令人心醉的单纯美。比如，小说中那盏细米提在手里的小马灯，作者让它一直陪伴着梅纹；小主人把马灯擦得格外干净、格外明亮，这样它就能给人传递更多的光明和温暖。梅纹离开后，小马灯也熄灭了；它落寞、随意地缩在一个灰暗的角落里，没有了昔日的光亮和风采。它的多次出现，既是一种重复，也有更深的哲学意义。还有小说中的"白栅栏"，它一共出现了四次。每一次出现，都使得男女主人公的情感发生某些微妙的变化，产生某种诗意的涌动。它第一次出现，是在梅纹落户到细米家几天之后。"细米有点不好意思，转过身去。这时，他看到了那道栅栏——那道栅栏不知是什么时候，被漆成了白色。……细米觉得这道白栅栏很好看。它把所有的一切都映亮了，菜园里的菜显得更绿，开在栅栏下的五颜六色的花显得色泽更加蓝了。"这道默默无闻的栅栏，是梅纹刷白的，她上了两遍白漆，仿佛一下子就让栅栏有了生命。细米一动不动地站在那儿，眼睛里就只有这一道白栅栏，仿佛其他东西都不存在了。其实，这道"白栅栏"隐约地暗示着梅纹和细米之间的

---

❶ 曹文轩. 小说门 [M]. 北京：作家出版社，2003：368.

情感距离，暗示着他们未来离别的日子。细米觉得，"栅栏"被梅纹漆成了白色之后，好像已经不是过去那个栅栏了；站在"白栅栏"面前，他身体里一直沉睡着的某种东西似乎一下子苏醒了，连天空与花朵都绽放出耀眼的色泽，显得那样漂亮、那样可爱。这就是梅纹这个来自苏州城的女知青，给一个乡村少年带来的震撼。"白栅栏"第二次出现，是在梅纹收到了思念很久的父母家书的那个月夜。"梅纹拉开门，走出屋外。月色清亮，那道白栅栏显得比白天的长，但根根可数。她甚至能看到爬上栅栏的牵牛花是紫色的，像一支支小喇叭。"在这里，"月色"代表思念，"牵牛花""白栅栏"都有象征意味。此时此刻，真实的细米已经熟睡，但在梅纹的家书中，另一个细米才刚刚醒来。"白栅栏"第三次出现，是在一个特殊的春节。由于意外的变故，那年的除夕，家中只有细米与梅纹一起过年。"吃完饭，他们开始收拾碗筷，还是一个在白栅栏这边，一个在白栅栏那边，一个递过去，一个接过来，动作很快，转眼间就将碗筷等又运回到了厨房里。""白栅栏"的存在说明，即便在除夕夜，细米与梅纹之间也隔着某种东西。在小说中，"白栅栏"第四次，也是最后一次出现，是在梅纹已经离去的时候。"目光落下时，他的视野里便是那道白色栅栏。他断定，她在临走前，又将它仔细刷过了，因为，它显得比以往任何时候都干净、鲜亮。泪水涌出时，他的眼中是一片纯洁的白色……"隔着那道"白栅栏"，少年细米在不断成长。他的成长是那样真实，那样纯洁，那样富有美感。

　　除了"重复"之外，"蛇行起伏"也是《细米》中使用的一种艺术手法，它使小说匀速地呈现出一种曲线美。比如说，在小说中，梅纹在花季的年龄，从像天堂一样美的苏州来到农村，自然会有一种漂泊感或孤独感。如果说这是故事情节的"起"，那么梅纹接下来幸运地被分到了如亲人般温暖的细米家，则是故事情节的"伏"。就在她刚刚准备教细米学习雕刻的时候，生产队又要求女知青们必须下田参加劳动，这是又一个"起"；经过细米和他的父亲的努力，梅纹可以不下田去劳动了，而是专门在学校教孩子们念书，这又是一个"伏"。就这样，小说的故事情节"起"了又"伏"，"伏"下又"起"，起起伏伏，蛇行推进，像曲线那样优美，像微风吹过的水面那样荡起层层涟漪，舒缓优雅，节奏和谐。显然，这种写法不但使小说变得更有吸引力，而且增强了作品情节发展的曲线美。

写到这里，我们会不由自主地联想到曹文轩的一个绝妙的比喻。他说："我将一篇作品先当成一口水塘。我将语言以及其他种种炫目的花活看成是水，现在我将这塘水放了，看一看塘中是否还留有干货，比如深刻的主题，比如活生生的人物，比如一个结结实实、漂漂亮亮的故事等。如果有，我就将它暂且看成是好作品，如果是个空塘，那么我就不敢恭维了。"❶ 可以说，《细米》就是一部即便"将这塘水放了"也能在里面找到"干货"的优秀作品，它虽然单纯，但从来不缺少美的力量。

换句话说，《细米》像曹文轩的许多小说一样，试图用单纯的形式去追求一种无限的美感。读完这部小说，我们不得不承认它充满了丰富的美感。有美的内容，也有美的形式，还有美的结构，美的表达。这是一种看上去不太复杂、不太耀眼，但却很有韵味、很有味道的美，是单纯的、难以言说的大美。❷

综上所述，曹文轩的《火印》因为塑造了一个重情重义、孝敬父母、成熟冷静、个性鲜明的儿童形象，显示出了不可替代的形象美。《细米》则因为故事单纯、情节优雅、形象富有内涵，向我们展

---

❶ 曹文轩. 对三位小说家的评点 [J]. 海南师范学院学报，2003（4）.

❷ 李红叶. 为少年心思写歌—评曹文轩的小说《细米》[J]. 盐城师范学院学报（人文社会科学版），2004（1）.

示了单纯美的强大力量。不论是《火印》的形象美，还是《细米》的单纯美，都具有震撼人心的无穷魅力，都值得我们不断地用心去揣摩、体验和玩味。

《狼王梦》的悲剧色彩及其意义

动物题材的经典小说《狼王梦》，是当代著名动物小说作家沈石溪的代表作之一。小说主要叙述了这样一个故事：单身母狼紫岚为了完成丈夫黑桑的遗愿，试图独自培养几只小狼成为狼王，却以悲剧结束。作者通过对几个主要悲剧形象的深刻描写和塑造，生动感人地书写了狼群在"丛林法则"下的悲壮生活、精彩故事及迷人魅力。

下面，我们通过阅读原著、查阅资料，结合自我的人生体验，重点对小说中塑造的主要艺术形象进行一些粗浅的分析探讨，从而挖掘作品中蕴含的悲剧色彩及其审美价值，在一定程度上凸显小说形象的悲剧色彩及审美意义。

一、沈石溪及其《狼王梦》扫描

沈石溪是我国当代著名儿童文学作家，是具有世界影响的"中国动物小说大师"，以善于创作动物题材的儿童小说著称。沈石溪因为年轻时曾从上海到云南西双版纳插队当过几年"知青"，所以深深地爱上了素有"动物王国"之称的云南，深深地爱上了西双版纳这片神秘的红土地。他主动向当地的少数民族学习，主动收集少数民族之间口耳相传的动物故事,最终以动物为主要题材,创作了许多优秀的文学作品。他的这些作品既被称为动物小说,也被视为儿童文学作品;不仅获得了数十项各类儿童文学大奖,而且深受少年儿童读者的喜爱和欢迎。

《狼王梦》是沈石溪动物小说的代表性作品之一,也是他用来诠释狼的主体追求与悲剧命运的标志性作品。自 2009 年 10 月推出以来,多次雄踞儿童类畅销书排行榜的前列,单本销售已超过 100 万册,具有很高的文学价值和教育价值。显然,对这样的经典作品进行深入的解读和阐释是一件很有意义的事情。

从文本传播的角度看,沈石溪的作品不但在国内颇负盛名,而且具有相当程度的国际影响。据不完全统计,他的动物小说先后被翻译成日文、韩文、英文等多种文字并在国外发行,在一定程度上为我国新时期以来的儿童文学创作赢得了世界性荣誉。在我国,很多理论家和批评家对沈石溪的动物小说进行了深入的研究,形成了许多重要的研究成果。有的侧重研究沈石溪动物小说的故事及情节构造艺术,有的侧重研究沈石溪动物小说的艺术表现手法,有的侧重研究沈石溪动物小说的叙述策略及艺术特征,有的侧重研究沈石溪动物小说关于强者形象塑造的问题,有的侧重研究沈石溪动物小说对抉择主题及强烈的成长意识的书写。也就是说,沈石溪的动物小说一方面引起了读者及研究者的极大兴趣,不同的研究者及批评家从不同的角度对他的小说进行了深入的解读和研究;另一方面这些研究成果强化了沈石溪动物小说的存在价值,提升了这些小说的知名度,为这些小说的广泛传播起到了积极的推波助澜作用。

二、《狼王梦》的主要内容及形象塑造

（一）《狼王梦》的主要内容

《狼王梦》作为"动物小说大王"沈石溪的代表作之一，讲述的是这样一个故事：勇敢的单身母狼紫岚，在丈夫黑桑死后，为了完成亡夫梦想通过自己的努力成为狼王的遗愿，主动放弃一切，一心一意培养三只小狼，不顾一切地用她认为正确的方式养育、训练他们的三只小狼，试图把小狼培养成像黑桑那样雄壮威武、不可战胜的狼王。不幸的是，因为各种无法预料的灾难接踵而至，他们的三只小狼儿都相继悲惨地死去，最后紫岚自己也在和威胁其家族生存权的金雕的激烈搏斗中壮烈牺牲。也就是说，"狼王梦"从最初开始至最终结束都是一场不可能实现的梦，是一个奋斗之后没有任何收获的悲剧结局。

作为优秀的动物小说，《狼王梦》揭示的主题是多方面的，既表现了母爱的无私无畏和坚忍伟大，也表现了成长的凶险艰难和不可把握，还揭示了奋斗的勇气和追求梦想的悲剧美。如果认真品读《狼王梦》，我们会发现，小说中最感人的是其雄壮的悲剧主题及浓厚的悲剧色彩。如果说悲剧"讲述着人类通过受难得到了成长的机会"，❶ 那么深入解读和分析《狼王梦》的悲剧主题和悲剧色彩，肯定能给读者提供某些深刻的启示。《狼王梦》以生动而深刻的书写启示我们，悲剧所渲染和强调的不仅仅是一个追求或者毁灭的过程，而是这种追求和毁灭带给我们的深刻感悟和强烈震撼，这种感悟之

---

❶ 克利福德·利奇. 悲剧 [M]. 尹鸿译. 北京：昆仑出版社，1993：16.

中包含着人类或动物在困境中应有的勇气与果敢。

（二）《狼王梦》塑造的动物形象

首先是母狼紫岚。它是狼群中最漂亮的母狼之一，它原本有一个幸福的家庭，一个很健壮勇敢的丈夫，它们相亲相爱。紫岚有一个很伟大的理想，帮助丈夫黑桑成为狼王。然而，天有不测风云，就在黑桑为登上狼王宝座做足了准备并即将取得成功时，不幸发生了，黑桑在鬼谷不幸死于野猪的利齿之下。这对于紫岚无疑是一个巨大的打击，它的家仿佛一下子塌了半边天。擦干眼泪后，紫岚不再为丈夫壮志未酬就抱憾死去而悲痛欲绝，而是坚定不移地独自决定，一定要把腹中的小狼儿生下来，一定要把它们的其中一只培养成未来不可战胜的狼王。紫岚是一只非常理智的母狼，它理解丈夫，它知道丈夫一生最大的遗憾就是"狼王梦"成为了泡影。它觉得，完成丈夫的遗愿是它义不容辞的责任，培养小狼儿成为狼王就是它最崇高的使命。作为单身母亲，紫岚没有了丈夫后，生活得实在不容易，它除了要独立照顾自己的狼儿，随时为它们的食物和安全担忧，还要对它们进行严格的训练。紫岚意志坚定，勇往无前，它的追求从未止步，它的"狼王梦"从未动摇，它一直充满必胜的信心。

紫岚给它的几只小狼儿分别取名叫黑仔、蓝魂儿、双毛、媚媚。黑仔是长子，又因为长得极像黑桑，所以理所当然地被紫岚第一个挑选为未来狼王的培养对象。黑仔除了在食物上可以明显地多吃多占之外，也深得紫岚的宠爱。先天的遗传加上后天优越的条件，使得它比同龄的弟弟妹妹更加有胆魄更加勇敢，还不到半岁就敢独自跑出洞外玩耍。可是，不幸总是毫无预兆地降临，有一天紫岚外出捕猎时，黑仔又一次独自跑出洞外嬉戏，不小心被凶猛的金雕发现了，最后成为了金雕的腹中之食。也就是说，紫岚的第一个"狼王梦"刚刚开始就破灭了。

蓝魂儿是紫岚的第二个孩子。黑仔死后，它理所当然地成为了未来狼王的培养对象。紫岚把重心转移到了蓝魂儿身上。蓝魂儿确实不错，从小就表现出桀骜不驯的性格，在紫岚的独特的培养下，很快成为一匹能力和胆魄都非常出众的狼，它的机智勇敢不仅使它成为了同辈幼狼的头领，还让成年的大公狼对它刮目相看。可是，就在紫岚为自己的杰作喜出望外时，不幸的事再次发生了，蓝魂儿不幸落入了猎人设下的圈套。作为母亲，紫岚为了维护蓝魂儿作为狼的家族成员的尊严，忍痛杀死了它，然后忍痛把它的尸体从捕兽夹下解救了出来。至此，紫岚把第二个孩子培养为狼王的梦想也破灭了。

双毛是紫岚的第三个宝贝。蓝魂儿死后，理所当然轮到双毛来为实现父亲黑桑的遗愿而努力了。此时，不太出众的双毛才开始得到紫岚的重视。紫岚虽然已经身心疲惫，快要支撑不下去了，但是一想到丈夫，一想到家族的荣耀，它要把小狼培养成狼王的初心就再次坚如磐石。双毛不是未来狼王的理想的培养对象，它不但身体上不够健壮，处于弱势，而且精神上也有很严重的缺陷；更严重的是，面对同伴的欺辱它逆来顺受，从来不知道反抗，面对不公正待遇，它也不觉得委屈，缺乏狼王应有的雄心壮志。也就是说，要把它培养为未来的狼王，难度非常大。紫岚常常想，如果漂亮的媚媚也是一匹公狼，那该多好！那样它就不会选择双毛，就不用花费那么多心血了。面对没有选择的选择，紫岚没有退缩，尽管培养双毛几乎用尽了紫岚所有的精力和体力，紫岚还是毫无怨言。它因为双毛的每一点进步而高兴，双毛也很听话，不断按照母亲设计的蓝图快速成长。万幸的是，经过紫岚的不懈努力，双毛脱胎换骨，成长为了一只威武雄壮的大公狼。于是，在紫岚的精心设计下，双毛开始实施争夺王位的计划。最终，因为根深蒂固的自卑，双毛在最关键的时刻，露出了不该露出的胆怯，这一严重的错误，使它瞬间崩溃，成为了争夺狼王宝座的同类们腹中的食物。狼王梦随之灰飞烟灭。

媚媚是紫岚最小的狼儿，也是它的几个孩子中唯一的一只雌狼。因为它长着一身和母亲一模一样的紫毛，非常漂亮，气质不凡，妩媚可爱，所以起名叫媚媚。在黑仔和蓝魂儿还活着时，它几乎没有引起母亲的足够重视。直到培养双毛时，紫岚才让它不时搭把手，帮着训练双毛。双毛死后，漂亮的媚媚得到了母亲的空前关注。对这个可怜而伟大的母亲来说，它最后只能把实现丈夫黑桑的遗愿的唯一希望，寄托在媚媚的下一代身上了。成年的媚媚选择什么样的伴侣，成了母亲关心的头等大事；紫岚开始干涉媚媚的私生活，它希望媚媚找一只强壮勇敢的公狼，继续追寻他们家族的狼王梦。可是，正处在发情期的媚媚对母亲的干涉，表现出了极度的厌恶，它不顾母亲的阻挠，义无反顾地追求着自己的幸福伴侣；它甚至以节食的方式来反抗母亲的干预。因此，媚媚在心理上和母亲产生了极大的隔阂；最后媚媚与优秀的大公狼卡鲁鲁结为了幸福伴侣，也有了它们自己的狼儿。可是，它们对成为狼王或对培养孩子成为狼王会有强烈的兴趣吗？这一切似乎都在等待新的答案。

三、《狼王梦》的悲剧色彩

（一）震撼人心的命运悲剧

母狼紫岚把全部的精力和体力都用在了培养狼儿实现狼王梦之上，但是结果却令人唏嘘，狼王梦随着三只狼儿的悲惨死去似乎变成了不可实现的梦想。狼王梦的一再破灭，无情而残酷地带走了紫岚对生活的信心和勇气，它似乎对生活绝望了。对于紫岚来说，没有理想的生活毫无意义。它今后的生活怎么进行下去呢？它怎么去追寻新的生活意义呢？它本想和卡鲁鲁重归于好，重新生下狼儿来继续培养新的狼王，实现它未完成的神圣使命。可是，多年的奋斗已经榨干了它身上的活力，它已经不可避免地变成了一匹未老先衰的老母狼，曾经为它痴迷的卡鲁鲁不再对年老色衰的它感兴趣，最终弃它而去。没办法，它只能把狼王梦寄托在媚媚的下一代身上。于是给媚媚找一个基因优秀的伴侣成为了它新的奋斗目标；为此它果断地杀死了不顾一切讨好媚媚的那只独眼狼吊吊。因此，爱女媚媚对它产生了强烈的厌恨情绪。最后卡鲁鲁主动亲近媚媚，这种喜新厌旧的行为虽然伤害了紫岚的心，但媚媚在一定程度上完成了它希望寻找到优秀遗传基因的心愿，它似乎看到了新的希望。离开栖身多年的石洞之后，它预感到自己时日不多了，于是两个月以后，带着对狼孙们的强烈思念，它又回到了栖身的那个洞窟。在临死前，它特别想看看自己的狼孙："把对狼孙们的祝福与期待，慈爱与希望，连同两代狼为之付出了血的沉重代价的理想，一起传授给可爱的狼孙们。"❶ 可是，媚媚的绝情似乎使它最后的愿望也面临落空的危险。最后，为了消灭可能对自己的狼孙们构成威胁的凶猛无情的金雕，它主动发起进攻，与金雕展开了激烈的搏斗，最后悲壮地与金雕同归于尽。上述故事惊心动魄，充满了浓浓的悲剧色彩，这其中既有狼这一形象的命运悲剧，也有狼作为故事的主角所固有的性格悲剧，这些悲剧都具有震撼人心的强大力量。

---

❶ 沈石溪. 狼王梦［M］. 杭州：浙江少年儿童出版社，2009：8－9.

（二）难以避免的性格悲剧

毫无疑问，作为一部小说，《狼王梦》这个名称确实高度概括了小说的主要内容。它的结局证明，黑桑家族追求狼王宝座的所有努力最终只带来一场梦。造成这一悲剧的原因到底是什么呢？是紫岚对丈夫深深的爱过分痴迷？是黑桑本不该有成为狼王的愿望？好像都是，又好像不全是。紫岚作为黑桑的忠实伴侣，理应成为黑桑人生理想的最忠诚的支持者。黑桑作为一只公狼、一个有追求的父亲，把争夺狼王宝座作为自己的奋斗目标，似乎也没有任何不对。故事开始于黑桑壮志未酬便死于非命，没有成为狼王的遗恨让它死不瞑目。作为妻子，紫岚深深地理解和认同黑桑的遗恨。"紫岚久久地站在黑桑的尸体前，突然，它感觉到了一种和死者之间神秘的交流，仿佛有一只无形的手，把黑桑身上的精华撷取出来，又移植到它的心田，就像埋进了一粒种子。黑桑在冥冥之中乞求它嘱托它，要它用生命去浇灌这粒种子，催其发芽开花结果。"❶ "紫岚能理解这眼光的内涵，就是要让黑桑——紫岚家庭的子孙争夺狼王宝座。"❷ 或许，这就是紫岚终其一生为这个理想不断努力的根本原因，也是紫岚在培养狼儿的过程中坚持不懈的动力之源。正是这种舍我其谁的责任感使紫岚在一次次的挫折面前不屈不挠，最终它的追求和梦想一个个破灭，自己也为了这个梦想奉献出了宝贵的生命。读者可以从不同角度去反思，"狼王梦"为什么会成为一个悲剧？为什么说它是一个悲剧？

首先，这体现在紫岚对长子黑仔的培养方式上。紫岚明知道幼狼的成长是从争夺母狼的母乳开始的，但是它因为偏爱黑仔，就优

---

❶ 沈石溪. 狼王梦［M］. 杭州：浙江少年儿童出版社，2009：167.
❷ 沈石溪. 狼王梦［M］. 杭州：浙江少年儿童出版社，2009：166.

先为黑仔提供充足的食物，使得黑仔在身体上比同龄的幼狼强壮很多。当它意识到，是自己的偏爱使黑仔养成了有些自私的吃奶风格后，它并没有采取有效的措施教育黑仔，反而用残酷的方式去诱发黑仔潜在的狼性，这就使得黑仔在心理上也比同龄的幼狼早熟，性格孤僻，有些自傲。黑仔的胆魄也是同年幼狼的两倍，一般情况下幼狼要一岁以后才敢独自到洞外捕食，而黑仔才半岁就敢独自跑到洞外玩耍嬉戏。面对黑仔的这种有些冒失的行为，紫岚不是为它的安全着想，及时纠正它的胆大妄为，而是为了实现狼王梦，一再纵容黑仔；它用食物奖励黑仔的大胆行为，希望黑仔具有超越其实际年龄的胆魄。因为得到某些鼓励，黑仔的胆子越来越大，不但敢跑到洞口玩耍，而且还会跑到离洞口一里多远的地方去追逐小动物。最后，黑仔因为追逐一只小松鼠而被凶猛的金雕发现，成为了金雕捕获的美食。可以说，黑仔是被紫岚望子成王的急切心理害死的，是紫岚急于让黑仔成为狼王的所作所为直接导致了悲剧的发生。

其次，紫岚对蓝魂儿的培养方式有些过于极端。蓝魂儿受到比自己大三个月的黄犊的欺辱时，紫岚不但不帮忙，还用暴力惩罚蓝魂儿的求助行为。蓝魂儿的口中之食被黄犊抢走，紫岚也毫不同情，不再让它分享自己的食物。黄犊的欺辱及紫岚的绝情使蓝魂儿变得早熟，使蓝魂儿比同龄的幼狼更早更多地爆发出了全部潜在的狼性。有一次，一群幼狼围捕牛崽，由于缺乏经验，一开始就被牛崽的虚张声势吓得不敢进攻了，紫岚站在边上，喊叫着催促蓝魂儿勇敢地冲上去；蓝魂儿不但没有冲上去，在牛崽向它冲来时，还主动退让了下来，使围捕牛崽的活动以失败告终。紫岚非常生气，它飞快地跑到狼群中叼出蓝魂儿，跑到一个偏僻安静的地方，对蓝魂儿又踢又咬乱打一气，蓝魂儿被打得伤痕累累。这无疑是要告诉蓝魂儿，它要成为同辈幼狼的领头，在任何情况下都要第一个勇敢地冲上去。

蓝魂儿果真记住了母亲给它的教训，在一次围捕狗熊的行动中，它勇敢地冲在最前面，在即将进行最危险的捕杀时，它用眼神征求母亲的意见，母亲支持它勇猛追杀狗熊。蓝魂儿在这次活动中表现很出色，分享到了一只珍贵的熊心。这次有些偶然的成功体验也强化了它的强者意识。可是，蓝魂儿毕竟还是一匹幼狼，尽管它很勇敢，表现也很出色，但它没有丰富的生活经验；它习惯了冲在前面，习惯了勇猛地带头扑咬猎物，也就埋下了极大的隐患。终于，当危险就在身边时，它想都没想就朝猎物鲁莽地扑去，中了猎人设下的圈套，送掉了性命。此时此刻，紫岚觉得蓝魂儿的行为太鲁莽了。但是这一切的一切，又能怪谁呢？作为母亲，紫岚一心想让蓝魂儿朝着它设计的狼王梦的目标快速成长，梦想把蓝魂儿培养成"超狼"，却忽略了蓝魂儿还是一只幼狼的客观实际。

最后，双毛的死也是性格导致的悲剧。"正所谓决定命运的关头，不会有一个声音在你耳旁提醒你，向你宣告这是决定命运的关头。直到你的命运已经铸定，并且赫然兀立在眼前，你才会在一种追忆中辨认出那个使你遗恨千古的小小的失足之处。"❶ 我们可以把这句话看成对双毛自卑性格形成原因的一种高度概括。当初，紫岚怎么也不会想到，自己对黑仔和蓝魂儿的偏爱，会成为日后双毛悲剧性格形成的重要原因。在一年里，紫岚几乎把所有的爱都倾注在了黑仔和蓝魂儿身上，忽视了双毛身心的正常发展，使得双毛在身体上和精神上都成了一只有缺陷的狼。从哺乳期开始双毛就没有得到足够的食物，长期的营养不良使得它的身材比同龄的狼矮小得多，而且精神也萎靡不振；更严重的是，它常常被哥哥们戏弄和欺凌。当哥哥们戏弄和欺凌双毛时，紫岚不但不加以制止，还不允许双毛

❶　周国平. 妞妞：一个父亲的札记 [M]. 桂林：广西师范大学出版社，2007：136.

反抗，对双毛的反抗行为给以严厉的惩罚。它的目的是要让双毛认清自己的位置，在未来的狼王面前恪守规矩。长期在这种环境中成长，使双毛从小就养成了一种自卑意识，从小就觉得自己的地位很卑微，自己必须无条件地服从其他狼的意志，即使受到欺辱也不可以反抗。双毛身上具有很深的奴性，它很乖巧温顺，从不和同伴打闹，也不敢和同伴抢食猎物，只敢捡一点掉在地上的皮囊或骨渣填填肚皮，甚至面对同伴无理的欺辱也不敢反抗、不会觉得委屈。当紫岚不得不选择双毛作为未来狼王的培养对象时，为了改变双毛已经形成的性格，紫岚做了种种努力。它先是给予双毛最好最充足的食物，把双毛喂养成一只看上去身体很强壮的大公狼，但它很快发现，双毛的性格并没有因为身体的长大而发生变化。它不断总结、反思之后，终于想出了一套独特的培养方式：把自己的小家庭当作缩小的狼群，由自己和媚媚扮演假狼王的角色，尽一切可能找机会奴役双毛，让双毛身体和心理上都受到摧残，它们的目的就是要激发双毛血液里流淌着的激情，诱发双毛的狼性及其强烈的反抗意识。当双毛的狼性偶尔被诱发出来时，它们又装出很害怕双毛的样子，让双毛随心所欲地欺凌它们。在这种统治与被统治的巨大反差中，双毛似乎感悟到了统治者的权势和威严，体会到了强者的种种优势和乐趣。一度，它作为狼的恃强凌弱的凶残本性被诱发了出来，甚至把贪婪和残忍的天性发挥得淋漓尽致，野心也越来越大。当回到真正的狼群之中时，看上去体格和胆魄都已成熟的双毛已是一只野心勃勃的大公狼，它已经受不了狼王洛戛的领导，想由自己取而代之。在紫岚的精心策划之下，双毛终于找到了挑战狼王洛戛的最佳机会，眼看双毛就要取胜并坐上狼王的宝座了；可是就在生死攸关之际，洛戛的镇静自信和王者气势，勾起了双毛隐藏于内心深处的几乎不可救药的自卑感，这使得它不但没坐上狼王的宝座，还送掉了可怜的小命。幼年时期养成的自卑感是那么得根深蒂固，重新塑造的大公狼的强大外表并没有帮助它战胜深深的自卑感。也就是说，它幼年时形成的奴性和自卑感并没有被真正克服，而是深深地隐蔽了起来，当外界具备诱发因素时，它那被深深隐藏起来的自卑和奴性就会被唤醒。这使它瞬间变回原来那个胆小懦弱的自己，忘记了自己在搏斗，只知道逃跑。显然，这对于狼来说是一个致命的错误，等待它的是被饥饿的狼群吞食的悲惨命运。可以说，害死双毛的是它那几乎无法回避的自卑性格，而这种性格的形成跟紫岚的教育方式有直接关系，也可以说跟紫岚的性格有直接关系。

（三）无法逃避的环境悲剧

悲剧"之所以引人心动，在于人人都摆脱不了的无奈"。❶ 这种无奈在《狼王梦》中表现为一种狼群所不能掌控的生存环境。《狼王梦》的悲剧实质上是"丛林法则"下的生存环境悲剧。有时，"为了揭示社会环境是悲剧的根源，社会悲剧还特别重视交代悲剧人物的社会性，而最能体现人的社会性的是人际关系"❷。如果把狼群的生活及其关系也看成一个活态的社会，那么《狼王梦》中的社会悲剧就是通过狼与金雕、狼与猎人、狼与狼之间的关系表现出来或揭示出来的。自然界的生态链是相生相克的，各种动物之间都存在着一定的联系。作为一只尽职尽责的母狼，紫岚每次外出捕猎前，都会仔细地排查栖身的石洞周围是否安全；可是危险还是发生了，这是它没有想到的，也是它无法掌控的。与其说是紫岚的性格导致了一切悲剧，不如说是严酷的生存环境迫使紫岚形成了这样的性格，迫使它要不顾一切地把自己的孩子培养造就成新的狼王。因此，前

---

❶　周国平. 妞妞：一个父亲的札记 [M]. 桂林：广西师范大学出版社，2007：136.
❷　曾庆元. 悲剧论 [M]. 西安：华岳文艺出版社，1987：193，61-76.

文所陈述的命运悲剧、性格悲剧，实质上都是环境悲剧，都是生存悲剧，都是动物界的社会悲剧。这一切的一切，似乎都是那么残酷，似乎都像死亡一样无法逃避。

三、《狼王梦》的悲剧意义

（一）审美意义

曾庆元先生在《悲剧论》里指出，悲剧的本质"不是单纯地再现人生的苦难与毁灭；悲剧表现人生的苦难和毁灭是为了突出真善美的价值；在悲剧中有价值东西的毁灭所造成的痛感是对丑恶势力的强烈否定；在悲剧中有价值的东西被毁灭的过程，是它在欣赏者的认识和情感上获得肯定和再生的过程"❶。也就是说，悲剧的审美价值既是指悲剧的本质在审美客体（文本）中的表现，也是指悲剧的本质引起的审美主体（读者）的心理体验和艺术再造。因而，悲剧的审美价值应该表现在客观和主观两个方面。就《狼王梦》而言，其悲剧色彩的审美价值的客观方面就是通过主人公紫岚的悲剧结局来体现的。紫岚的悲剧不是一下子就发生的，而是一步一步地逐渐积累起来的。丈夫黑桑的死一方面使它失去了幸福温暖的家庭，另一方面又让它必须独自承担起培养几只小狼成为狼王的重担和使命，它别无选择，这是其悲剧的开端。前面已经提及的"人生有价值"的东西是指小说主人公在为某一目标进行奋斗的过程中，它的行为和追求所代表的真善美的价值。也就是说，体现在紫岚身上的"人生有价值"的东西，应该就是紫岚为之奋斗的目标及其为实现目标

---

❶ 曾庆元. 悲剧论 [M]. 西安：华岳文艺出版社，1987：193，61 – 76.

采取的行动与追求，也就是它试图培养自己的几只小狼儿成为狼王的整个过程。为实现这个对紫岚来说非常神圣的目标，悲剧主人公紫岚与大白狗、猎人、狼王及金雕展开了一系列激烈的斗争。紫岚信念坚定，追求不懈，在连续遭遇丈夫黑桑及爱子黑毛、蓝魂儿、双毛相续死去的悲剧，甚至在唯一的女儿媚媚疏远它之后，仍然没有放弃她坚守的狼王梦；而是把它的狼王梦寄托在了外孙身上，最终它和可能威胁外孙生命安全的金雕同归于尽，紫岚也由此走上了悲剧的终极。由此可见，紫岚的悲剧充满了美的内涵和力量，洋溢着无处不在的母爱，它最终为自己终生奋斗的目标付出了生命的代价。从这个意义上讲，紫岚具有不可战胜的精神力量，值得敬佩。

从客观必须通过主观来起作用的角度看，虽然悲剧审美价值的客观方面承载于审美客体（文本）之中，但是它不是以一种现实的实用的价值方式存在的，它的现实价值要通过审美主体（读者）的审美感受表现或体悟出来。亚里士多德说过："悲剧价值的主观方面在根本上乃是一种心理反差所造成的独特心理体验。"❶ 在这里，心理反差可以理解为读者的阅读期待和期待毁灭之间的冲突。这种反差导致了痛苦的独特的心理情感体验，构成了悲剧所以成为悲剧的主观原因。或许，这就是《狼王梦》悲剧色彩审美价值的主观方面。

小说中，紫岚追求狼王梦的实现没有任何不对，本来就应该如此，因为它是充满血性的狼，不是逆来顺受的狗。可是，小说主人公奋斗的结果却是狼王梦的毁灭。也就是说，作为审美主体的读者，对审美客体（文本）中主人公紫岚因追求实现狼王梦的目标而毁灭所产生的感受，能在某些方面产生审美共鸣。或者说，作者阅读小说而产生的痛苦等心理情感体验，就是《狼王梦》悲剧审美价值的

---

❶ 亚里士多德. 诗学［M］. 北京：人民文学出版社，1962：68.

主观表现之一。《狼王梦》悲剧色彩的审美价值在主观方面的又一表现，就是悲剧主人公紫岚所追求的目标以及它在追求目标的过程中所表现出来的为实现理想不屈不挠、坚持不懈的坚定意志和拼搏精神。这种意志和精神是人类社会发展所必须的，是人类精神的象征。它能使审美主体为之产生一种敬佩、亢奋的心理体验，这种体验是审美主体在痛苦的悲剧性的故事中获得的一种审美愉悦或者说审美快感，也可以将其看成悲剧审美价值在主观方面更重要的表现。

（二）教育意义

沈石溪曾在《我为什么写起动物小说来》中这样说："动物小说之所以比其它类型的小说更有吸引力，是因为这个题材最容易刺破人类文化的外壳、礼仪的粉饰、道德的束缚和文明社会种种虚伪的表象，可以毫无遮掩地直接表现丑陋与美丽融于一体的原生态的生命。随着时代的变迁，文化会盛衰，礼仪会更替，道德会修正，社会文明也会不断更新，但生命残酷竞争顽强生存和追求辉煌的精神内核是永远不会改变的。因此，动物小说更有理由赢得读者，也更有理由追求不朽。"❶ 由此可见，沈石溪选择动物作为构建小说的对象有深刻的原因，不是一时的冲动。他在描写动物时，着力于将动物的习性放大、引伸和扩展，他笔下的动物在很大程度上灌注了很多隶属于人类的东西。他笔下的动物界就是人类世界的镜子，让人在阅读的过程中自然而然地将人类世界和动物世界进行比较，从而引起人的自觉的反思。

《狼王梦》作为沈石溪的代表作，它在塑造动物性的同时，也在很大程度上赋予了动物以人的情感。小说中的狼是自然界中的强者，

---

❶ 沈石溪. 残狼灰满［M］. 北京：中国文学出版社，1997：6－7.

似乎凶残无情，实际上却有着爱子的深情，有着刻骨铭心的爱情，更有着为理想不懈奋斗的坚定意志。这些原本是人类的特性在动物身上的映射，能使读者在不知不觉中对我们人类自身的生存状态进行深刻的反思。尤其是能引发父母对孩子教育的某些追问和反思，因为家庭教育不但是一切教育的基础，也是一切教育的起点、补充和延伸，它直接或间接地影响着每一个人人生目标的实现程度，甚至影响和决定着某些人一生的发展和命运。

回归实际，不忘初心，不要急功近利地去追求那些可望而不可及的目标，或许是《狼王梦》内涵的另一种教育意义。正如林清玄所说："儿童没有时间当儿童，少年没有心情做少年，成人没有空间为成人。"❶ 这是很可怕的。可是，在我们身边常有这种现象：很多父母对孩子的期望很高，"望子成龙，望女成凤"的思想使得他们对孩子的要求太过严格，为了使孩子不输在起跑线上，他们把孩子的课余时间安排得满满的，让他们参加各种各样的培训班。因为市场需求旺盛，各种早教班、学前班、音乐班、美术班、心算班如雨后春笋般不断冒出来，很多孩子参加这些培训班并不是因为他们的兴趣所在，而是因为他们的父母盲目攀比，希望孩子尽快尽早成长为某一方面的"狼王"。实际上，这种不是出自自愿的学习，不但效果不好，而且会影响孩子身心的正常发展。❷ 还有，过早地强迫孩子学习，只会导致孩子从小就对学习产生厌恶情绪，这是很可怕的事情。我们要知道，每个孩子都应该在生命的每一个阶段自然地获得这个阶段应该有的成长经历和成长经验，任何阶段的拔苗助长都是对孩子身心的残害。父母作为孩子的第一任老师，不应该过早地对儿童施加各种"狼王梦"似的教育影响，而应该根据孩子的实际情况做

❶　林清玄.《清欢》［M］. 石家庄：河北教育出版社，2006：112－113.
❷　［法］卢梭. 爱弥儿［M］. 李平沤，译. 北京：商务印书馆，2012：91.

一些正确、合理的积极引导，回归本位，真正把儿童当作儿童，让儿童有时间、有条件做真正的儿童。

另外，许多家长会或多或少地偏爱自己的某个子女，会因为更关心某个孩子的身体和心理健康而忽视其他子女应有的需求，这也会留下很大的隐患。轻则会伤害其他子女的感情，给他们造成某些心理创伤，重则会直接或间接地影响他们以后的发展。大哲学家卢梭在《忏悔录》中回忆自己的哥哥时，这样说道："我有一个比我大七岁的哥哥。那时，他正学我父亲那一行手艺。由于家里人对我过分疼爱，对他就未免有些漠不关心，这样厚此薄彼，我并不赞成。这种漠不关心影响了他的教养。还不到放荡的年龄，他就真正放荡起来了。"❶ 从这个故事中可以看出，父母的偏爱会给不受关注的孩子带来多么严重的伤害。我们应该知道，孩子长期得不到父母的关注就会产生自卑心理、嫉妒心理甚至怨恨心理；孩子的自卑心理会对孩子的正常发展产生不利的影响，自卑的孩子不相信自己的能力，不敢表现自己；长此以往，孩子就会产生挫败感，认为自己什么都不擅长，生活在自卑的阴影里。这样的孩子长大之后，往往缺乏主见，不敢表达自己的真实想法。还有，孩子的嫉妒心理不利于孩子间正常相处，不利于孩子正确看待他人的成就；孩子的怨恨心理，则不利于亲子关系的和谐融洽，还可能由对自己家人的怨恨发展到对社会的怨恨，甚至做出一些报复社会的行为，不利于社会的和谐发展。也就是说，父母对孩子的偏爱就像毒药，不但影响被忽视的孩子的健康成长，而且也会给被偏爱的孩子的成长带来不良的影响。前者会导致孩子形成自卑懦弱、缺乏自信、凡事退缩的性格；后者会导致孩子形成唯我独尊、自私任性、老子天下第一的性格。前一

---

❶ ［法］卢梭. 忏悔录［M］. 黎星，译. 北京：人民文学出版社，1984：5.

种性格的孩子在与人交往的过程中，会因为过分自卑或不敢表达自己的心思、不敢争取自己的利益而被集体或社会排斥；后一种性格的孩子在与人交往的过程中，会因为过分以自己为中心、不会为他人考虑、不愿承担责任、不会与人合作而无法很好地融入集体中去，久而久之就会产生交往焦虑，总是担心别人不接纳自己。这两种不健康的性格都会给孩子未来的发展和命运带来无法逆转的影响，不能不引起我们的高度重视。

总而言之，《狼王梦》之所以自出版以来就深深地吸引着少年儿童读者，就在于它具有独特的悲剧魅力。它通过坚强的母狼紫岚坚定地培养未来狼王的悲剧故事，向少年儿童读者展示了某种可以接受的悲剧感情或心理考验，这种悲剧色彩具有独特的审美价值和教育意义，引人深思，发人深省。意志坚定的母狼紫岚培养小狼登上狼王宝座的理想虽然以失败告终，但是紫岚在这一过程中表现出来的坚定意志难能可贵，值得我们每一个人学习。基于此，我们可以说《狼王梦》虽然是一部儿童文学作品，但它的阅读对象不应该只是少年儿童，也应该是老师和家长。紫岚对小狼们的培养方式，也是无数父母正在实施的对自己孩子的教育方式。家长阅读《狼王梦》，或许可以从其悲剧色彩中反思自己对孩子的教育问题，弥补家庭教育的不足，让《狼王梦》的悲剧永远只是狼的世界的悲剧，而不是人的悲剧。

魅力四射的《哈利·波特》系列小说

J. K. Rowling（罗琳）因为创作《哈利·波特》系列小说而一炮走红，目前已成为具有世界影响的当代著名小说作家。《哈利·波特》系列小说属于童话色彩十分浓厚的优秀玄幻小说或儿童小说，它凭借自身的非凡魅力，几乎是在一夜之间便征服了世界各地的少年儿童读者。实际上，它的粉丝还包括众多的非少年儿童读者，它具有几乎能征服一切读者的巨大吸引力。这种现象促使我们思考和追问，《哈利·波特》系列小说的魅力到底是什么？它为什么让读者如此疯狂？下面，我们从精彩引人的故事内容、丰满典型的人物形象、独特巧妙的艺术构思、深刻现实的主题思想、奇妙的魔法世界等多个维度对其光芒四射的无穷魅力进行一些初步的探索。

1997 年，《哈利·波特与魔法石》横空出世，从此《哈利·波特》系列小说风靡全球，刮起了举世少见的文学旋风。到目前为止，它总共出版发行了七部作品，即《哈利·波特与魔法石》❶《哈利·波特

---

❶ ［英］J. K. 罗琳. 哈利·波特与魔法石［M］. 苏农，译. 北京：人民文学出版社，2000.

与消失的密室 》❶《哈利·波特与阿兹卡班的囚徒》❷《哈利·波特与火焰杯》❸《哈利·波特与凤凰社》❹《哈利·波特与混血王子》❺《哈利·波特与死亡圣器》❻。其中，《哈利·波特与魔法石》是《哈利·波特》系列小说的第一部，《哈利·波特与死亡圣器》则是目前出版的系列作品中的最后一部。如果说，《哈利·波特与魔法石》是系列小说的华丽开篇，那么《哈利·波特与死亡圣器》则是系列小说的精彩尾声。

从体裁的角度看，相对于儿童短篇小说而言，长篇儿童小说篇幅较长，容量较大，内容较为丰富，情节较为复杂，人物众多，人物之间的关系多元交织。因此，一般来说，创作优秀的长篇儿童小说不是一项很容易做好的"浩大工程"。可是，《哈利·波特》的创作、出版及其在儿童世界中激起的一波又一波不可思议的热浪，似乎又让人觉得，创作长篇小说不是一件太困难的事情，只要敢于大胆幻想，一不小心就会走红。情况真的是这样吗？显然不是。

《哈利·波特》系列小说的成功绝非偶然，它是作者多年心血的结晶，绝非从天上掉下来的成功。《哈利·波特》系列小说的作者是英国中年女作家罗琳（J. K. Rowling）。这位大名鼎鼎、享誉世界的女作家的本名是乔安妮·凯瑟琳·罗琳，她 1965 年 7 月 31 日于英

---

❶ ［英］J. K. 罗琳. 哈利·波特与消失的密室［M］. 马爱新，译. 北京：人民文学出版社，2002.

❷ ［英］J. K. 罗琳. 哈利·波特与阿兹卡班的囚徒［M］. 郑须弥，译. 北京：人民文学出版社，2002.

❸ ［英］J. K. 罗琳. 哈利·波特与火焰杯［M］. 马爱新，译. 北京：人民文学出版社，2002.

❹ ［英］J. K. 罗琳. 哈利·波特与凤凰社［M］. 马爱农，马爱新，蔡文，译. 北京：人民文学出版社，2003.

❺ ［英］J. K. 罗琳. 哈利·波特与混血王子［M］. 马爱农，马爱新，译. 北京：人民文学出版社，2009.

❻ ［英］J. K. 罗琳. 哈利·波特与死亡圣器［M］. 马爱农，马爱新，译. 北京：人民文学出版社，2014.

国的格温特郡呱呱坠地，J. K. Rowling 是她的笔名。据说，《哈利·波特》系列小说的创作灵感源于作者的一次旅行。

1990 年的那个夏季的某一天，罗琳坐着火车从曼彻斯特到伦敦去，途中她与一个瘦弱、戴着眼镜的黑发小男孩不期而遇。不知为什么，罗琳被这个小男孩深深地吸引住了。她甚至觉得小男孩一下子闯进了她的生命，像个小巫师一样，一直在车窗外对着她微笑，向她招手。就这样，罗琳的灵感被激发，萌生了创作《哈利·波特》系列小说的强烈念头。后来，又经过长达七年的艰辛酝酿和创作，"哈利·波特"系列小说的第一部作品终于出版了。罗琳以飞扬的才华，精心在小说中塑造了"哈利·波特"这一独特的形象。哈利·波特这个风靡全球的童话人物，是一个 10 岁的小男孩，他个子瘦小，头发乌黑，乱蓬蓬的，有一双明亮的绿色眼睛，戴着圆形眼镜，前额上有一道细长、闪电状的伤疤。如果说罗琳的系列小说《哈利·波特》给她带来了世界声誉，那么她笔下塑造的哈利·波特形象，那个戴着黑边眼镜的小男孩，骑着他的飞天扫帚，能在世界各地掀起如此巨大的魔法旋风，以致让全世界都为之疯狂，可能是罗琳之前预想不到的盛况。

我们知道，《哈利·波特》系列小说每一部都是一个独立的故事，七部作品的七个不同故事组成了一个精彩的系列。我们之所以说它是系列小说，主要是因为七部作品的故事都是紧紧围绕哈利·波特这个小主人公的成长历程而展开的，他是《哈利·波特》系列小说的灵魂和核心。《哈利·波特》系列小说的故事情节，开始于哈利·波特大难不死并在他姨妈家度过了饱受欺凌的第十一年之后，主要的故事情节是他在霍格沃茨学校学习、生活的经历以及他与伏地魔的斗争过程，故事的结局是他勇敢地战胜邪恶、获得新生。

从总体上看，《哈利·波特》系列小说获得了巨大的成功。作家罗琳给我们描绘了一个光怪陆离的世界，给全世界的少年儿童读者塑造了一个全新的少年英雄的形象。也可以说，《哈利·波特》系列小说掀起了新的审美风暴，让玄幻类儿童小说焕发出了前所未有的活力与生机。

魅力之一：故事内容精彩迷人

（一）故事发生的地点奇幻特别，吊足了读者的胃口

罗琳是一个具有不可思议的超常想象力的"魔法妈妈"，她给世纪末的读者带来了欢笑，也带来了激情与泪水，《哈利·波特》的横空出世对生活在迷茫中的全世界"哈迷"们来说，都是一个无穷的惊喜。《哈利·波特》系列小说的故事发生在一所沉闷而充满奇幻色彩的学校，这些精彩的故事情节大多数都发生在名为霍格沃茨的魔法学校里。作家之所以这样设计，可能是因为学校这个特殊的场域，能让她自由自在地把她想写的各种东西都集中在一起，有利于作品故事情节的合理推进。

在《哈利·波特》系列小说中，霍格沃茨学校是一所专门培养巫师的魔法学校。学校的学制是七年，所有学生都要在学校住宿。霍格沃茨学校分设有四个学院：格兰芬多、赫奇帕奇、拉文克劳、斯莱特林四个学院。哈利·波特及同学们每次去霍格沃茨学校乘坐的交通工具都是蒸汽机车，坐车地点都是——国王大道火车站九又四分之三站台（在第九与第十两个站台之间）。但是，这个站台对于麻瓜们（霍格沃茨学校里的人对不懂魔法的人的称呼）来说，是根本不存在的。哈利曾经因为这个，受到他姨丈、表弟的嘲笑。

霍格沃茨城堡位于山崖之上，城堡连地下室共有九层，另有四

座塔楼。霍格沃茨的楼梯总共有 142 处之多。它们有的又大又宽，有的又窄又小，几乎都摇摇晃晃；有的每逢星期五就通到其他地方；有的楼梯人只要上到一半，某个台阶就会突然消失，你得记住在什么地方应当跳跃过去。这里还有许多门，如果你不客客气气地请它们打开，或者确切地找对地方，它们就不会为你开门；还有些门根本不是真正的门，只是一堵又一堵看上去很像门的坚固的墙壁。人们要想记住楼梯或门这些东西在什么地方不是一件容易的事情，这里的一切物品似乎都在不停地移动，就连画像上的人也在持续不断地互相交流拜访。基于上面这些原因，一年级的新生在霍格沃茨迷路不是什么新鲜事。餐厅所在地就是大礼堂，这里布置得既神奇美妙又富丽堂皇，各种宴会经常在这里举行。在大礼堂的半空中飘浮着成千上万支漂亮的蜡烛；因为被施了魔法，这里的屋顶看起来跟外边的天空一样，每到晚上就会有许多星星亮闪闪地在空中飘浮，看上去非常美丽。

霍格沃茨魔法学校开设的课程有飞行课、草药课、魔法史、占卜课等，都是你在其他学校里很难学到的课程。这些课程的内容都与魔法相关，过去你或许闻所未闻，或许只在神话及传说中读到过。在《哈利·波特》系列小说中，这些都是学生的必修课程。其中，魔咒课和黑魔法防御术，是学校最主要的两门专业课程，主要教学生学习各种常用的魔咒，学习如何防御黑魔法的攻击。任课的教师大多是霍格沃茨魔法学校的毕业生，他们对母校怀有某些说不清的奇怪感情。

也就是说，霍格沃茨魔法学校具有神秘性、独特性，这里的一切都与其他学校有巨大差异，都充满了神秘的味道。哈利·波特的故事在这里发生，显得既奇幻又特别，吊足了读者那种欲罢不能的胃口和欲望。

（二）故事情节及许多稀奇古怪的东西深深地吸引着读者

以《哈利·波特与阿兹卡班的囚徒》为例，这部作品是《哈利·波特》系列小说故事情节发展到高潮的标志。阿兹卡班是《哈利·波特》系列小说中的巫师监狱，它是魔法世界中囚禁犯人的地方，阿兹卡班的看守者是吓人的摄魂怪，它能够吸取犯人所有的希望，吸取犯人一切快乐的感觉。那里的犯人都被摄魂怪折磨得死去活来，但没有一个人能逃出来，因为监狱的外面就是无边无际的大海。魔法世界中许多人说到阿兹卡班都充满恐惧，哈利的朋友海格就是其中的一个。

《哈利·波特与阿兹卡班的囚徒》的主要故事内容是：哈利·波特在霍格沃茨魔法学校已经生活了极不平凡、极不容易的两年，他早已听说魔法世界中有一座守备森严的阿兹卡班监狱，里面关押着一个臭名昭著的囚徒，名字叫小天狼星布莱克。传言说，布莱克是"黑魔法"高手伏地魔（杀害哈利父母的凶手）的忠实信徒，曾经用一句魔咒接连结束了13条性命。令人担忧的是，布莱克不知怎么逃出了阿兹卡班，四处追寻着哈利。

当年，布莱克因为轻信朋友小矮星彼得（也叫虫尾巴），就把詹姆·波特和莉莉·伊万斯的地址告诉了他，而小矮星彼得却把这个消息告诉了伏地魔，结果使得哈利的父母詹姆和莉莉双双遇难，小哈利成了孤儿。因为小矮星彼得的缘故，小天狼星布莱克被认定为杀死波特夫妇的凶手，甚至没有经过审判就直接被送往阿兹卡班。有一天，布莱克从预言家日报上看到小矮星彼得还活着的信息，他意识到这对哈利·波特来说是一个非常大的危险，于是他就想办法从阿兹卡班逃了出来，要想尽一切办法保护他最好的朋友留下的唯一亲人。然而，又是因为小矮星彼得的缘故，布莱克被魔法部再次抓到，即将对他执行死刑。这时，故事再次发生转折，哈利和赫敏用时间转换器救活了布莱克和巴克比克（鹰头马身有翼兽），帮助他们一起成功逃脱了。在整部小说的故事情节中，贯穿全书的中心是小天狼星布莱克寻找小矮星彼得和保护哈利的坚定决心。其中，最精彩也最让人为之提心吊胆的细节是，哈利和赫敏用时间转换器救布莱克的情节，因为他们要想办法回到三个小时前（即行刑前），要以最快的速度救出布莱克，同时又不被人发现，否则不但会连累很多无辜的人，而且他们自己也会遇到无法解决的麻烦。在小说中，当哈利去牵巴克比克（鹰头马身有翼兽）时，赫敏就躲在一棵大树背后，吓得浑身发抖，她担心一不小心就被人看见；就在他们刚把巴克比克牵出几步之时，身后传来行刑手狂怒的嗓音和恶毒的诅咒。读到这里，读者一方面为他们捏了一把冷汗，心也会随他们一起紧张，一起跳动；另一方面会感到自己仿佛就在现场，而且马上就会被发现，连气都不敢出了。

当然，《哈利·波特》系列小说每一部的故事情节都很精彩，每一部都有自己吸引人的地方。《哈利·波特与阿兹卡班的囚徒》只是其中的代表之一。这些惊险的故事情节我们虽然读了多遍，但再次阅读时还是觉得它们是那样精彩，那样诱人，那样难以忘怀！

事实上，《哈利·波特》系列小说不仅故事内容精彩纷呈，作品中描写的那些稀奇古怪的东西和人物，也让人如醉如痴。例如，古灵阁、对角巷等建筑，独角兽、马人、幽灵等人物，还有古灵精怪的猫头鹰是"邮递员"等想象，样样精心，样样迷人。猫头鹰是《哈利·波特》系列小说中出现最多的动物，这些猫头鹰可以为他们的主人送信，直到这封信被收信人亲自拿起，它们才罢休，是十分称职的邮递员；它们还能听懂主人所说的话，哈利·波特收到霍格沃茨的录取通知书时（这是他活到 11 岁以来第一次收到信），他的姨父不让猫头鹰飞进来，后来猫头鹰直接就把信从烟囱里丢进去，使得他们家的火炉不能正常使用。说实话，在读《哈利·波特》系列小说之前，对这些稀奇古怪的东西和人物，我们真是闻所未闻。看完系列小说后，我们不得不对美女作家罗琳独特的创作方式深感佩服并赞叹，她给我们打开了一个全新的幻想世界。

魅力之二：艺术构思独特巧妙

（一）故事情节充满奇幻悬念及神秘色彩

故事情节，简单说就是小说中人物与人物、事件与事件的关系。它是刻画人物形象、揭示作品主旨、传达作者意图的重要元素。好的儿童小说都以其新颖独特、曲折生动的故事情节吸引读者，使他们爱不释手。有时，为了使小说的故事情节更加生动，作者还会设计一系列悬念，这样更能紧紧抓住读者的心，有效增强作品的感染力。

《哈利·波特》系列小说的故事情节虽然是虚幻的，但却充满奇幻悬念及神秘色彩，要让读者不被它迷住很难。我们阅读这样的故事时，仿佛身处霍格沃茨学校，紧张地经历着这些匪夷所思的故事情节。正因为这样，读者才会认为《哈利·波特》系列小说具有不同凡响的魅力。在《哈利·波特与魔法石》中，哈利·波特接到霍格沃茨魔法学校的入学通知，因为他极力想摆脱姨妈家，就迫不及待地想去霍格沃茨。他到了学校之后，发生了很多事情。因为海格，他知道在古灵阁寄存着一个很重要的东西，作者没有跟读者明确表示这是什么东西，而是让哈利自己去调查，最后发现这是一个很宝贵的魔法石。伏地魔很想拿到这个魔法石，因为只有这样，才能恢复他的法力。从故事情节推进的角度讲，读者最想知道的问题是：哈利·波特是怎么调查到是魔法石的？他最后拿回了魔法石吗？他怎么知道魔法石藏在地下密室里呢？他去了之后会发生什么呢？他会不会死呢？因为这些问题牵动着读者的心，他们都想尽快知道结果。在《哈利·波特与火焰杯》中，哈利·波特的年龄还不足十七岁，伏地魔的奸细就把他的名字投入参与者的名单中，这对哈利·波特来说是一个天大的危险，因为他们的目的就是要杀死哈利·波特。小说从一开始就安排了这样一个很危险的悬念，使许多读者一方面担心他的命运，另一方面又不由自主地想接着读下去。

《哈利·波特》系列小说中的古灵阁是巫师世界中的银行，像英国的所有银行一样，这里同样可以存钱或租用保险箱；除了霍格沃茨，它也是全世界最安全的地方之一，银行的一些保险箱甚至必须要古灵阁的小妖精才能打开。如果谁进去拿了一些不属于他的财产，那么这些不属于他的财产极有可能会带给他意想不到的厄运。这样的银行令人向往。对角巷是《哈利·波特》中最重要的一条魔法世界的街道，它隐藏于伦敦破釜酒吧（麻瓜看不见这个酒吧）后的小天井中，通过用魔杖敲打垃圾箱边上的墙砖就可进入。对角巷是一条鹅卵石铺砌的街道，这里有咿啦猫头鹰商店、魔杖店、丽痕书店、长袍专卖店等，一般而言，小巫师要到霍格沃茨入学前，都会到这些商店里购买学习用具。小说中的马人具有很高的智慧，擅长通过看星象预言未来，但他们不屑与人类交往，也不会把他们的预言告诉他人，它们中的族人如果与人类发生过密的交往，就会被同类视为叛徒。霍格沃茨里的幽灵平时到处游荡，在学生举行大型活动（例如圣诞节）时，常常会出来瞎凑热闹，有时会搞些恶作剧，吓唬那些胆小的学生。比如，小说中的那个纳威，就很害怕其中一个满脸血污的幽灵。巫婆、巫师、咒语、幽灵等都在故事里同时出现，作者再对这些角色进行精妙的创造，使其成为推动故事情节发展的重要元素，让人感到神秘，有时又会觉得这些角色有几分可爱。故事情节的曲折生动，作者精心设计的悬念及神秘色彩，这些都使得作品的艺术构思与众不同，独特奇妙。

（二）表达方式幽默精致，引人入胜

《哈利·波特》系列小说中的许多语句都出人意外的幽默，让人禁不住捧腹大笑。比如，卢平教授在教哈利如何抵御摄魂怪时，语言风趣，说词幽默，哈利突然想象自己蹲在海格那样的巨人后面，手里拿着一根大棒，显得那样滑稽。哈利的想象，一方面使读者感受到了海格身材的魁梧高大，另一方面也会为他的这种想象而露出会心的一笑。还有，就在哈利他们准备登上第一道楼梯时，突然看见洛丽丝夫人（一只总是监视学生行为的讨厌的猫咪）躲藏在楼梯顶层，罗恩忍不住在哈利耳边悄悄说："哦，我们踢它一脚吧，就踢这一次。"这充分表现出了小孩子爱憎分明的情绪。魔法课上弗立维教授教学生"飞物咒"（一种让羽毛飘起来的咒语）时，坐在哈利旁边的西莫，因为念错了咒语，将自己的头发烧得焦黑，把旁边的哈利也熏得黑漆漆的；他们周围的老师和同学们，很惊奇地看着他俩的情形，吓得一句话也说不出来。这些描写及其语言幽默而生动，让读者感到十分轻松，或许这就是幽默的力量。在小说中，因为哈利能说蛇的语言，周围的同学误认为哈利·波特是斯莱特林的继承人，对他非常不满。可是，正因为哈利·波特能说蛇语，才为他后来在桃金娘厕所发现密室并与蛇妖决斗埋下了精彩的伏笔。由前面的阐述可见，《哈利·波特》系列小说不但表达幽默，而且伏笔设计精心，使得作品具有幽默精致、引人入胜的艺术效果。

魅力之三：人物形象丰满典型

我们认为，《哈利·波特》系列小说中最丰满典型的人物形象，要数哈利、罗恩、赫敏三位小主人公。在作家笔下，每一件事的发生几乎都与三人有着密切的联系，罗琳对这三位小主人公倾注了太多的情感，使其令人难忘。赫敏·格兰杰是《哈利·波特》系列小说中的女主角，也是哈利和罗恩的好朋友。赫敏·格兰杰既是一个自信、充满智慧的小女生，又是一个才华横溢的女巫。她拥有很多绰号，例如万事通、问题多小姐（乌姆里奇教授这样说过）、十全十美小姐、一本正经小姐等，她是魔法学校里的学霸，有时她显得很独断，这让哈利和罗恩都不太喜欢她。随着岁月的推移，赫敏·格兰杰逐渐长大，成为了一个成熟、友好、乐于助人、通情达理的女孩。她勤奋好学，大部分时间都在看书，常常用所学的知识去帮助别人，她的学习笔记总是最完整的；她活泼可爱，第四部中牙齿变小之后，她似乎变得更可爱了；她聪明优秀，虽然只是麻瓜出身，却每次都能获得全年级第一的好成绩；她善良而富有同情心，执着地办理家养小精灵权益学会。她的这些优秀品质都值得少年儿童读者学习。

与赫敏·格兰杰的聪明、自信相比，罗恩表面上显得自卑、迟钝，其实却善良而勇敢，显得很平凡但又很不平凡。比如，罗恩胆子很小，但是每当遇到困难时，他总是冲在最前面保护朋友，虽然每次都不太成功，但他的行为令人敬佩。在马尔福向哈利挑战时，他毫不犹豫地对马尔福说："我是哈利的助手。"在马尔福侮辱赫敏是泥巴种时，他气愤地抽出魔杖指着马尔福说："你要为你说过的话负出代价！"（不幸的是，因为魔杖断裂过，因此咒语被反弹到了他自己身上），他在尖叫棚屋中捂着流血的断腿厉声说："想杀了哈利，就先把我们杀了！"罗恩在三岁时被弗雷德用蜘蛛吓过，原本最害怕蜘蛛了，但听哈利·波特和赫敏说要去禁忌林的蜘蛛殖民地时，他毫不犹豫地就去了。他的所谓自卑、迟钝的主要表现是，当赫敏表示喜欢他时，他不敢相信，一直逃避，但后来两人还是幸福地生活在一起了。这就是既平凡又很不平凡的感人形象。

哈利·波特这样一个大难不死、戴着黑边眼镜、额头上有闪电型伤疤的男孩形象怎么样呢？讲聪明，他比不上赫敏；论家境，他比不上马尔福。他瘦弱，但充满化险为夷的勇气；他不幸，但母爱让还是婴儿时的他没有死在伏地魔的咒语之下；他虽然在女贞路度过了阴暗的十年，但是幸运地遇到了几个最好的朋友。每当他遇到困难时，他总是很勇敢地面对，而罗恩、赫敏等朋友总是在他的周围帮助他，特别是他与伏地魔决斗时，这些人更是给他很大的支持与帮助。正是在这些人的支持与帮助下，他日益成长为一个有责任心、冷静、优秀的人。哈利·波特身上最优秀的品质是有勇气、讲友情，如果没有这些，这一形象不会如此令人着迷。这些性格鲜明典型的人物形象，让读者在阅读过程中既获得了审美享受，又得到了某些方面的教育，使小说发挥出了巨大的精神感召作用。

魅力之四：主题思想深刻现实

思想主题是儿童小说的灵魂，如果主题不明确集中，那么小说就成了一个苍白无力的躯壳。❶《哈利·波特》系列小说表现的主题思想，大多数都是社会和人类认同、肯定的价值观，比如，系列小

---

❶　于虹. 儿童文学 [M]. 北京：人民教育出版社，2004：185.

说表现的和平、勇气、友谊、爱、诚实、做好事的愿望等主题思想，都积极向上，都能对儿童起到正面的影响。

和平主题体现得最明显的莫过于魔法界的人与伏地魔的斗争过程。邪恶的伏地魔要用黑魔法统治魔法界，迫害那些"麻瓜"出身的巫师，杀死哈利。为了维护魔法界及霍格沃茨的和平，哈利勇敢地展开了与伏地魔的斗争。除了和平的主题思想，《哈利·波特》系列小说中还穿插着友谊、爱、勇气等主旨。比如，在《哈利·波特与凤凰社》中，当许多人怀疑哈利是否与伏地魔交锋过的时候，忠实的罗恩站了出来，坚定地说："是的，我相信。还有谁对哈利有意见的？"简短的几句话，显示了如磐石般稳固的朋友情。在组建"邓布利多"魔法小组的时候，赫敏和罗恩就像哈利的左膀右臂守护、支持着哈利，让哈利重拾信心和力量。哈利害怕的时候，哈利寂寞的时候，哈利孤独的时候，哈利被人质疑的时候，哈利不被信任的时候，哈利面对危险的时候，他们两个都在他身边。正是因为有了忠诚的友谊、善良的朋友，才成就了勇敢无畏的哈利·波特。这些深刻现实的主题思想，揭示了少年儿童生活中经常遇到的矛盾，说出了少年儿童的欢乐、痛苦和烦恼，使他们倍感亲切，产生了强烈的共鸣。

魅力之五：魔法世界和英雄主义令人向往

现代社会越来越关注少年儿童的成长，越来越关注少年儿童身心的发展。作家们之所以大量地创作儿童文学作品，就是想为儿童的健康成长贡献自己的力量。主题明确突出、形象具体鲜明、情节生动有趣、想象丰富神奇、儿童喜闻乐见等都是儿童文学作品应具有的审美特征。但是，仅有这些传统的元素，又会使作品变得不那么令人喜欢。《哈利·波特》系列小说的成功之处在于，它使那些沉溺于电视、电脑的孩子们又翻开了书本。我们知道，孩子们真正感兴趣的是作品中构建的神奇的魔法世界，还有那种充满智慧而又无所畏惧的英雄主义情怀。或许，这才是《哈利·波特》系列小说成功的秘诀。

（一）神奇的魔法世界

《哈利·波特》系列小说的出版传播，在全世界掀起了一股少见的追捧狂潮。对我国的读者来说，罗琳笔下描写的魔法世界和我们的文化背景存有很大差异，但是这好像不太影响少年儿童对《哈利·波特》系列小说的接受，它的中译本一经推出，同样在我国创造了销售奇迹。我们认为，神奇而且有点荒诞的"魔法世界"是《哈利·波特》系列小说获得读者喜爱的重要原因之一。小说中建构和展现的"魔法世界"神奇、瑰丽，充满魔幻色彩；"魔法世界"中有神奇的妖怪和精灵、不可思议的生物、神秘的魔法文化等，可以说罗琳为读者建构了一座通往虚构世界的心灵桥梁。根据小说改编的《哈利·波特》系列电影推出后，编导借助匪夷所思的电影特技，更精彩地为观众打开了一扇魔法的大门；其中有速度惊人的飞天扫帚，有光怪陆离的"魁地奇比赛"，有隐身衣和魔法棒，有挪威龙和独角兽，更让少年儿童心动的是，那群气场强大的魔法师和女巫。在精彩纷呈的魔法世界中，魔法师和女巫充满了智慧，任意操纵魔法，完成了一个又一个不可思议的使命。在扫把、咒语和妖怪的带领下，一大群麻瓜，也就是完全不懂魔法的普通人进入了不可思议的魔法世界。实际上，就魔法世界的建构而言，《哈利·波特》系列小说的每一部作品中，都对其有过精彩的描写。以系列小说的第一部作品《哈利·波特与魔法石》为例，小说中光怪陆离且有趣的魔法世界就让读者如醉如痴。小说一开始，就试图用对神奇的魔法世界的描写来抓住读者的眼球和灵魂。比如，《哈利·波特与魔法石》第一章《幸存的男孩》中就有这样的描写。

> 八点半时，杜斯利先生拿起他的公文包去上班。临行前，在杜斯利夫人的面颊上吻了一下算是告别。他本来要在达德里脸上也亲一口的，但是因为达德里正在发脾气并且把麦片往墙上扔，便只好作罢。"小淘气！"杜斯利先生呵呵大笑地走出门口钻进他的车，倒着车驶出了四号车道。当他驶到街的拐角处时，他发现了第一件不寻常的事情——一只猫在看地图。

这段引人入胜的描写，使读者立刻对书中接下来将会发生什么故事产生浓厚的兴趣，读者禁不住会在心中追问：一只猫怎么会看地图呢？这是怎样的一只猫呢？这只猫还会其他魔法吗？如果继续读下去，读者很快会发现，作者写那只会看地图的猫，是为了引出故事的主人翁哈利·波特。这个看上去很秀气的小男孩父母双亡，是幸存下来的巫师的后代，从小他就被送到了不懂魔法的"麻瓜"家庭中寄养。即便是这样，因为他的存在，"麻瓜"们的生活中还是发生了一些不可思议的事情。比如，哈利·波特的头发被姨母剪去后，哈利因为觉得很难看而不好意思去学校，但在第二天，哈利·波特发现自己的头发又长得和原来的一模一样了。在动物园，哈利·波特因不满表哥达力的行为，无意中使关着巨蟒的玻璃消失，吓坏了周围的人。哈利·波特 11 岁生日时，无数的信件从天而降。从小说的第四章开始，哈利·波特开始真正与魔法世界接触，这个世界和"麻瓜"世界是对立的，但魔法世界才是真正属于哈利·波特的生活世界。哈利·波特的回归，把读者带入了那个令人向往的魔法世界，自此读者就跟随哈利·波特开始了真正的魔法世界之旅。请看这一段的描写。

> 哈利屏住了呼吸，他身边的人也都同样如此。大约二十个鬼魂从后面穿墙而入。他们都像珍珠一样白，而且还是半透明的。他们一边说一边在房间里飘过，对这群新生不屑一顾，他们像是正在争论着什么。
>
> 其他高年级的学生都坐在四张长桌子前，他们头顶上方竟有数以千计的蜡烛在半空中飘浮，将整个大会堂照得灯火通明。桌上摆满了闪闪发光的金制的碟子和高脚杯。大会堂正前面的台上还有另一张长桌子，老师们都坐在那里。麦康娜教授将新生们领上高台，叫他们面向师兄，背对老师，一字排开地站好。那千百张注视着他们的脸就好像闪耀的烛光中苍白的小灯笼。分散在学生中的鬼魂将原本模糊的银器变得闪亮。

进入魔法学校之后，一切都充满了奇幻，充满了陌生感、新奇感，神奇的东西一件接着一件出现：城堡中的街道每天都在变化，壁画上的人物会走出来串门交流，还有可以骑着飞上天的扫帚，会说话的猫，有三个头的狗，有禁忌的森林。可以说，魔法世界中的一切，无一不展示着奇妙的魔力，无一不牵动着读者的心。有的读者甚至梦想逃离现在就读的学校，像哈利·波特一样进入魔法学校读书，真正学会很多别人永远不知道的魔法。

（二）令人向往的英雄主义

《哈利·波特》系列小说不仅给读者呈现了一个不可思议的魔法

世界，它还用少年儿童喜闻乐见的方式，给他们诠释了一个少年英雄的成长历程及其某种令人向往的英雄主义。《哈利·波特》系列小说所塑造的少年英雄并非一生下来就是英雄，而是从一个弱小的孩子慢慢地成长起来的。哈利·波特这个英雄的成长开始于一个阴沉灰暗的日子。作为父母双亡后幸存下来的男孩，他被送入一个再平常不过的家庭寄养，他的生活开始于被收养、被虐待和那个黑暗的碗橱柜。这一情节设计，是一种英雄的童年必然充满苦难的传统安排，也是"丑小鸭"变为"白天鹅"之前的艰苦炼狱和挣扎。

哈利·波特遇见巨人海格之后，小说的节奏变得越来越快。当他跨进九又四分之三站台并出发前往魔法学校之后，英雄的成长故事就不可思议地铺陈开来了。霍格沃茨魔法学校有迷宫般的校舍，有魔幻般的寄宿生活，有魔法老师和学生之间的矛盾，有朋友和敌人。在这里，似乎我们每个人都能找到学生时代所拥有的欢乐和痛苦。煌煌七部的《哈利·波特》系列小说，记述了哈利·波特从一个瘦弱、内向、自闭的小男孩成长为拥有高超魔法的巫师的过程。在这一过程中陪伴他成长的有好朋友罗恩和赫敏，有霍格沃茨学校的众多老师，更有他最主要的敌人——邪恶巫师伏地魔及他的手下。在霍格沃茨魔法学校中，哈利·波特不仅要应付繁重的课业、紧张精彩的"魁地奇"比赛，还要随时阻止伏地魔的野心，应对伏地魔的追杀。在哈利·波特的身上，现实中的孩子们多少能看到一点自己成长的影子，并希望在自己身上找到更多哈利·波特所具有的品质，找到精彩的学习生活，找到从小就立志通过努力成长为英雄的希望和勇气。

有时候，孩子们生活中所面临的成长烦恼，远远超出了大人们想象的范围，哈利·波特的故事让孩子们有了一个看到自己和证明自己的机会。如果说，每个人的心中都有一个哈利·波特，那么每个现实生活中的孩子甚至成人，在一成不变的生活节奏中，或许都曾经动过想要逃开的念头，都幻想过怎样从繁重的学习或生活压力中解脱出来，张开翅膀自由飞翔。当哈利·波特从碗橱的灰色命运中跳出之后，也开始了冒险和飞翔的英雄成长历程，读者也仿佛跟着他逃离了现实，进入了那个光怪陆离的魔法世界，实现了惊险刺激、穷极想象的超越，实现了传统与现代、真实与幻想甚至是对立与统一的梦幻融合。从这个意义上讲，哈利·波特的故事，既是传统的也是现代的，既是幻想的也是现实的。

今天的少年儿童，尤其是纯粹在都市里长大的孩子，他们的生活体验局限于远离自然的"人工世界"，他们很少走进自然和田野，没有亲密接触过大自然中的动物和植物，连那些猫猫狗狗、花花草草或许他们都只在动物园、宠物店或大棚温室里见过。对这些孩子而言，阅读农业社会产生的童话经典，他们的感受远不如以前的孩子来得鲜活生动。如果说每个时代都有每个时代的童话故事，那么《哈利·波特》系列小说就在某种程度上超越了安徒生和格林等作家的经典童话，成为了 20 世纪末孩子们的童话故事。《哈利·波特》系列小说巧妙地把古老的魔法故事题材移植到了现代社会之中，哈利·波特属于这个时代，这是他这个仿佛离我们的生活极其遥远的小魔法师能够紧紧地抓住读者的内心的真正原因。哈利·波特身上既有英雄的神性，又有普通人的人性，暗合了后现代社会里少年儿童的阅读期待，甚至无论大人还是孩子，都能在他身上找到慰藉心灵的元素。在这个英雄失落的时代，每一个人都在日复一日的简单生活中极度地渴望着奇迹的到来，而哈利·波特正好投射和满足了人们这样的心理愿望。

哈利·波特不平凡的成长经历，隐藏在种种有趣而神秘的预兆中，他不时表现出的懒惰、恐惧、信心不足，甚至报复心有些强等性格特征，几乎是每个读者都有的缺点。假如你是哈利·波特，请闭上眼睛幻想或回忆一下你经历的苦难：一岁的你失去了父母之后，突然神秘地出现在姨父姨母家的门前；你在那个家里饱受欺凌，度过了十年极其痛苦的日子；姨父和姨母好似凶神恶煞，没有给你亲情和爱心；他们的混世魔王儿子达力，那个肥胖、被娇惯、喜欢欺负人的大块头，经常对你拳脚相加；你的房间是位于楼梯口的一个又潮湿又黑暗的碗橱，在这样的环境下成长，你显得矮小瘦弱、沉默寡言，这时你的名字哈利·波特对你而言并不意味着什么，十年来从来没有人为你过生日。这样的情节设定，无疑与传统文学保持着千丝万缕的联系，小说的作者罗琳在无意之间采用读者熟悉的英雄成长母题，重演了少年英雄成长的某种史诗。换句话说，在《哈利·波特》系列小说中，我们可以发现许多英国经典文学作品的影子，哈利·波特在姨父家备受歧视、虐待和压抑，好像继承了狄更斯的《雾都孤儿》《大卫·科波菲尔》等大量批判现实主义小说的写作传统。海格带领哈利进入的那个小酒馆是英雄成长的关键转折场景，之前的哈利处于英雄的受难时期，他进入小酒馆之后的所有故事的设定无一例外都在为英雄的成长提供命运的转机。从此，在"麻瓜"世界备受压抑的哈利在魔法世界找回了自己的身份和尊严，他最终摆脱了现实的沉闷和压抑，进入魔法学校学习，开始了自我成长的精彩历程。英雄学艺是哈利成长的必经之路，在霍格沃茨魔法学校中，他结识了各种各样的朋友，拥有大批的追随者，也面对着各式各样的困难与敌人，这个过程或许也暗含着英雄征战和获得胜利的传统史诗主题。

《哈利·波特》系列小说的主题是爱、勇气和成长，这些美好的东西都穿插在奇妙的魔法世界和哈利·波特的成长历程之中，这是作者给我们展现的一个崭新的世界。哈利·波特这一英雄的成长能够受到孩子们的喜爱是必然的。《哈利·波特》系列小说的作者罗琳曾说过，儿童读物不是教科书，其目的不是要教会孩子们什么特定的事物，这不是文学的特性；人们确实能从文学中得到一些东西，但可能只是教你如何开怀大笑，而并非每次都像打你一个耳光一样让你吸取教训。我们相信，孩子们肯定能从哈利·波特身上学到一些东西，但我们害怕孩子们总是说，哈利·波特使他们的思想变得越来越纯洁，情操变得越来越高尚。从哈利·波特这一少年儿童都喜爱的英雄形象的成功塑造经验中，我们也该认真反思一下我国儿童文学创作尤其是儿童形象塑造的弊端，创造出既属于中国儿童也具有世界影响的流淌着中国血液和中国精神的英雄形象。

综上所述，《哈利·波特》系列小说的巨大成功，是可以学习借鉴但不可简单复制的文学奇迹。《哈利·波特》系列小说的魅力，主要体现在其精彩诱人的故事内容、丰满典型的人物形象、独特巧妙的艺术构思、深刻现实的主题思想、神奇玄幻的魔法世界及无所畏惧的英雄主义等方面。作家对这些精彩的魅力元素的巧妙运用，使其发挥出了最大的综合效应，在世界范围内掀起了一股不可思议的《哈利·波特》旋风。我们希望，全世界的少年儿童读者不但能在《哈利·波特》系列小说中找到快乐成长的曙光，而且能在现实生活之中怀着美好的希望快乐地健康成长。

电影《小兵张嘎》与儿童成长的书写

"成长主题"是儿童文学书写和表现的主要母题之一。20世纪后半期，我国艺术界借鉴世界儿童文学"成长主题"的表现视角，挖掘运用民间故事的传奇手法，创作了一批以儿童为主要表现对象的革命战争题材的儿童电影，它站在儿童的特殊视角，讲述革命年代的战争故事，书写那个特殊年代的历经苦难的儿童与众不同的成长历程，在艺术上取得了巨大的成功，形成了一些很有代表性的经典作品。儿童故事电影《小兵张嘎》就是其中非常成功的范例之一。

电影《小兵张嘎》塑造了"嘎气十足"的革命儿童张嘎子的艺术形象，张嘎子的成长历程对革命战争题材的儿童成长主题进行了生动的诠释。概括起来说，《小兵张嘎》所表现的儿童成长历程的主题模式是：历经苦难的童年生活是成长主题的起点，对革命的无限向往是成长主题的发展，机智勇敢的革命小英雄的成长是成长主题的延伸。

回溯历史就会发现，儿童电影是20世纪新出现的一种艺术形式，我国的儿童电影1922年问世，1949年中华人民共和国成立之后，这种新兴的艺术形式获得了飞快的发展。出现了《闪闪的红星》《鸡毛信》等大批以革命战争年代儿童成长主题为表现内容的经典作品。其中,《小兵张嘎》被认为是流传最广的经典作品。

我国学术界一般认为,儿童电影可以分为故事片(喜剧故事、悲剧故事、生活故事、童话故事、科幻故事)、美术片(动画片、木偶片、剪纸片、折纸片)两大类别。儿童电影的题材可分为校园题材、革命历史题材、生活题材、科幻题材等。儿童电影中的儿童成长模式主要有先进帮助后进、小英雄的成长、多彩的生活、好奇探险、自我觉醒、长辈引导等类型。中国艺术研究院影视研究所副研究员李清在《穿过五十年的"成长物语"——新中国儿童电影"成长主题"探索》一文中论述了从新中国建立到 2000 年五十余年间,新中国儿童成长主题的电影在不同语境中呈现出不同的美学特征。浙江师范大学人文学院刘宏球教授在《论新中国少年儿童战争题材电影》一文中把儿童战争题材电影分为以下几类:入伍:作为英雄的成长仪式;潘冬子:"浪漫化"英雄;毁灭:当死亡成为一种"奢侈";戏仿:战争的"另类书写";我的长征:"英雄书写"新视角。

基于上述资料和背景,我们拟以《小兵张嘎》为例,对革命历史题材电影中的儿童成长书写进行一些文化学意义上的研究。

从研究文献梳理的角度讲,有的学者将革命历史题材电影中的儿童成长书写归纳为身临其境(浓厚的革命情结)、烈火炼真金(沉痛的苦难情结)、穷人的孩子早当家(严肃的"小大人"情结)等模式。❶ 刘宏球教授的《论新中国少年儿童战争题材电影》则往前推进了一步,概括出了儿童成长书写的英雄成长仪式、死亡成为一种奢侈等表现特征。❷ 但总的来说,业界学者和相关专家对革命历

---

❶ 李清. 穿过五十年岁月的"成长物语"——新中国儿童电影"成长主题"探索[J]. 福建论坛(人文社科学版),2007(5):91-94.
❷ 刘宏球. 论新中国少年儿童战争题材电影[J]. 当代电影,2010(4):118-121.

史题材电影的儿童成长书写研究得还不够深入，这在某种程度上给笔者的探索留下了足够的拓展空间。

一、儿童电影的成长书写

儿童电影的服务对象是儿童。我国著名电影导演谢晋认为，儿童影片要以儿童观众为主，至少要有 80% 是给儿童并适合儿童看的。❶ 著名电影理论家秦裕权对此作了很好的诠释：儿童电影是为儿童而拍摄的，反映真实生活也好，反映社会矛盾也好，首先得让儿童能看得懂，能理解，能接受。学术界一般认为，无论整部影片都是以儿童为主角，还是由大人担任主角，只要电影的心理视角是属于儿童的，那么该影片就应该是名实相符的儿童电影。而这种影片的创作和导演，都要充分考虑各个阶段儿童的心理与年龄特征，无论是选材、构思还是表现的整个过程，都要注意突出对儿童成长的书写，或者说都要以儿童的成长书写为主要表现内容。

纵观我国儿童电影的发展历史，儿童成长的书写始终是其永不断线的表现主题，始终是儿童电影的核心、灵魂和统帅。如果说儿童电影像一个神奇的百宝盒，那么每个孩子打开它，都能找到自己喜欢的东西，都能看到不同时代的"自我"的成长轨迹。从宏观层面上看，在革命历史题材的儿童电影中，儿童成长的书写一般包含三个方面的内容：即苦难的童年生活，对革命的向往，成长为革命小英雄。略为不同的是，有的作品侧重表现童年生活的苦难，影片中的儿童往往亲身经历或看见自己的亲人、朋友在敌人的枪弹声中倒下，或在敌人的压迫中流血死亡，对敌人有着刻骨的仇恨，如

---

❶ 汪天云. 主题·儿童心理·审美观 [J]. 上海师范学院学报，1984（2）：107.

《少年英雄王二小》等。有的作品则侧重表现儿童成长为革命小英雄的曲折历程，如《闪闪的红星》（李俊、李昂导演）中的小主人公潘冬子，历经磨难，最终戴上了那颗闪闪的红星，成为一名真正的红军战士，成长为一个革命小英雄，踏上了新的征途。而上文提到的已经在一定意义上经典化了的革命历史题材电影《小兵张嘎》，不但成功塑造了"嘎气十足"的革命儿童张嘎子的艺术形象，而且从苦难的童年生活、对革命的热切向往和追求、历经曲折成长为机智勇敢的革命战士等多维角度，对革命历史题材电影的儿童成长书写进行了生动的演绎和诠释，具有某种范式的色彩和意义。

二、《小兵张嘎》对儿童成长书写的探索

儿童电影《小兵张嘎》是根据著名军旅作家徐光耀的同名小说改编排演的经典作品。它以 20 世纪 30 年代的革命根据地——白洋淀为背景，以主人公张嘎想要参加八路军、想要得到一支属于自己的手枪的原始冲动为依托，围绕对敌（日寇、汉奸）斗争和嘎子与小伙伴们的"矛盾"这两条主要线索，波澜起伏地书写了一个儿童成长的精彩故事，真实深刻地叙述了嘎子从一个普通男孩成长为革命小英雄的完整过程。影片自 1963 年发行后就风靡南北，影响深远，如今经过岁月的反复淘洗，成为了革命历史题材儿童电影中的经典化作品。

（一）苦难的童年生活：成长的艰难起点

在儿童电影《小兵张嘎》中，张嘎是作者倾力塑造的主要的人物形象之一。他从小不知道自己的父母是谁，只有奶奶和他相依为命，在 13 岁那年，他又失去了唯一的亲人奶奶，他尊敬的革命者老

钟叔也被日本鬼子抓走了……亲人被剥夺，偶像"被粉碎"，依靠被抽空，对于一个尚未成年的孩子来说，这是一种无法承受的痛苦。也就是说，在影片中，张嘎的童年苦难既是多重磨难的集合，又是作者精心设计的具有成长意义的特定苦难。他的第一重苦难是从小就没有了父母，苦大仇深，这种苦难具有其内生性和时代性特征；他的第二重苦难是相依为命的奶奶倒在鬼子的枪下，这种苦难蕴含着反抗侵略的原始意识；而在他家养伤并且他一直很尊重的老钟叔被日本鬼子抓走，则是其童年苦难生活的第三重表现。这种书写模式的选择说明，对那个时代的儿童来说，身体化或个人化的磨难无足轻重，可心理上和精神上的苦难尤其是国家和民族的磨难，却是儿童成长过程中必不可少的苦难元素，也是其必须承担的成长磨难。在影片中，对上述磨难的"跨越"，成了张嘎成长过程中的最大事件。有意思的是，张嘎在克服各种磨难的过程中，其经历的苦难、磨难等不正常的生活状态，往往会发挥魔术般的正面效应，神奇地转化成其成长的起点和力量。更重要的是，苦难的童年生活成为儿童成长的一种文化隐喻，影片通过这种隐喻赋予了成长主体丰富的附加意义，消解了其童年生活的苦难色彩，把童年的苦难升华成了促使其快速成长的某种财富。也就是说，在那个特殊的年代，儿童的苦难虽然普遍存在，一点都不特殊，但它却在儿童的某种指向明确的成长过程中发挥着不可替代的特殊作用，具有成长起点的意义。

（二）对革命的无限向往：成长的内在动力

儿童电影《小兵张嘎》，表现了那个时代儿童亲历战火纷飞的情景——耳边经常响起震耳欲聋的炮弹声，眼前经常闪现着日本鬼子屠杀同胞的画面，触目惊心，骇人听闻。❶ 影片中的懵懂儿童张嘎原本对革命一无所知，奶奶的言语和行为，帮助他建立了基本的是非观念，与革命者老钟叔的近距离接触，使他感受到了革命者的独特魅力，产生了对革命的朦胧向往。这些都可以看作其在这一成长阶段的第一重成长动力。亲眼看到唯一的亲人奶奶死在日本鬼子的枪口之下，亲眼看到老钟叔被鬼子抓走，他产生了强烈的复仇欲望，这可以看作其在这一成长阶段的第二重成长动力。其中，张嘎踏上寻找部队的道路这一细节，具有强烈的象征意义，实际上象征着他踏上了成长的关键性道路。影片对这一过程进行了浓墨重彩的书写——他把包袱顶在头上渡河，鞋破到连脚放到里面都会露出来的程度，误把心中的大英雄罗金宝当作汉奸……但困难越大，越能反衬出他对革命的无限向往，越能渲染他强烈的复仇欲望，越能显示其内在成长动力的坚韧性和强大，越能表现那个时代的儿童成长历程的特殊和壮美。

值得注意的是，由于张嘎复仇的对象是日本鬼子，复仇的方式是参加八路军，这就使其复仇的境界迅速超越个体的狭隘层面，提升到了国家和民族的崇高领域。换句话说，以张嘎为代表的那个时代的儿童的成长，不是一种个体行为，而是一种隆重的集体仪式。这在张嘎找到部队后反而哭起来这场戏中得到了充分的表现，表面上张嘎是因目标暂时实现而激动得流泪，实际上是暗指张嘎终于在成人的集体见证之下，完成了又一个成长的关键步骤。在这里，为了防止其成长的强烈动力因阶段性目标的实现而暂时出现表达空白，编者和导演精心设计了一个对孩子来说合理合法的哭泣仪式，来固化其成长的成果。综合起来看，复仇是张嘎成长的表面动因，对革

---

❶ 阳丽君，王东祁. 当前革命历史题材影视剧热播原因之探讨［J］. 解放军艺术学院学报，2008（4）：80 - 81.

命的无限向往和追求，才是其内心深处一直涌动奔腾着的内在动力。需要反思的是，对上述动力的夸张化表现和模式化叙述，一方面荡气回肠地书写了儿童成长的壮美和阳刚，使其产生了撼人心魄的美学力量；另一方面也因为其模式化和时代化色彩过于浓厚，反而抽空了儿童成长书写的个性化土壤，削减了作品应有的超越时空的独特魅力。

（三）机智勇敢的革命小英雄：成长的合理延伸

从政治话语的角度看，儿童电影《小兵张嘎》完成了主流意识控制下对一个苦难儿童成长为革命小英雄的典型表述，将小主人公的形象塑造得有血有肉，充满童心和童趣，有着孩子该有的幼稚、冲动等缺点，也有着孩子的可爱与顽皮。在影片中，奶奶、钟大叔、罗金宝、区队长等成人形象，包括嘎子只能在心中想象的父母，都是衬托嘎子形象及其成长历程的显性条件。影片采用"众星捧月"的艺术表现手法，浓墨重彩书写和表现的中心，就是主人公张嘎的成长过程。

为了实现把嘎子塑造成理想化的革命小英雄的既定表现目标，导演煞费苦心，运用多种艺术手段，立体化地刻画了小主人公成长的精彩片段——既着力描写了他的英雄行为和光辉事迹（打晕伪军，把油泼在自己衣服上点燃炮楼，被浓烟熏昏，端掉敌人的炮楼……），又恰当地表现了他因为年幼无知而表现出来的幼稚、冒险、冲动（爬上人家屋顶堵烟囱，喜欢拿着小木枪比比画画，从俘虏身上缴到一支真枪后就洋洋得意）。尤其能表现张嘎小英雄形象的是追俘虏的那场戏，这个画面不仅镜头感人，对白生动，而且栩栩如生地书写了某些男孩子成长历程中若隐若现的"嘎气"。日伪军官在河里狼狈地逃命，嘎子在岸上赤手空拳飞奔追赶，等他缴获了手枪，把伪军官交给队长之后，才忽然感到屁股疼，一摸才发现"挂花了"。其语言、动作、情节都突出了男孩子那种十足的"嘎"劲。这样的书写方式真实有趣，让人乐于接受，它用特写的手法塑造了机智勇敢的革命小英雄形象，并在细节上张扬了这种成长的合理性与合法性。嘎子经历了这次重要的革命洗礼之后，终于成为了真正的小英雄，实现了由一个普通孩子成为革命战士的真正转变。正如革命者说的那样，每一个时代的固有特性在儿童的天性中都能得到纯真的复活，从而对人们产生永久的魅力，❶ 上述的电影表现画面，既是那个特殊时代儿童成长的一种想象性狂欢，又具有很强的示范性和指向性，不容商量地引导和指引着儿童的成长。

三、儿童成长书写的意义

从成长哲学的层面上看，人的一生就是体验时间流逝的过程，穿过岁月的烟尘，青涩的童年一直都在展示着它诱人的魅力。❷ 也正因为如此，儿童电影《小兵张嘎》才会持续不断地影响着一代又一代儿童的成长，甚至有不少儿童通过观看这部儿童电影在一定程度上认识了世界、理解了生活，找到了成长的方向和动力。也就是说，《小兵张嘎》对儿童成长的独特书写，一方面展现了一种真实而快乐的童年经历，突显了特殊年代儿童成长的迷人风采，满足了当下儿童的精神需求。另一方面，在每个儿童的内心深处都有着崇拜英雄的浓厚情结，都有着渴望成为英雄的期待与冲动，尤其是在英雄形象远去的时代，人们对英雄及英雄主义、英雄精神的渴望更加强烈；张嘎这类儿童的成长书写，表达了自立自强、奋斗不息的民族理想，

---

❶ 尹世霖. 要塑造有血有肉的儿童形象 [J]. 电影艺术, 1980 (7)：61 - 62.
❷ 秦裕权. 儿童电影的几个问题 [J]. 电影电视研究, 1984 (12)：55 - 56.

具有引导当下儿童成长的教育意义和文化价值。对这种特殊年代的少年儿童的特殊成长历程的深度书写问题的探讨，应该成为现当代文化研究不懈地整理、挖掘的富矿。

从综合的角度看，电影《小兵张嘎》中的嘎子形象具备成长为"小英雄"的一切条件，他的成长是时代的必然，是社会的需要。首先，他出生在一个革命化的家庭，与敌人有着血海深仇，尤其痛恨日本鬼子。其次，他尽管很聪明，但在没有经历过革命洗礼之前，还存在着许多与其年龄相关或不相关的缺点，需要革命对其进行塑造。再次，在带有某种搞笑游戏性和戏剧化色彩的革命历程中，他慢慢成长为有组织、有纪律、有理想的革命小战士，并在一次又一次严峻的斗争中，逐渐完成了其成长目标——革命化、英雄化。最后，从另外一个角度看，电影《小兵张嘎》的儿童成长书写也具有某种模式化的特征，即苦难的童年生活是儿童（张嘎）成长的起点，对革命的向往和追求是儿童（张嘎）成长的合理发展，历经曲折成长为机智勇敢的革命"小英雄"是儿童（张嘎）成长的指向和延伸。但不管怎样，革命战争题材儿童电影《小兵张嘎》所表现和书写的儿童成长主题，尤其是其中特别令人难忘的对苦难的童年生活的书写、对儿童无限向往革命的精神的刻画、对机智勇敢的小英雄成长历程的描绘，永远不会过时，永远闪耀着克服苦难、困难并不断向上成长的人性光辉。

动画电影《喜羊羊与灰太狼》的伦理魅力

进入 21 世纪，喧嚣浮华的全球化理论裹挟着西方的动画产品，毫不客气地闯进了我国的儿童影视领域。为摆脱被边缘化的阴影和厄运，我国动画界的创作者和研究者使出浑身解数，积极应对来自西方动画产业的各种挑战，努力使我国的新型动画片融入中华民族传统文化的精华，真正创作出了一批具有中国特色、中国气派和中国话语方式的动画作品。其中，《淘气包马小跳》《大耳朵图图》《福娃》《小卓玛》《我为歌狂》等动画作品，都因为在融入民族传统优秀文化方面成绩卓著而给观众留下了深刻的印象。尤其引人关注的是，电影版《喜羊羊与灰太狼》系列作品，作为"原创动画电影的奇迹"❶，在动画因素与我国优秀传统伦理文化融合双赢上实现了新的突破，受到了广大影迷及动画界、影视界专家学者的追捧和关注。下面，笔者将以上述主题为中心，深入探讨电影版《喜羊羊与灰太狼》系列作品成功背后蕴含的内在秘诀。

---

❶ 赵宝巾. 从《喜羊羊与灰太狼》看国内动画产业的发展［N］. 青年记者，2009（18）：75.

一、动画片维度下《喜羊羊与灰太狼》的伦理故事

从纵向发展的维度看，世界动画产业经历了近百年的发展历程，催生了美国、日本等赫赫有名的动画产业强国。从第一部动画片出现至今，美国动画产业的发展经历了三个主要阶段：开创时期（1907—1936 年）、发展时期（1937—1970 年）及繁荣时期（1971 年至今）。美国动画片塑造的是理想化的美利坚民族的特殊性格，传播的是美国式的"冒险精神""英雄主义"及价值观念。日本动画产业的发展一方面忠实地借鉴了美国的制作技术和运作模式，另一方面迅速实现了本土化和民族化的追求，弘扬了"战争""团结合作""拯救宇宙"等日本国民念念不忘的主题。相比较而言，我国动画产业的发展起步较晚，但进步较快，主要经历了萌芽探索时期（1922—1949 年）、稳定发展时期（1950—1976 年）和逐渐繁荣时期（1977 年至今）等发展阶段。从总体上看，我国的动画片题材丰富，类型多样，产量巨大，但由于受全球化、后现代等思潮的综合影响，我国的动画片无论是在技术制作还是在创作风格、市场运作等方面，都没有形成自己独特的体系和成熟的产业，一直面临西方动画产业的严峻挑战。

电影版《喜羊羊与灰太狼》系列动画片，取材于近年在国内颇具人气的同名电视动画片，由上海文广新闻传媒集团（SMG）联合广东原创动力文化传播有限公司、北京优扬文化传媒有限公司共同出品。其中，《喜羊羊与灰太狼之牛气冲天》于 2009 年春节前后正式公映，是国产动画电影第一次冲击"贺岁档"的有益尝试。2010 年 1 月 29 日，继《喜羊羊与灰太狼之牛气冲天》创下亿元票房后，《喜羊羊与灰太狼》系列作品的第二部——《喜羊羊与灰太狼之虎

虎生威》隆重举行首映式，并在周末首日创下了 4350 万元人民币的票房神话，成为影坛盛传的又一匹"黑马"。❶

《喜羊羊与灰太狼之牛气冲天》讲述了这样一个幻想色彩浓厚的伦理故事：在春回大地的季节，慢羊羊村长的坐骑——老蜗牛突然病倒，村长心急如焚，打算潜入蜗牛体内消灭诱发疫情的病毒。小羊们觉得这样做太危险，争着要代替村长进入蜗牛体内消灭病毒。谁也没想到，灰太狼偷听到了羊群们的这个计划，于是他也混入蜗牛体内，打算捉住小羊们饱餐一顿。在充满趣味的蜗牛体内，小羊们卷进了白牛国、黑牛国之间的纷争，参与了各种莫名其妙的战斗，最后终于找到了导致病变的真正根源——向来温顺优雅、与世无争的蛮族细菌的家园——黄牛国。村长的坐骑蜗牛随着黄牛国被消灭而恢复了健康，小羊们和灰太狼一家也回到了草原上。在庆功会上，灰太狼违背之前许下的"一根羊毛也不吃"的誓约，凶相毕露地要继续捉小羊来吃。不料，喜羊羊早有充分准备，有胆有识地制伏了不可一世的灰太狼。愤怒的小羊们要把灰太狼彻底消灭，喜羊羊却网开一面，放走了灰太狼，并阐述了一番大道理：世间万物自有它存在的道理，不能轻言消灭。老村长也说过："宽恕敌人也是宽恕你自己。"❷

《喜羊羊与灰太狼之虎虎生威》叙述的故事更有趣、更有传统伦理文化的魅力：虎威太岁突然进袭，美丽的草原被建成游乐场，虎威太岁强迫所有动物在他的超级游乐园中工作。无奈之下，美羊羊和懒羊羊被迫装成米老鼠和唐老鸭，站在游乐园门口招揽客人；沸羊羊则成了煤矿工人……为了找回自由、尊严和幸福，喜羊羊和灰

❶ 高芸婧. "喜羊羊""灰太狼"的票房奇迹［J］. 国际市场，2009（3）：35.
❷ 阴阳之涧，闪电特工. 喜羊羊与灰太狼［OL］. http：//www. baike. baidu. com. 2010－04－16.

太狼联手对抗他们共同的敌人——虎威太岁、壁虎军师及阿豹。博学多才的慢羊羊说，只要在遥远的沙漠中的金房子里找到图腾，就可以天下无敌。于是灰太狼和喜羊羊切断了老虎机器人（虎威太岁的基地）的电源，准备逃离令人窒息的游乐园，可谁也没想到的是，老虎机器人还有备用电池，结果喜羊羊和灰太狼不但没有破坏掉电源，反而被虎威太岁抓住，扔到了令人绝望的沙漠里。巧的是，他们因祸得福，在沙漠里找到了金字塔，获得了图腾。最后，灰太狼和喜羊羊用智慧和武功打败了虎威太岁及其团队，发现了图腾的秘密，即大家都是由单细胞生物进化而来的"亲人"，根本不用打仗；因为谁也没有敌人，所以每一个人都天下无敌！

由前文的陈述可见，不论是《喜羊羊与灰太狼之牛气冲天》，还是《喜羊羊与灰太狼之虎虎生威》，讲述的都是发人深省的文化伦理故事。《喜羊羊与灰太狼之牛气冲天》传达的存在就是合理、宽恕敌人就是宽恕自己的文化伦理主题，在某种程度上泛化了当下的时代话语和人们的生活态度。而《喜羊羊与灰太狼之虎虎生威》阐述的大家都是亲人、谁也没有敌人的观念，则是《喜羊羊与灰太狼之牛气冲天》主题的合理延伸和合法演绎，二者传播的理念具有同质异构的特征，都指向人类的文化伦理追求，都蕴含文化伦理的力量和光芒。

二、喜羊羊、灰太狼形象的性格特征与伦理内涵

（一）喜羊羊、灰太狼形象的性格特征

从外显层面上看，《喜羊羊与灰太狼》采用的是一个狼捕羊吃的传统题材，这一题材贯穿影片的始终，其中的变化只是穿插了一系

列具有时代色彩的丰富情节，编制了许多稀奇古怪的发明创造。但深入琢磨后就会发现，这样的动画电影除了好玩好看之外，其中还有许多深刻的东西需要观众去体悟。比如，作品对羊和狼的性格特征的独特塑造就值得我们去进行认真的解读。从宏观上看，作品既刻画了羊和狼的动物属性，又深度表现了它们超自然及社会化的种种个性；而"喜羊羊"和"灰太狼"形象就是物性与人性完美结合的化身。

喜羊羊形象首先体现的是其作为动物的温顺、乖巧、可爱的自然属性，但从传统伦理文化的角度看，羊的这些自然属性，又与中国人自信、乐观、勇敢、正义的性格品质密切交融，这使得这一形象不但生动逼真，而且具有伦理文化内涵。喜羊羊健壮、机智、勇敢，永远面带微笑，是族群里跑得最快、最有智慧的羊。在《喜羊羊与灰太狼之牛气冲天》中，他明察秋毫，明辨是非，多次识破并挫败灰太狼的各种阳谋或阴谋，在黑牛国、白牛国、黄牛国之间的战争中，他统领全局，冷静地应付各种复杂混乱的局面。在《喜羊羊与灰太狼之虎虎生威》中，他一直扮演着领头羊的角色，从容应对沙尘暴的袭击，巧妙化解各种危险，出色地完成了各项极端困难的任务。同时，喜羊羊更会善待朋友、宽容他人，在《喜羊羊与灰太狼之牛气冲天》中，当他的朋友们被控制的时候，他不顾自身安危，与澎恰恰开展生死大战，救出了朋友们；当朋友们将要被洪水淹没时，他不顾洪水的汹涌，把朋友们推上岸边；当咚咚锵掉下去的时候，他奋不顾身地冲上去，接住了咚咚锵。在《喜羊羊与灰太狼之虎虎生威》中，喜羊羊更懂得以大局为重，不记前嫌与灰太狼合作，消灭了他们共同的敌人。可以说，他既是羊氏部落的时代英雄，又是作者刻意塑造而当下社会十分稀缺的传统英雄形象。

灰太狼形象则把狼的凶残狡猾与人类顽强坚持、愈挫愈勇的精神表现到了淋漓尽致的程度。从其外貌上看，灰太狼有一顶宠辱不惊的千斤帽，一道彪悍的伤疤；生性凶残，玩世不恭，似人非人，似狼非狼。从其行为上看，他奸诈狡猾，善于学习，喜欢钻研各种办法，勤于练习偷鸡摸狗的技巧。在《喜羊羊与灰太狼之牛气冲天》中，为了抓到小羊，他用自己发明的"缩小丸"混进蜗牛体内，并赢得了黑牛国王的信任，荣任黑牛国的军师，怂恿黑牛国攻打小羊们支持的白牛国；当他的诡计被喜羊羊识破后，竟然别开生面，挑唆白牛国国王与小羊们的关系，利用"离间计"为自己逃脱了罪名。他怕老婆，对老婆言听计从，经常是老婆运筹帷幄，他决胜千里，如果事情没办好，就要受到老婆的严厉处罚，遭受到老婆"平底锅"的非人待遇。他不讲信用，却喜欢发明，永不言败；他答应的事情总是反悔，但在每次没捉到羊后，他总是能持续不断地创造出更多对付小羊们的武器，有一种向着目标坚定前行的顽强精神，愈挫愈勇，令人敬佩。从这一简单而又复杂的形象中，我们可以看到他那种为了个人和族群的伟大事业（吃羊），敢于面对各种艰难险阻的不懈毅力与永不放弃的精神。电影画面中反复出现的"我一定会回来的"的狼语（台词）说明，灰太狼有理念，有信心，有信仰，不是随便就可以被打倒的，在哪里跌倒就能从哪里爬起来，这既是灰太狼无处不在的最重要的品质，又何尝不是中国人独特的伦理精神品质的形象体现呢？

（二）喜羊羊、灰太狼形象的伦理内涵

喜羊羊与灰太狼这两个既对立又统一的艺术形象，包含深刻的多层文化伦理意蕴。不同年龄层次、不同社会阅历、不同文化水平的观众会对他们产生截然不同的理解。甚至同一位观众，在不同的心境、不同的生活态度、不同的人际网络之下，也会对这两个形象

产生差别明显的解读。从精神文化的角度看，喜羊羊和灰太狼这两个艺术形象身上及其相关故事中，十分深刻地承载和演绎着中国传统伦理道德所认可的各种优秀品质。反过来讲就是说，喜羊羊与灰太狼这两个艺术形象，体现着中国传统伦理道德中的积极因素，呼唤着传统伦理文化的回归与重构。

1. "智勇"之美。中国传统伦理文化认为，智即聪明、智慧，有才能，有智谋。勇即有胆量，有决断，果断，勇敢。❶ 这是中国传统伦理文化中十分推崇的优秀品质之一。在中华民族不断发展变迁的历程中，无数英雄志士的"智勇"之美得到了历久弥新的推介与传诵。动画电影《喜羊羊与灰太狼》，利用当下流行全球的动画表现手段，对中国人"智"和"勇"的优秀精神品质进行了生动精彩的呈现。喜羊羊智慧超群，担负着拯救羊族的神圣使命，其一言一行处处闪耀着智与勇完美结合又点到为止的传统伦理光芒。在《喜羊羊与灰太狼之牛气冲天》中，喜羊羊带领小羊潜入蜗牛体内消灭了引起病变的病毒，识破了灰太狼的各种计谋，攻破了灰太狼的各种发明；为救众人，他还毅然出发，长途跋涉，经过危险禁地，与黄牛开展生死大战，"牺牲自己"救回了小灰灰。它一路带领小羊们以智取胜，不断捍卫公平与正义；一系列精彩的斗智斗勇过程，使喜羊羊聪明机智、勇敢坚毅的智者和勇者形象产生了撼人心魄的力量。《喜羊羊与灰太狼》系列动画电影，以诙谐幽默的故事情节吊足了观众的胃口，颠覆了羊只能被吃的传统宿命。羊以自己的机智、勇敢一次次摆脱危险处境，以弱小抗争强大，以智勇斗争邪恶。这样做除了是要增加动画电影吸引眼球的人气指数之外，其文化本意是要教会人们（主要是少年儿童）：自己掌握自己的命运，敢于用智慧与

---

❶ 郭建模主编. 精神文明大典［S］. 北京：华夏出版社，1995：264 - 312.

方法，对决貌似的强大的传统与宿命。在动画电影中，表面上是各种发明创造帮助小羊们逃脱了被吃的命运，其实真正影响和帮助他们逃脱被捕被吃命运的不是先进的技术手段，而是他们血液和文化里蕴含的智慧与勇敢的力量。喜羊羊有行善的胆气，有行动的魄力，有勇往直前的精神，不惧怕任何邪恶势力与艰难困苦，他的智慧和勇敢源于对朋友的挚爱，源于对家园的忠心，源于对族群的认同，具有深刻的伦理文化底蕴。

　　与光彩照人、鲜艳夺目甚至意蕴深厚的喜羊羊形象相比，灰太狼作为反面角色，既体现了其鲜明的狼性（凶残、恶毒），又戏剧化地上演了生命的种种惨烈和无奈：想吃羊却总是捉不到，还处处被羊恶整；即使捉住了羊，也往往因为种种因素，让羊从自己的"眼皮底下"溜走。在系列动画电影中，导演把灰太狼作为一个把吃羊作为奋斗目标的反面悲剧形象来塑造，其宣扬的是一种同情弱小、反抗邪恶同时又充满喜剧色彩的传统观念。如果我们不站在理性的角度来解读狼吃羊的物竞天择的自然规律，而是以一种平等的情感化的视角来审视灰太狼的处境，就会发现，在灰太狼身上始终蕴含和体现一种面对逆境勇于奋斗的精神。从搬迁到青青草原并伺机吃羊那天开始，他就陷入了一种以个人力量对抗一个庞大整体的困境之中。为了生存，灰太狼一方面孜孜不倦地在自己的发明世界中、在为追求家庭幸福而有目标的生活中自娱自乐；另一方面他的生命历程又悲壮无比，充满伦理象征意味。面对庞大的群体，灰太狼勇于承担使命，顽强斗智斗勇，使出浑身解数，努力为实现捉羊吃的目标而不懈奋斗。他虽然不能被称为草原上的谦谦"君子"，但却是狼群里最伟岸的英雄。他的胆量和智慧在对家庭的厚重责任感和想尽办法捕捉羊的指向中已争相竞放。从表面上看，似乎他的"勇"被定义在了以牺牲羊的性命为代价的基础之上，然而深入思考就会发现，这一切都源于对家庭的爱和对族群的忠，都体现着一种愈挫愈勇、敢于担当且善于担当的传统伦理精神。

2. "仁爱"之美。在我国传统文化之中，"仁爱"思想始终贯穿在政治、哲学、经济、伦理等各个不同的精神领域，是整个中华民族核心价值体系的有机组成部分，孔圣人就把"仁"作为统摄整个儒家伦理的总称。从思想史发展的进程看，虽然在不同的叙述语境中，"仁"的含义不尽相同，但究其本质而言，"仁"的主旨都在于"爱人"，都是一种指向人与人之间的亲近及体恤之情的伦理道德范畴❶。"仁爱"之美在系列动画电影《喜羊羊与灰太狼》中表现得十分深入、十分透彻。作品以动物世界本能的种群情感，演绎和象征了人与人及人与世界之间那种相互包容、相互关爱、互惠互助的真实关系。这种演绎呈现为一种渐次发展的过程，即从传统的亲情之爱、男女之爱逐渐上升到对他人及世界的深切关怀。这既是精神的升华，更是伦理文化的神力使然。作为研究者，我们有必要去进行深入的探究和挖掘，使其中蕴含的丰富多样的伦理文化元素跃出水面。

一是温情脉脉的舐犊之爱。一般而言，不管是在文学作品还是在影视作品中，传统的父亲形象都承载着丰富的内涵：坚强、伟岸、忍辱负重，是家庭的支柱和依托。在《喜羊羊与灰太狼之牛气冲天》中，灰太狼也承载着传统父亲的一切责任，他虽然不会装模作样地编写治家格言，但其一言一笑都充满了榜样的力量。尤其引人关注的细节是，当灰太狼听到老婆红太狼念叨"可怜的儿子，自从生下来还没开过一次荤呢"时，眼眶中泪光闪闪；❷当小灰灰被洪水冲走

---

❶ 贾磊磊. 中国电影的仁者美学 [J]. 影视艺术，2008（1）：46-47.
❷ SMG，广东原创动力文化传播公司. 喜羊羊与灰太狼之牛气冲天 [OL]. http：//www. pps. tv. com. 2010-04-16.

时，他紧张、焦急，为了救儿子，甚至打算从此不吃羊肉等，这些感人的画面，透露出了最基本、最纯朴、最永恒的"人性真情"。在《喜羊羊与灰太狼之虎虎生威》中，导演升华了灰太狼形象身为父亲的责任感，注入了我国传统伦理道德中"父慈子孝"的基本规范的精神内涵。儒家思想认为，父母对子女不仅要"养"，更重要的是要"育"；子女对父母不仅是赡养，更重要的是尊敬、孝敬。❶ 在电影中，处处都有"父慈子孝"的伦理观念的精彩体现：灰太狼不管在外如何委曲求全，忍辱负重，灰头土脸，在儿子面前都是强大勇敢的化身，儿子小灰灰甚至还天真地以"爸爸会飞"而感到自豪；而灰太狼出现在儿子面前时，也尽量装出无比坚强、战无不胜的样子，力争样样做到最好，给儿子树立了一个楷模和榜样。红太狼也时时刻刻想着儿子小灰灰的安危，甚至为了"不想儿子继续留在这儿（游乐园）受苦"，愿意放下架子，请求小羊们带走儿子，自己留下来应对一切苦难；红太狼还希望能给小灰灰较好的教育，她不想看见幼小、单纯的儿子卷入他们（狼与羊）的战争之中。从人伦的角度讲，是鼓励而不是代替，正是父母应该提供给子女的教育模式。整部动画电影，用温情迷人的画面，诠释出了世间最伟大的亲情之爱，也把爱的种子通过荧屏深深地植入孩子们纯洁美好的心灵。

二是超越现世的男女之爱。《喜羊羊与灰太狼之牛气冲天》和《喜羊羊与灰太狼之虎虎生威》这两部动画电影，颠覆了传统的"男权"地位和思想，而其中最重要的道具竟然是红太狼形影不离的平底锅。一口平底锅，象征的不是畏惧和征服的爱，而是充满深情与责任的真爱。在《喜羊羊与灰太狼之牛气冲天》中，红太狼处处为丈夫着想，"要死也要和灰太狼死在一起"；在《喜羊羊与灰太狼

---

❶ 唐凯麟. 儒家传统道德观念与社会主义道德建设 [J]. 伦理学，2009（1）：46－52.

之虎虎生威》中，灰太狼在"地下公园"里偷到一枚蛋，首先想到的是老婆和儿子，自己却舍不得吃，即使深陷沙漠，饥渴难耐，仍然坚持要把那枚蛋留给家人。在灰太狼的理念中，家人就是天地，家人就是支柱，挨老婆平底锅的打是"不挨打没精神"，甚至他爱的"平底锅"给了他勇敢作战的力量。❶ 笔者认为，对爱而言，无所谓谁处于主导地位，这种"灰太狼式"特殊的爱的力量，生动鲜活地道出了爱情最真实的意念与初衷。

　　三是宽厚包容的人类之爱。《喜羊羊与灰太狼之牛气冲天》和《喜羊羊与灰太狼之虎虎生威》这两部动画电影都是以青青草原被破坏、家园受到严重威胁为剧情的开端。在《喜羊羊与灰太狼之牛气冲天》中，不论是白牛国、黑牛国、黄牛国之间的战争，还是狼与羊之间的战争，最后都以感化的方式圆满地结束了暴力和冲突，消除了病菌，获得了和平相处的结局。"宽恕别人的错误、宽恕你的敌人是需要勇气的，拿出你们的勇气，大家和平相处"的台词，升华了整部电影的主题。《喜羊羊与灰太狼之虎虎生威》与《喜羊羊与灰太狼之牛气冲天》在主题思想上有异曲同工之妙。面对虎威太岁带领壁虎军师等人占领了游乐园、动物们被迫在游乐园里为虎威太岁服务的困境，喜羊羊与灰太狼经历各种艰难险阻，获得图腾，破解了图腾的秘密，获得了"天下无敌"的真正含义，即大家都是亲戚，只要大家不互相为敌，不就是天下无敌了吗？幽默、风趣的故事，阐释了人类应有的相互宽容、相互珍爱之美，也体现出了"仁爱"思想中"仁者人也"（从字源学上看，仁字从人从二，人类同源同根，要求人与人相亲相爱）、"仁者爱人"（即在处理人际关系时，要设身处地地为他人着想，像对待自己一样对待他人）及"仁

---

❶　SMG，广东原创动力文化传播公司. 喜羊羊与灰太狼之牛气冲天［OL］. http：//www. pps. tv. com. 2010 - 04 - 16.

民爱物"（体现为"天下兴亡、匹夫有责"的民族精神）的人本意蕴和伦理文化追求。❶

　　3."和谐"之美。儒家思想认为，人生活在天地之间，天、地、人之间存在相生相克的关系，并由此提出了"天人合一"的和谐生态伦理思想。"和谐"即融洽、调和，它是中国文化的核心和灵魂，也是中国伦理文化中最突出的精神。❷《喜羊羊与灰太狼》系列动画电影中通过对现代工业元素的深度描述和深刻嘲讽，传达了这样一个深刻的道理：工业文明的大规模发展，使传统的农业文明日渐没落，使我们生存的家园逐渐丧失了其应有的温情；当下日渐严重的生态问题不仅是传统文明与现代文明的争斗问题，更是人类生存状态的当下烛照和艰难选择。

　　动画电影《喜羊羊与灰太狼之牛气冲天》深度切入当下社会，巧妙、睿智地利用 2008 年发生的三聚氰胺、微软黑屏事件、瘟疫引起的恐慌等一系列重大事件作为故事题材，对人类的生存状态及未来指向进行了颇有力度的追问。而《喜羊羊与灰太狼之虎虎生威》则大篇幅地提供和呈现了生态环境遭受空前威胁的镜头和状态：一是土地沙漠化与其被胡乱开发并存，草原成为沙漠，仅存的绿地被开发成游乐场；二是过度开采有限的资源（为了找到"绿宝宝"，地下能源遭受疯狂开采）；三是垃圾食品、农药中毒现象普遍存在，虎威太岁分发的罐头竟然是垃圾，软绵绵村长吃过后农药中毒；四是进化的变异——壁虎军师本来体型庞大，但环境的破坏使其体型侏儒化；五是对 H1NI 流感病毒的恐惧；等等。这一切的一切都不是编造出来的，而是直接来自我们现实世界的真实写照，或者说，它

---

❶ 唐凯麟. 儒家传统道德观念与社会主义道德建设 [J]. 伦理学，2009（1）：46 - 52.

❷ 张德寿. "天人合一"的生态观 [J]. 学术探索，2004（10）：49 - 52.

就是我们生活状态的客观镜像。

回顾历史就会发现，自工业革命以来，人类改造自然、征服自然的能力急剧提高，同时人类谋求一切的贪婪和欲望也急剧膨胀，无限放大。但谁也没有预先想到的是，人类一路高歌猛进的发展不可避免地带来了新的灾难，赖以生存的环境遭到几乎无法修复的破坏，更为可怕的是，直至今天，这种破坏还在继续；由于环境的破坏，人类在满足自身欲壑难填的消费黑洞的同时，也在无可奈何地吞噬着自酿的苦果！❶ 很有些作茧自缚的轮回况味。

正是基于对当下生存状态的深度恐惧与担忧，《喜羊羊与灰太狼》系列动画电影深情呼唤着人与自然和谐相处的主题。在故事的结尾之处，不可一世的虎威太岁的毁灭，预示着满足自身欲望和贪婪的梦想的破裂。壁虎军师想回到远古时代重新找回自身的体型和高贵理想的破灭，意味着进化的步伐绝对不可能倒退，物种的变异威胁或许是我们将共同面临的生存恐慌！青青草原恢复了以往的宁静，动物之间以"亲戚"相称，则可看成一种伦理向往，更是一种伦理警戒！

传统文化是中华民族生生不息、团结奋进的不竭动力。《喜羊羊与灰太狼》系列动画电影融入了我国传统伦理文化的精华，实现了动画与伦理的共赢。在某种程度上，做到了时代性与民族性的统一，对如何营造和形成中国原创动画电影的独特话语方式及其民族化表现模式做出了可资借鉴的有益探索。这种尝试是否昭示着国产动画电影的复兴？是否指引着国产动画电影的发展方向？我们不敢妄下结论，比较理性的态度是，密切关注，拭目以待。

综合起来讲，《喜羊羊与灰太狼》系列动画电影，讲述的都是发

---

❶　张博颖. 儒家伦理思想对和谐社会建设的当代价值［J］. 云南社会科学，2008（3）：88.

人深省的文化伦理故事。它们在某种程度上，实现了动画与伦理的
共赢，做到了时代性、民族性与当下性的深度统一，也对如何营造
和形成中国原创动画电影的独特话语方式及其民族化表现模式，做
出了引人关注的有益探索。

第五章

童年存在的意义与儿童文学阅读

童年存在的意义

童年存在的意义，不只是在于它作为生命的一个自然生长阶段的意义，更重要的是它作为一个人的生命完整存在的文化意义和精神意义。童年之所以对整个人类而言具有极大的魅力，很大程度上与自然生理年龄无关，最主要的在于儿童纯真烂漫的天性，在于儿童具有无限的想象力与审美创造力。

在儿童的天地中，蕴藏着一种了解、征服世界的原始力量和无畏冲动。但是，当童年的想象力、好奇心和社会情感被互联网、网络游戏、智能手机所左右、遏制甚至淹没时，人类的进步及儿童的发展就会变成一个令人担忧的严重问题。美国作家尼尔·波兹曼在20世纪后期所著的《童年的消逝》由广西师范大学出版社出版发行以来❶，似乎在中国的读者群体中找到了新的知音，不管是儿童研究领域还是儿童文学研究的专家甚至是社会大众，都在茶余饭后谈论着同一个问题："童年"消逝了吗？"童年"会消逝吗？

实际上，尼尔·波兹曼所说的"童年"是儿童生活的一种社会状态。在《童年的消逝》一书中，他主要从社会学的角度研究童年及其意义。他认为童年是"一种社会产物"，而非生物需要，是随着

---

❶ ［美］尼尔·波兹曼. 童年的消逝［M］. 桂林：广西师范大学出版社，2004.

社会的进步和文明水平的提高而被发现的，是儿童与成人世界分离的结果。也就是说，在印刷术出现之前，童年是不复存在的；因为那时候社会交往主要是靠口头文化，儿童是否识字不那么重要，生存的压力高于一切，六岁以后的儿童就会成为家庭劳动力的补充；在儿童面前，成人百无禁忌：粗俗的语言、淫秽的行为和场面，儿童几乎无所不听，无所不见，成人基本上不会刻意对儿童隐藏什么（如生孩子等），他们甚至觉得这是儿童应该学会的生存本领。尼尔·波兹曼进一步认为，现代印刷术（现代文明）的出现改变了这一切，书面文化的广泛流传，使识字的成人由此获得了大量的知识和信息，同时也造成了儿童与成人世界的分离。这种分离表现在服装、语言以至独立设置的儿科医学上，分班、分级的教育则发展出相应的关于儿童心理与成长的科学；识字能力越受重视，这种分离就越明显、越彻底。因为识字和开启活跃的个性意识需要启蒙和学习，儿童必须入学，才能吸收知识，塑造性格。通过学习，儿童的形象思维、逻辑思维、理性思维以至高度抽象的思考能力得到了前所未有的强化。于是，成人开始对儿童"另眼相看"，"童年"的存在变得鲜活可见。

进入后工业时代，虽然资本主义和富人阶层不再拿穷人的孩子充当某种工具，但整个社会残酷的竞争使儿童过早地在某些方面成人化；扭曲的所谓正规教育把儿童进入社会的年龄推迟了，家长越来越倾向于担负起监护人、教育者以至神学家的角色，现代学校教育及家庭教育的模式不断固化，日益刻板。电子革命和图像革命的合谋，把原来的理念世界改造成为像光速一样快的画像和影像的世界，从此"童年"这个社会发展的产物因科技的发展、知识的广泛传播而不断扭曲、变形和消逝。

为什么会这样说呢？大概有三个方面的考虑：一是信息的获取

方式变了，网络和电视成了模糊童年和成年分界线的强大腐蚀剂，人人都能看，人人都可看，几乎到了无法控制的程度。二是网络完全不可能保留任何秘密，它可以随意冲撞任何禁忌，让儿童过早知晓原本他们不应该知道的成人信息，比如亲吻、吸毒、暴力和性行为等；它冲淡了羞耻的概念，降低了对儿童行为举止的要求，对成人的权威和儿童的好奇构成了严重的挑战。这意味着儿童在有"资格"接触从前秘藏的成人信息的时候，他们实际上已经被提前逐出了"童年"这个乐园。三是网络在保持成年和童年之间的智力差异方面无能为力，人生的阶段除了婴儿期、老年期外，没有了童年期、少年期，余下的是一个在知识和情感能力上还没有完全发育成熟的漫长成年阶段，这个世界的大多数人都是"成年化的儿童"或"儿童化的成人"，真正的儿童和童年成了这个世界上最稀缺的东西。

我们当下的主要任务是，要呼唤童年的回归，要追寻童年存在的真正意义。在现代文明社会之中，童年不但应该拥有纯真稚嫩的脸庞，皎洁无瑕的眼神，还应该拥有自由、快乐、向上向善的灵魂和精神。儿童那纯洁的眼神背后不应有过多的深邃与灰暗，不应过早地打上信息时代飞速发展留下的深深烙印，不应过多隐藏着成人很难猜透的心思，他们不应过早去做那些不该在童年时代做的事。当然，童年的消逝并不能降罪于儿童自身，这只不过是人类自己控制不了信息时代发展的脚步而产生的恶果。

进一步讲，在这个教育高于一切并获得优先发展权的世界里，社会和成人要尽最大可能保护儿童的天真、纯洁、自发、好奇、快乐、坦率等，这是构成童年的重要元素，也是童年存在的最好证明。要让现代科技把儿童们的生活变得更加丰富多彩。《童年的消逝》不仅给我们发出了预警，而且还让人们在反思的过程中更深入地感到：掌握事物发展之间的平衡十分重要，我们要充分利用事物的有利一面，使其影响更加正面、乐观且充满正能量。

党的十八大以来，以习近平同志为核心的党中央高度重视少年儿童工作，亲切关怀少年儿童的健康成长，围绕少年儿童工作做出了一系列重要指示。在 2014 年 5 月《从小积极培育和践行社会主义核心价值观》的讲话中，习近平总书记明确要求："全社会都要了解少年儿童、尊重少年儿童、关心少年儿童、服务少年儿童，为少年儿童提供良好社会环境，对损害少年儿童权益、破坏少年儿童身心健康的言行，要坚决防止和依法打击。"❶ 我们要以习近平新时代中国特色社会主义思想为指针，把做好少年儿童工作看成一项不能输的战略任务，教育引导亿万少年儿童为实现中华民族伟大复兴的中国梦而努力学习、健康成长。《在会见第一届全国文明家庭代表时的讲话》中，习近平总书记进一步要求："广大家庭都要重言传、重身教，教知识、育品德，身体力行、耳濡目染，帮助孩子扣好人生的第一粒扣子，迈好人生的第一个台阶。"❷ 由前文的论述可见，就我国当下的亿万少年儿童来说，童年存在的意义就是快乐学习，就是健康成长，就是要"扣好人生的第一粒扣子"，就是要"从小积极培育和践行社会主义核心价值观"，就是要为实现中华民族伟大复兴的中国梦而时刻准备着。这些都是少年儿童应该肩负的使命，也是童年生活必不可少的鲜活内容。

---

❶ 习近平. 从小积极培育和践行社会主义核心价值观 [N]. 人民日报, 2014 - 05 - 31.
❷ 习近平. 在会见第一届全国文明家庭代表时的讲话 [M]. 北京：人民出版社, 2016：5.

儿童文学阅读永远在路上

我们暂且不管童年是否已在西方世界消逝，也不管当下的少年儿童是否能享受到童年的存在感。我们要正视的现实是，不论西方还是东方，不论美国的儿童还是中国的儿童，阅读都是促使其快乐、健康成长的重要途径，或者说离开了阅读，童年的意义必然会黯然失色，儿童的生命成长历程中必然会缺少阳光。

正是基于这些原因，我们常说，阅读的孩子最可爱，陪孩子阅读的时光最珍贵，阅读可以涵养孩子的心灵。紧接着而来的问题是，作为成人、老师或家长，如何去唤醒儿童的阅读兴趣？如何有效地促进儿童的阅读呢？

我们知道，培养阅读兴趣和阅读能力要从小抓起，少年儿童时期养成的阅读习惯不仅有可能保持一生，他们从书籍中获得的营养还可能影响个体乃至群体心灵的塑造。因此，我们一方面要帮助少年儿童从小养成良好的阅读习惯；另一方面要倡导全社会最大限度地为少年儿童提供最好的读物。从表面上看，这是少年儿童的阅读问题，从更深的层次上看，是培养民族阅读习惯、塑造民族精神的重大问题，应该引起全社会的高度关注。也就是说，阅读不仅能帮助少年儿童认知世界，为少年儿童的心灵注入力量，帮助少年儿童打好人生的底色；阅读更是在塑造民族精神，打造民族品格，不论对国家还是民族的发展都具有重大的战略意义。

学校担负着促进少儿阅读的重要责任。幼儿园要引导或带领儿童多读优秀的图画书或幼儿绘本，尤其要注重引导儿童多读立足中国大地、传承中华优秀传统文化的原创绘本。小学阶段的阅读要和语文课程的学习紧密结合起来，要教育引导小学生远离网络、远离游戏、远离智能手机，走出娱乐化、功利化阅读的误区，扩大阅读视野，增强阅读兴趣，多读古今中外的经典儿童文学作品，用最好的书籍滋养自己精彩的人生。

家庭是儿童阅读的起点，家长的阅读习惯和家庭的阅读氛围决定孩子最初的阅读态度，也影响孩子成年后的阅读习惯。因此，家长要成为儿童阅读的引路人，要主动强化自身的阅读意识，要注意引导孩子选择适合他们心理、年龄特点的书籍来阅读。家长引导少年儿童的阅读要注意抓时机。婴儿时期，要注意培养孩子最初的阅读意识，千万不要把手机或游戏当成哄孩子的玩具，破坏其早期阅读意识的建构。孩子上了幼儿园之后，要尽可能地抽出时间陪同孩子阅读，帮助孩子建立良好的阅读习惯。小学阶段，要引导孩子逐渐扩展阅读的视野，学会通过阅读获取精神营养。孩子进入初中后，要引导和鼓励孩子自主选择读物，自主阅读，不能放弃阅读，更不能只读教科书和考试资料。

对广大少年儿童尤其是目前还生活在某些困境中的少年儿童来说，他们有的常年缺少父母的陪伴，有的缺少良好的家庭氛围，有的缺少老师的指导，有的甚至因为文化资源匮乏而缺少可阅读的书籍这一重要的成长伙伴。全社会要高度关注那些处于困境中的儿童，"要对农村贫困家庭幼儿特别是留守儿童给予特殊关爱，探索建立贫困地区学前教育公共服务体系"❶。要给他们免费提供优秀的书籍，让阅读成为陪伴他们成长的温馨方式和关键环节，让优秀的精神食粮给他们幼小的心灵提供温暖的慰藉和精神的滋养。近年来，国家为解决贫困地区少年儿童的阅读问题推出了"书香童年"小书包等公益活动，免费给贫困地区的少年儿童发放书籍，组织越来越多的儿童文学作家走进贫困地区推广儿童阅读。这些做法对促进所有儿童健康成长无疑具有十分重要的作用，值得大力提倡和持续推广。

当前的少年儿童阅读尤其要强调三个方面的问题。

一是一定要读经典，尤其要读现代儿童文学经典。经典能补钙固本，能唤醒读者沉睡的灵魂，能照亮少年儿童成长的生命历程，能强化和提升个体生命和民族群体的精气神。

二是千万不能把经典狭隘化、简单化。不能一讲经典就只会强调"四书五经"，更不能简单地认为只有《三国演义》《水浒传》《西游记》《红楼梦》才是经典。经典是开放的世界，海纳百川，具有广阔的内涵和外延，不能用地域、民族等片面的观念划分经典，也不能用时代、形式等束缚读者认识经典的思维。经典是一条生生不息的河流，任何对经典的抱残守缺或僵化认识都是反经典的行为。

三是对经典要整体阅读、深度阅读。要读完一本，再接着读下一本。切忌东翻西阅，浅尝辄止；切忌不读原著，只满足于知道故事梗概；切忌只阅读名著的所谓"缩写本"或"快读本"；切忌不读原著，只看根据名著改编的电影或电视剧。要充分发挥主体的能动作用，一边阅读，一边体悟，一边反思，一边总结，善于从经典中获取成长体验、审美体验，吸取精神力量。

著名作家麦家说，童年是一块海绵，见什么就吸什么。人在童

---

❶ 习近平. 习近平关于青少年和共青团工作论述摘编［M］. 北京：中央文献出版社，2017.

年和少年时，书读得越多，内心会打得越开，内心会彻底变亮。这种光亮，这种火焰，会一辈子陪伴少年儿童的成长，会让少年儿童活得更加透明，更加有意义，会让少年儿童未来的人生变得更富足、更充满美的价值。

我们认为，除了引导少年儿童阅读优秀书籍，还要引导他们接触自然，亲近自然，只有这样，少年儿童的成长才会有声有色、多姿多彩。

附　　录

附录一　外国儿童文学获奖作家作品篇目

（一）荣获诺贝尔文学奖的主要儿童文学作家作品篇目

1. 瑞典女作家塞尔玛·拉格洛芙，1909 年获得了诺贝尔文学奖，她的《尼尔斯骑鹅旅行记》是世界文学史上第一部，也是唯一获得诺贝尔文学奖的童话作品。

2. 美国作家斯坦贝克，1962 年获诺贝尔文学奖，为代表性儿童文学作品《小红马》。

（二）荣获国际安徒生奖的主要儿童文学作家作品篇目（作家奖）

得奖年份	获奖作者
1956	依列娜·法吉恩（英）
1958	阿斯特丽德·林格伦（瑞典）
1960	埃利希·凯斯特纳（德）
1962	门得特·德琼（美）
1964	勒内·吉约（法）
1966	托芙·扬松（芬兰）
1968	詹姆斯·克吕斯（德）
1970	贾尼·罗大里（意）

1972	斯·奥台尔（美）
1974	玛丽亚·格里珀（瑞典）
1976	塞·伯德克尔（丹）
1978	保尔·福克斯（美）
1980	博哈米尔·里哈（捷克）
1982	布咏迦·努内斯（巴西）
1984	克里斯蒂娜·涅斯特林格（奥）
1986	帕·赖特森（澳）
1988	安妮·M·G·斯密特（荷）
1990	托摩脱·篙根（挪）
1992	弗吉尼亚·汉弥尔顿（美）
1994	窗满雄（日）
1996	尤里·奥莱夫（以色列）
1998	凯塞琳·帕特森（美）
2000	玛丽亚·马萨多（巴西）
2002	艾登·钱伯斯（英）
2004	马丁·瓦德尔（爱尔兰）
2006	玛格丽特·梅喜（新西兰）
2008	于尔克·舒比格（瑞士）
2010	大卫·阿尔蒙德（英）

（三）荣获国际安徒生奖（插画奖）的主要作品篇目

1966 年，阿洛伊斯·卡瑞吉特（瑞士）

代表作：《赶雪节的铃铛》《大雪》《毛鲁斯去旅行》《莉娜和野鸟》《毛毛、丢丢和小小》《杜玛尼一家和他们的鸟邻居》

1968 年，伊利·唐卡（捷克斯洛伐克）

代表作：《捷克年》《皇帝的夜莺》《巴亚雅王子》《好兵帅克》《仲夏夜之梦》《手》

1970 年，莫里斯·桑达克（美国）

代表作：《野兽国》《厨房之夜狂想曲》《在那遥远的地方》《亲爱的小莉》

1972 年，依卜·斯旁·奥尔森（丹麦）

代表作：《月光男孩》《跳不停的小红球》《拇指姑娘》

1974 年，法尔希德·马斯哈里（伊朗）

代表作：《小黑鱼》《詹姆希德国王》《蛇城》

1976 年，塔吉娜·玛丽娜（苏联）

代表作：《超美的野兽》

1978 年，斯凡·欧特（丹麦）

代表作：《安徒生童话》《格林童话》

1980 年，赤羽末吉（日本）

代表作：《苏和的白马》《追追追》《鹤妻》

1982 年，泽比纽·里科利齐（波兰）

代表作：《米斯雅和朋友们》

1984 年，安野光雅（日本）

代表作：《旅之绘本》

1986 年，罗伯特·英潘（澳大利亚）

代表作：《暴风雨中的男孩》《小熊的季节》《丑小鸭》《马可·波罗》

1988 年，杜桑·凯利（捷克斯洛伐克）

代表作：《十二月之旅》《冬天王子，你要去哪里?》《爱丽丝梦游仙境》《仲夏夜之梦》

1990 年，莉丝白·茨威格（奥地利）

代表作：《拇指姑娘》《胡桃夹子》《爱丽丝漫游奇境》

1992 年，柯薇·巴可维斯基（捷克）

代表作：《小小花国国王》《午夜剧场开锣了》

1994 年，约克·米勒（瑞士）

代表作：《挖土机年年作响——乡村变了》《森林大熊》

1996 年，克苏斯·恩希卡特（德国）

代表作：《四个孩子环游世界》《跳蚤市场》《布莱梅的音乐家》

1998 年，汤米·温格尔（法国）

代表作：《克里克塔》《三个强盗》《月亮先生》

2000 年，安东尼·布郎（英国）

代表作：《胆小鬼威利》《大猩猩》《小熊亨特》《到森林里去》《谁来我家》

2002 年，昆丁·布莱克（英国）

代表作：《跟我说说一幅画》《达尔童话》

2004 年，马克斯·威尔修思（新西兰）

代表作：《青蛙弗洛格的故事》

2006 年，沃尔夫·埃尔布鲁希（德国）

代表作：《是谁嗯嗯在我头上》《一只想当爸爸的熊》《迈尔太太，放轻松》

2008 年，罗伯托·英诺桑提（意大利）

代表作：《铁丝网上的小花》《木偶奇遇记》

2010 年，尤塔·鲍尔（德国）

代表作：《尖叫的母亲》《爷爷的天使》《大嗓门妈妈》《当世界还不存在的时候》

2012 年，彼得·西斯（捷克）

代表作：《玛德琳卡》《生命之树》《星际信使》

附录二　全国优秀儿童文学获奖篇目

（一）第一届获奖篇目

1. 长篇小说

《荒漠奇踪》，作者：严阵

《盐丁儿》，作者：颜烟

《寻找回来的世界》，作者：柯岩

《乱世少年》，作者：萧育轩

2. 中篇小说

《来自异国的孩子》，作者：程玮

《紫罗兰幼儿园》，作者：郑春华

3. 短篇小说

《五虎将和他们的教练》，作者：关夕芝

《三色圆珠笔》，作者：邱勋

《再见了，我的星星》，作者：曹文轩

《我要我的雕刻刀》，作者：刘健屏

《独船》，作者：常新港

《第七条猎狗》，作者：沈石溪

《白脖儿》，作者：罗辰生

《扶我上战马的人》，作者：张映文

《老人和鹿》，作者：乌热尔图

《冰河上的激战》，作者：蔺瑾

《阿城的龟》，作者：刘厚明

《彩色的梦》，作者：方国荣

《我可不怕十三岁》，作者：刘心武

4. 中篇童话

《雁翅下的星光》，作者：路展

《黑猫警长》，作者：诸志祥

《翻跟头的小木偶》，作者：葛翠琳

5. 短篇童话

《小狗的小房子》，作者：孙幼军

《总鳍鱼的故事》，作者：宗璞

《老鼠看下棋》，作者：吴梦起

《小燕子和它的三邻居》，作者：赵燕翼

《开直升飞机的小老鼠》，作者：郑渊洁

《狼毫笔的来历》，作者：洪讯涛

6. 诗歌

《我想》，作者：高洪波

《我爱我的祖国》，作者：田地

《春的消息（组诗）》，作者：金波

《小娃娃的歌》，作者：樊发稼

《再给陌生的父亲》，作者：申爱萍

7. 散文

《俺家门前的海》，作者：张歧

《醉麂》，作者：乔传藻

《中国少女》，作者：陈丹燕

《十八双鞋》，作者：陈益

8. 寓言

《狐狸艾克》，作者：曲一日

9. 报告文学

《作家与少年犯》，作者：胡景芳

《王江旋风》，作者：董宠猷

10. 科幻小说

《神翼》，作者：郑文光

（二）第二届获奖篇目

1. 小说

《今年你七岁》，作者：刘健屏

《一只猎雕的遭遇》，作者：沈石溪

《雪国梦》，作者：邱勋

《走向审判庭》，作者：李建树

《下世纪的公民们》，作者：罗辰生

《少女罗薇》，秦文君

《山羊不吃天堂草》，作者：曹文轩

《西部流浪记》，作者：关登瀛

《狼的故事》，作者：金曾豪

《少女的红发卡》，作者：程玮

《校园喜剧》，作者：韩辉光

《第三军团》，作者：张之路

《青春的荒草地》，作者：常新港

《绿猫》，作者：葛冰

2. 童话

《小巴掌童话》，作者：张秋生

《扣子老三》，作者：周锐

《吃耳朵的妖精》，作者：郑允钦

《怪老头儿》，作者：孙幼军

《毒蜘蛛之死》，作者：冰波

3. 散文、报告文学

《小鸟在歌唱》，作者：吴然

《16 岁的思索》，作者：孙云晓

《孙悟空在我们村子里》，作者：郭风

《星球的细语》，作者：班马

4. 诗歌

《我们这个年纪的梦》，作者：徐鲁

《在我和你之间》，作者：金波

《绿蚂蚁》，作者：刘丙钧

5. 幼儿文学

《岩石上的小蝌蚪》，作者：谢华

《快乐的小动物》，作者：薛卫民

《虎娃》，作者：鲁兵

（三）第三届获奖篇目

1. 小说

《男生贾里》，作者：秦文君

《青春口哨》，作者：金曾豪

《十四岁的森林》，作者：董宏猷

《裸雪》，作者：从维熙

《神秘的猎人》，作者：车培晶

《小脚印》，作者：关登瀛

《有老鼠片铅笔吗》，作者：张之路

《红奶羊》，作者：沈石溪

2. 童话

《狼蝙蝠》，作者：冰波

《哼哈二将》，作者：周锐

《树怪巴克夏》，作者：郑允钦

《会唱歌的画像》，作者：葛翠林

3. 诗歌

《到你的远山去》，作者：邱易东

《林中月夜》，作者：金波

4. 散文

《悄悄话》，作者：高洪波

《淡淡的白梅》，作者：庞敏

《我们的母亲叫中国》，作者：苏叔阳

5. 幼儿文学

《鹅妈妈和西瓜蛋》，作者：张秋生

《大头儿子和小头爸爸》，作者：郑春华

（四）第四届获奖篇目

1. 长篇小说

《苍狼》，作者：金曾豪

《小鬼鲁智胜》，作者：秦文君

《女儿的故事》，作者：梅子涵

《草房子》，作者：曹文轩

《我要做好孩子》，作者：黄蓓佳

《花季·雨季》，作者：郁秀

2. 中短篇小说集

《赤色小子》，作者：张品成

《一百个中国孩子的梦》，作者：董宏猷

3. 童话

《唏哩呼噜历险记》，作者：孙幼军

《小朵朵与半个巫婆》，作者：汤素兰

《屁克郎先生波比拉》，作者：保冬妮

《我和我的影子》，作者：张之路

4. 幼儿文学

《花生米样的云》，作者：王晓明

《大头儿子和隔壁大大叔》，作者：郑春华

《长鼻子和短鼻子》，作者：野军

5. 诗歌

《为一片绿叶而歌》，作者：薛卫民

6. 散文

《山野寻趣》，作者：刘先平

7. 纪实文学

《还你一片蓝天》，作者：李凤杰

（五）第五届获奖篇目

1. 长篇小说

《中国兔子德国草》，作者：周锐，周双宁

《吹响欧巴》，作者：黄喆生

《大绝唱》，作者：方敏

《属于少年刘格诗的自白》，作者：秦文君

2. 中短篇小说集

《随蒲公英一起飞的女孩》，作者：薛涛

《永远的哨兵》，作者：张品成

3. 童话

《笨狼的故事》，作者：汤素兰

4. 散文

《中国孩子的梦》，作者：谷应

《小霞客西南游》，作者：吴然

《怪老头随想录》，作者：孙幼军

5. 诗歌

《我们去看海》，作者：金波

《笛王的故事》，作者：王宜振

6. 幼儿文学

《幼儿园的男老师》，作者：郑春华

7. 寓言

《美食家狩猎》，作者：雨雨

8. 科学文艺

《非法智慧》，作者：张之路

9. 传记文学、纪实文学

《严文井评传》，作者：巢扬

《黑叶猴王国探险记》，作者：刘先平

10. 青年作者短篇佳作

《书本里的蚂蚁》（童话），作者：王一梅

《生字课》（诗歌），作者：高凯，村小

《单纯》（小说），作者：林彦

（六）第六届获奖篇目

1. 长篇小说（4 部）

《细米》，作者：曹文轩

《陈土的六根头发》，作者：常新港

《鸟奴》，作者：沈石溪

《漂亮老师和坏小子》，作者：杨红樱

2. 中短篇小说集（1 部）

《轰然作响的记忆》，作者：刘东

3. 童话（3 部）

《鼹鼠的月亮河》，作者：王一梅

《阿笨猫全传（上、下)》，作者：冰波

《乌丢丢的奇遇》，作者：金波

4. 幼儿文学（2 部）

《吃黑夜的大象》，作者：白冰

《小鼹鼠的土豆》，作者：熊磊

5. 诗歌（1 部）

《骑扁马的扁人》，作者：王立春

6. 散文（1 部）

《蓝调江南》，作者：金曾豪

7. 纪实文学（1 部）

《长翅膀的绵羊》，作者：妞妞

8. 理论批评（1 部）

《凄美的深潭："低龄化写作"对传统儿童文学的颠覆》，作者：徐妍

9. 青年作者短篇佳作——小说（1 部）

《一只与肖恩同岁的鸡》，作者：三三

10. 青年作者短篇佳作——科学文艺（1 部）

《追日》，作者：赵海虹

（七）第七届获奖篇目

1. 长篇小说（5 部）

《舞蹈课》，作者：三三

《黑焰》，作者：格日勒其木格·黑鹤

《喜欢不是罪》，作者：谢倩霓

《蔚蓝色的夏天》，作者：李学斌

《青铜葵花》，作者：曹文轩

2. 中短篇小说集（1 部）

《回望沙原》，作者：常星儿

3. 童话（2 部）

《面包狼》，作者：皮朝晖

《核桃山》，作者：葛翠琳

4. 诗歌（1 部）

《叶子是树的羽毛》，作者：张晓楠

5. 散文（1 部）

《纸风铃 紫风铃》，作者：彭学军

6. 纪实文学（1 部）

《飞翔，哪怕翅膀断了心》，作者：韩青辰

7. 科学文艺（1 部）

《极限幻觉》，作者：张之路

8. 青年作者短篇佳作（1 部）

《选一个人去天国》，作者：李丽萍

（八）第八届获奖篇目

1. 小说（9部）

《非常小子马鸣加精选本》，作者：郑春华

《你是我的宝贝》，作者：黄蓓佳

《腰门》，作者：彭学军

《公元前的桃花》，作者：曾小春

《穿过忧伤的花季》，作者：王巨成

《少年摔跤王》，作者：翌平

《狼獾河》，作者：格日勒其木格·黑鹤

《满山打鬼子》，作者：薛涛

《黄琉璃》，作者：曹文轩

2. 童话（3部）

《猪笨笨的幸福时光》，作者：李东华

《奇迹花园》，作者：汤素兰

《蓝雪花》，作者：金波

3. 诗歌（1部）

《狂欢节，女王一岁了》，作者：萧萍

4. 散文（1部）

《踩新路》，作者：吴然

5. 幼儿文学（1部）

《狐狸鸟》，作者：白冰

6. 报告文学（1部）

《空巢十二月：留守中学生的成长故事》，作者：邱易东

7. 科学文艺（2部）

《小猪大侠莫跑跑·绝境逢生》，作者：张之路

《独闯北极》，作者：位梦华

8. 理论批评（1 篇）

《改革开放 30 年的少数民族儿童文学》，作者：张锦贻

9. 青年作者短篇佳作（1 篇）

《到你心里躲一躲》，作者：汤汤

（九）第九届获奖篇目

1. 小说（7 部）

《鸟背上的故乡》，作者：胡继风

《千雯之舞》，作者：张之路

《像风一样奔跑》，作者：邓湘子

《木棉·流年》，作者：李秋沅

《五头蒜》，作者：常新港

《丁丁当当·盲羊》，作者：曹文轩

《影子行动》，作者：牧铃

2. 诗歌（2 部）

《我成了个隐身人》，作者：任溶溶

《月光下的蝈蝈》，作者：安武林

3. 童话（4 部）

《汤汤缤纷成长童话集》，作者：汤汤

《住在房梁上的必必》，作者：左昡

《住在先生小姐城》，作者：萧袤

《无尾小鼠历险记·没尾巴的烦恼》，作者：刘海栖

4. 散文（2 部）

《小小孩的春天》，作者：孙卫卫

《虫虫》，作者：韩开春

5. 科幻文学（2部）

《巨虫公园》，作者：胡冬林

《三体Ⅲ·死神永生》，作者：刘慈欣

6. 幼儿文学（2部）

《穿着绿披风的吉莉》，作者：张洁

《小嘎豆有十万个鬼点子·好好吃饭》，作者：单瑛琪

7. 青年作者短篇佳作奖（1部）

《风居住的街道》，作者：陈诗哥

附录三　丰子恺儿童图画书奖获奖名单

（一）第一届获奖名单

《西西》，文：萧袤，图：李春苗、张彦红

《池上池下》，文·图：邱承宗

《想要不一样》，文·图：童嘉

《现在你知道我是谁了吗?》，文·图：赖马

《星期三下午，捉蝌蚪》，文·图：安石榴

《我变成一只喷火龙了》，文·图：赖马

《安的种子》，文：王早早，图：黄丽

《我和我的脚踏车》，文·图：叶安德

《荷花镇的早市》，文·图：周翔

《团圆》，文：余丽琼，图：朱成梁

《躲猫猫大王》，文：张晓玲，图：潘坚

《一园青菜成了精》，编自北方童谣，图：周翔

（二）第二届获奖名单

空缺

（三）第三届获奖名单

《我看见一只鸟》，文·图：刘伯乐

《阿里爱动物》，文：黄丽凤，图：黄志民

《最可怕的一天》，文·图：汤姆牛

《看不见》，文·图：蔡兆伦

《很慢很慢的蜗牛》，文·图：陈致元

主要参考文献

［1］中共中央文献研究室. 习近平关于青少年和共青团工作论述摘编［M］. 中央文献出版社，2017.

［2］于虹. 儿童文学［M］. 北京：人民教育出版社，2004.

［3］黄云生. 儿童文学教程［M］. 杭州：浙江大学出版社，2000.

［4］方卫平. 儿童文学教程［M］. 北京：高等教育出版社，2004.

［5］陈子典. 新编儿童文学教程［M］. 广州：广东高等教育出版社，2003.

［6］蒋风. 儿童文学原理［M］. 合肥：安徽教育出版社，1998.

［7］小学教育专业教材编写委员会［M］. 儿童文学. 北京：开明出版社，1998.

［8］王晓玉. 儿童文学引论［M］. 北京：高等教育出版社，2000.

［9］王泉根. 儿童文学名著选读［M］. 长春：东北师范大学出版社，2002.

［10］王晓玉. 儿童文学作品选读［M］. 北京：高等教育出版社，1997.

［11］浦漫汀. 中国儿童文学作品选［M］. 济南：山东文艺出版社，1991.

［12］浦漫汀. 外国儿童文学作品选［M］. 济南：山东文艺出版社，1991.

［13］教材编委会. 儿童文学作品选读［M］. 北京：开明出版社，1998.

［14］蒋风，韩进. 中国儿童文学史［M］. 合肥：安徽教育出版社，1998.

［15］韦苇. 世界儿童文学史概述［M］. 杭州：浙江少年儿童出版社，1988.

［16］梅子涵等. 中国儿童文学 5 人谈［M］. 天津：新蕾出版社，2001.

［17］赵郁秀. 当代儿童文学的精神指向［M］. 沈阳：辽宁少年儿童出版社，2002.

［18］王泉根. 现代中国儿童文学主潮［M］. 重庆：重庆出版社，2000.

［19］朱自强. 儿童文学的本质［M］. 北京：少年儿童出版社，2000.

［20］陈模. 儿童文学创作艺术论［M］. 成都：四川少年儿童出版社，1994.

［21］［美］杰姆逊. 后现代主义与文化理论［M］. 唐小兵，译. 北京：北京大学出版社，1997.

［22］［英］特雷·伊格尔顿. 20 世纪西方文学理论（又译《当代西方文学理论》）［M］. 伍晓明，译. 北京：中国社会科学出版社，2007.

［23］［英］约翰·洛威·汤森. 英语儿童文学史纲［M］. 谢瑶玲，译. 台北：台北天卫文化图书有限公司，2003.

［24］朱自强. 儿童文学概论［M］. 北京：高等教育出版社，2009.

［25］彭懿. 图画书：阅读与经典［M］. 南昌：二十一世纪出版社，2008.

［26］陈晖. 图画书的讲读艺术［M］. 南昌：二十一世纪出版社，2010.

［27］郝广才. 好绘本如何好［M］. 南昌：二十一世纪出版社，2009.

［28］［日］松居直. 我的图画书论［M］. 季颖，译. 长沙：湖南少年儿童出版社，1997.

［29］张之路. 中国少年儿童电影史论［M］. 北京：中国电影出版社，2005.

［30］郑欢欢. 儿童电影：儿童世界的影像表达［M］. 北京：中国电影出版社，2009.

［31］张金梅. 幼儿园戏剧综合课程研究［M］. 南京：江苏教育出版社，2005.

［32］傅谨. 中国戏剧艺术论［M］. 太原：山西教育出版社，2003.

［33］王瑞祥. 儿童文学创作论［M］. 杭州：浙江大学出版社，2006.

［34］王炳根，冰心文选·儿童文学卷［M］. 福州：福建教育出版社，2007.

［35］［美］亨利·詹姆斯. 小说艺术［M］. 朱雯，等，译. 上海：上海译文出版社，2001.

［36］胡志毅. 神话与仪式：戏剧的原型阐释［M］. 上海：学林出版社，2001.

［37］［瑞士］荣格. 论分析心理学与诗的关系. 朱同屏，等，译. //叶舒宪选编. 神话——原型批评［M］. 西安：陕西师范大学出版社，1987.

［38］朱自强. 儿童文学新视野［M］. 青岛：中国海洋大学出版社，2004.

［39］沃伦. 小说鉴赏［M］. 北京：中国青年出版社，1986.

［40］陶东风. 文体演变及其文化意味［M］. 昆明：云南大学出版社，1994.

［41］巴赫金. 小说理论［M］. 白春仁，晓河译. 石家庄：河北教育出版社，1998.

［42］米兰·昆德拉. 小说的艺术［M］. 北京：三联书店，1995.

［43］于虹. 儿童文学（大学本科小学教育专业教材）［M］. 北京：人民教育出版社，2004.

［44］王晓玉. 儿童文学引论（小学教师进修高等师范专科小学教育专业教材）［M］. 北京：高等教育出版社，1997.

［45］王晓玉. 儿童文学作品选读［M］. 北京：高等教育出版社，1997.

［46］方卫平，王昆建. 儿童文学教程（高等学校小学教育专业教材）［M］. 北京：高等教育出版社，2004.

［47］王泉根. 儿童文学教程（小学教师本科阶段教材）［M］. 北京：首都师范大学出版社，2008.

［48］朱自强. 儿童文学概论［M］. 北京：高等教育出版社，2009.

［49］黄武雄. 童年与解放［M］. 北京：首都师范大学出版社，2011.

［50］［意］艾格勒·贝奇，［法］多米尼克·朱利亚. 西方儿童史（下卷）［M］. 卞晓平，申华明，译. 北京：商务印书馆出版，2016.

后　记

《童趣的狂欢：儿童文学经典细读》终于出版了。

这本书的主要内容是笔者多年学习、阅读、鉴赏、研究儿童文学经典的心血积累。有的内容曾先后在不同的学术刊物发表，有的则是最新研读的收获。概括起来讲，都是一个不太成功的读者日常学习和阅读儿童文学经典获得的感悟，都是笔者在某种程度上切入经典文本之后，一点一滴地从作品中挖掘出来的宝藏。它或许不够完美，但自然、真诚，试图跟一切热爱阅读的人以心换心，平等交流。

显然，一方面因为水平有限，用心不够，阅读不精；另一方面因为出版时间紧迫，本书的很多内容还显得有些粗糙，很多观点还有待进一步推敲，甚至有的地方还可能存在谬误。不过，木已成舟，已没有辩解的必要了，只能恳请广大读者毫不留情地指出来，留待以后再修订改正了！

需要说明的是，本书是云南省精品课程建设研究的成果之一，

童趣的狂欢：儿童文学经典细读

也是曲靖师范学院硕士学位授权建设推进工作及"儿童学研究创新团队"建设取得的研究成果之一。

　　感谢为本书的出版提供指导和帮助的所有热心人士！

　　感谢曲靖师范学院和出版社给予的大力支持！